설봉 新무협 판타지 소설

마야

마야 1

설봉 新무협 판타지 소설

초판 1쇄 찍은 날 § 2006년 5월 1일
초판 1쇄 펴낸 날 § 2006년 5월 5일

지은이 § 설봉
펴낸이 § 서경석

편집장 § 문혜영
편집책임 § 김민정
편집 § 장상수 · 최하나 · 문정흠

펴낸곳 § 도서출판 청어람
등록번호 § 제1081-1-89호
등록일자 § 1999. 5. 31
어람번호 § 제2-0898호

주소 § 경기도 부천시 원미구 심곡1동 350-1 남성B/D 3F (우) 420-011
전화 § 032-656-4452 팩스 § 032-656-4453
http://www.chungeoram.com
E-mail § eoram99@chollian.net

ISBN 89-251-0097-5 04810
ISBN 89-251-0096-7 (세트)

설봉 新무협 판타지 소설

마야

Fantastic Oriental Heroes

魔爺 1

니시수마(你是誰嗎)

「너는 누구냐」

도서출판 청어람

목차

序

일(一), 소사(小事).

아주 작은 일이다.

사내가 여인을 겁간한 후에 비수를 이마 한가운데 찔러 넣은 사건이 벌어졌다.

죽인 사내나 죽은 여인, 그리고 그들과 인과관계가 있는 사람들에게는 일생에 한 번 있을까 말까 한 큰 사건이지만 중원인들의 관심을 끌 만한 사건은 아니었다.

이(二), 투왕지부(鬪王之斧).

무림인이라면 한 번쯤 귀를 열어 들어볼 만한 사건이 터졌다.

난부투왕(亂斧鬪王), 일명 투왕이라 불리는 절정고수가 용검문(龍劍門)을 피로 물들였다.

살아남은 사람은 없다. 용검문에 몸담은 사람이라면 용검문주를 비롯하여 한 사람 남김없이 도륙당했다. 시녀와 하인들도 용검문에 있었다는 이유만으로 죽어야만 했다. 아녀자와 어린아이도 가리지 않고 죽였다. 특히 용검문 소문주의 시신은 형체를 알아볼 수 없을 만큼 짓이겨지고 찢겨져 개 먹이로 던져졌다.

난부투왕에게는 광적인 행동을 벌일 만한 이유가 있었다.

"후하하하핫! 복수는 했건만…… 아가, 네 모습은 볼 수 없구나. 그래도 아가…… 이제는 편히 눈을 감고 쉬어라. 이 숙부가…… 못난 숙부가…… 할 수 있는 일이란 게 고작 이런 거구나. 우하하하핫!"

은원 관계.

무림인들은 한 귀로 듣고 한 귀로 흘렸다. 이런 일이야 도산검림(刀山劍林)에 파묻혀 사는 무인들에게는 비일비재로 일어나는 일이지 않은가.

단지 무림에 일석을 차지하고 있던 용검문을 단신으로 궤멸시킨 난부투왕의 놀라운 무공에 혀를 내두를 뿐이다.

삼(三), 장강지변(長江之變).

무림인들은 용검문의 궤멸 소식을 듣기가 무섭게 또 다른 소식을 접하고는 경악을 금치 못했다.

용검문을 궤멸시킨 후 장강(長江)을 넘던 난부투왕이 무림 삼 개 문파의 협공을 받아 죽음을 맞이했다는 소식이 연이어 들려왔다.

용검문주는 성품이 온후했던 사람, 그에게는 벗이 많았다. 그리고 그들은 어린아이까지 죽이고, 사람을 개 먹이로 만든 인간 말종, 난부투왕을 살려 보낼 수 없었던 것이다.

사(四), 풍운(風雲).

용검문주에게 벗이 있다면 난부투왕에게도 벗이 있다. 호쾌했던 난부투왕이 벗으로 인정한 무인들이니, 의협(義俠)을 말하지 않고서는 설명이 불가한 사람들이다.

그들은 난부투왕의 죽음을 비굴한 간적들에게 당한 비통한 죽음으로 정의했다.

간살당한 질녀의 복수가 죄란 말인가.

손속이 잔인했던 면은 있다. 하나 그것 역시 용검문 탓이다. 용검문은 소문주를 순순히 내줬어야 한다. 그랬다면 죽는 사람은 소문주 한 사람으로 그쳤을 게다.

무인과 무인이 무공으로 은원 관계를 해결했는데, 다수가 핍박하여 비통한 죽음을 만들다니.

그들은 대노했고, 십여 문파가 전력을 총동원하여 장강을 건넜다.

중원은 발칵 뒤집혔다.

어린아이 싸움이 어른 싸움이 된다고, 작은 싸움이 시산혈해(屍山血海)를 만들고 있지 않은가.

소림사(少林寺)는 급히 장로를 파견하여 중재에 나섰으나 그들의 분노를 잠재우지 못했고, 무림은 풍운의 한복판으로 내던져졌다.

오(五), 장산지혈(章山之血).

장강을 건넌 무림인들은 돌아오지 못했다.

십 문파의 전멸이라는 놀라운 소식이 중원 전역을 강타했다.

남부 무림인들이 난부투왕의 복수를 하기 위해 장강을 넘자, 용검문주의 복수를 행한 삼 개 문파도 수수방관하지는 않았다. 그들은 촌각을 다퉈 조력자를 구했고, 정작 싸움이 벌어졌을 때 그들 곁에는 이십여 문파가 어깨를 나란히 했다.

삼십여 문파는 장산(章山), 일명 내방산(內方山)이라고도 불리는 명산(名山)에서 맞닥뜨렸다.

고수만 백여 명, 싸움에 가담한 총인원이 무려 이천여 명에 이르는 전쟁이었다.

패한 쪽은 남부 무림이다.

그들은 세가 불리해진 후에도 끝내 검을 거두지 않았다. 마지막 한 사람까지 장렬한 산화를 택해 무인의 혼이 무엇인지를 일깨워 주었다.

육(六), 난투(亂鬪).

남부 무림은 술렁거렸다.

상식적으로 벌어질 수 없는 일이 벌어진 것이다. 비겁한 자들에게 손을 빌려주는 후안무치(厚顔無恥)한 일이 어디 있단 말인가.

"놈들이 똘똘 뭉치고 있어. 우리도 뭉쳐야 돼!"

"모두 힘을 합치자. 장산지혈을 헛되게 하지 않으려면 우리가 본때를 보여주어야 해."

남부 무인들은 장강이북 말씨를 쓰는 무인은 무조건 척살했다.

"왜? 수적으로 불리해? 이게 너희 놈들이 한 짓이야. 인과응보. 너희가 한 짓이니 죽어도 억울해하지는 마라!"

북부 무림도 술렁였다.

한 사람의 죽음도 백 사람의 죽음으로 둔갑되어 번져 나갔다.

"그놈들에게 죽은 사람이 백 명은 넘는데."

"그놈들이 현판을 내리고 하나의 방파로 통합했다는 소문은 들었나? 북부 무림을 초토화시키겠다고 공공연히 나불대고 다닌다는데."

북부 무림은 남부 무인들이 그랬던 것처럼 장강이남 말씨를 쓰는 무인들은 이유를 불문하고 도륙했다.

중원은 장강을 경계로 하여 남과 북으로 갈리게 된 것이다.

북부 무림은 북부 무림대로, 남부 무림은 남부 무림대로…… 복수나 은원은 퇴색되어 버렸고, 생존을 위해 싸우는 형국이 되어버렸다.

소림사, 무당파(武當派), 화산파(華山派), 개방(丐幫) 등등 무림을 영도하는 문파의 장문인들은 백방으로 뛰어다니며 사태를 수습해 보고자 애썼다.

그러나 정작 무인들의 흥분을 가라앉혀 줄 수 있는 초절정고수들은 침묵으로 일관했다. 자신들과 아비규환(阿鼻叫喚)으로 변해가는 세상은 아무런 상관이 없다는 듯.

칠(七), 천하대란(天下大亂).

북부 무림인들이 모여 북무림(北武林)을 탄생시켰다.

삼백일흔다섯 개 문파, 총인원이 만여 명에 육박하는 거대집단이 무림사 이래 처음으로 탄생한 것이다.

침묵을 지키던 초절정고수들이 움직인 것은 그때다.

그들은 단숨에 북무림을 장악했다.

북부 무림인들 중에서 이에 이의를 제기하는 사람은 없었다. 그들은 무신(武神)이나 다름없는 사람들이며, 무인치고 존경하지 않는 사람이 없었으니까.

사람들의 관심은 북무림을 영도할 사람이 누군가로 쏠렸다.

감히 병기를 들어볼 용기조차 나지 않는 초인이 무려 일곱 명이나 되니 적어도 두세 명쯤은 죽어나가지 않을까 하는 우려도 들었다.

그런데 사태는 의외로 쉽게 해결되었다.

그들은 회합을 가진 지 단 반 각 만에 검문(劍門) 문주를 수장으로 택했다. 그렇다고 다른 초인들이 북무림을 뛰쳐나간 것도 아니다. 그들은 너무도 쉽게 검문주의 수족을 자처했다.

역시 초인들은 생각부터가 다른 것인가. 세상의 영리에는 초월한 사람들인가. 북무림의 수장이라면 황제만큼이나 탐이 나는 자리일 텐데.

남부 무인들도 가만히 있지 않았다. 그들은 북무림에 대항할 세력으로 남무림(南武林)을 만들어냈다. 그리고 북무림처럼 초절정고수를 초빙하여 남무림을 맡겼다.

소도문(素刀門) 문주, 그리고 소도문주와 어깨를 나란히 하는 당대의 거인들 칠 인.

북검문(北劍門)과 남도문(南刀門)은 이렇게 탄생했다.

그들은 장강을 경계 삼아 전쟁을 방불케 하는 싸움을 벌이고 있다.

삼십 년…… 삼십 년 동안이나…….

第一章

혈룡사(血龍死)
―혈룡, 죽다

1

"너무 조용해도 기분 나쁘군."

혈이(血二)가 나지막하게 말했다.

기분 나쁜 정도가 아니다. 걸려도 아주 재수없게 걸렸다. 협곡(峽谷)에서 당하는 암격(暗擊)은 생각만 해도 치가 떨린다.

스르릉……!

입으로 말고삐를 물며 쌍검을 뽑아 들었다.

혈삼(血三)은 화살을 꺼내 강궁에 재웠다.

아무 생각도 없는 사람처럼 몽롱한 눈길을 하고 있지만, 그의 활에서 바람 소리가 일어나면 어김없이 한 생명이 낙화(洛

花)한다.

단 한 대의 화살도 허공으로 흘려보낸 적이 없는 신궁(神
弓)은 조용히 낙화시킬 꽃을 찾았다.

"초장부터 난장(亂場)이란 말이지."

혈사(血四)는 황소의 두개골도 단숨에 갈라 버리는 대부(大
斧)를 움켜잡았다.

혈팔(血八)과 혈구(血九)는 한 손에는 방패를, 다른 손에는
창을 들고 좌우측으로 물러섰다. 혈오(血五)는 판관필(判官筆)
을, 혈육(血六), 혈칠(血七)은 검을 뽑았다.

단 한 번의 패배도 모르던 자들이 성명병기를 뽑아 들고 어
둠으로 짙게 물든 협곡을 노려보았다.

그때 침중한 표정으로 사방을 살펴보던 혈일(血一), 혈귀대
주(血鬼隊主)가 입을 열었다.

"전력 질주한다. 낙오자는 버린다."

항거를 불응케 하는 단호한 음성이었다.

"그러지 말고 싸워봅시다. 뱃창시에 기름기가 잔뜩 낀 놈
들인데 뭐가 무서워 도망친단 말이오."

혈사가 대부를 윙윙 소리가 나게 휘두르며 말했다.

그는 몸집이 다른 사람의 두 배는 족히 되는 거구다. 그가
휘두르는 거대한 묵부(墨斧)도 보통 사람들은 들어볼 엄두조
차 내지 못한다. 그는 금강역사를 연상시킨다.

"정보가 샜다. 우연히 마주친 놈들이 아냐. 철저하게 준비

하고 기다린 놈들이다. 우리 중 절반은 뼈를 묻게 될 게다. 그것도 운이 따라준다는 전제하에서."

혈귀대(血鬼隊), 그들에게 대주는 신이다.

대주의 말은 한 번도 틀린 적이 없다. 힘들다면 힘들었고, 이긴다면 이겼다. 백사십칠 전(百四十七戰) 백사십칠 승(百四十七勝)의 놀라운 신화도, 이천여 명에 이르는 고혼(孤魂)을 그려낸 것도 그가 없었다면 불가능했다.

이 모든 것이 단 아홉 명이 이뤄낸 걸작이기에 혈귀대의 악명은 중원을 떨쳐 울렸다.

사람들은 혈귀대가 천랑대(天狼隊) 십육조(十六組)였다는 사실을 잊었다. 공식적으로는 북검문(北劍門)에 삼대(三隊)밖에 없다는 사실도 망각했다.

북검문에는 사대(四隊)가 있다. 그중에 열 명도 안 되는 인원으로 대(隊)를 구성한 것은 혈귀대밖에 없으며, 혈귀대원들의 무공은 개개인이 다른 대의 대주와 버금간다. 혈귀대는 북검문 최강 무인들이 응집된 곳이며, 혈귀대가 지나간 자리에는 풀 한 포기조차 남지 않는다.

이것이 현재 사람들이 생각하는 혈귀대다.

혈귀대주, 그가 현재의 혈귀대를 만들어낸 장본인이다.

그가 말한다. 이곳에서 혈귀대 중 절반은 뼈를 묻을 것이라고. 운이 따라준다면.

그런 소리를 들었지만 혈귀대원들 중 동요하는 사람은 없었다.

"혈팔, 혈구, 앞을 뚫어라. 혈삼, 뒤를 바짝 따르며 엄호. 혈이, 혈오는 좌측을 맡고, 혈육, 혈칠은 우측을 맡는다. 혈사는 나와 함께 뒤에 선다."

혈귀대원들이 즉시 움직였다.

이것이 혈귀대의 율법이다. 대주의 명을 하늘처럼 여긴다는 것.

그러나 이번에는 이의가 제기됐다.

"대주, 내가 혈사하고 뒤에 서고 싶은데. 마상 싸움을 할 때마다 느낀 건데, 이놈의 판관필은 별 도움이 되지 못하더라고."

혈오가 명에 따라 좌측으로 움직이며 말했다.

대주는 대답하지 않았다.

상식적으로는 혈오의 말이 맞다. 판관필은 근접전에서는 지닌바 세기(細技)를 십 할 이상 떨쳐 낼 수 있지만 마상 전투에서는 크게 위력을 나타내지 못한다.

하나 판관필을 사용하는 사람이 혈오라면 말이 틀려진다. 백여 번이 넘는 싸움 중에서 마상 전투가 차지한 비율은 절반에 이른다.

혈오는 제 몫을 훌륭히 해냈다. 말 등에서 솟구쳐 적을 격살하고, 새가 둥지를 찾아들 듯 치달리는 말 위로 유유히 돌아오는 모습을 보자면 박수가 절로 나온다.

"대주, 저놈과는 손발을 많이 맞춰봐서 저놈과 함께하면 일당백이거든. 내가 뒤에 서면 안 될까?"

이미 우측에서 자리를 잡고 싸움 준비를 끝낸 혈칠이 말했다.

대주는 이번에도 대답하지 않았다.

이들의 염려가 무엇인지 안다. 그렇기에 더 더욱 후미를 양보할 수 없다.

삼첨양익진(三尖兩翼陣)은 혈귀대가 애용하는 진법이기 때문에 눈을 감고도 펼칠 수 있다. 어떤 사람에게 어느 부분을 맡겨도 완벽하게 변화를 그려낸다.

가릴 곳이 전혀 없는 개활지에서 다수의 적에게 포위되었을 때 탈출로를 열어주는 구명진법.

삼첨양익진은 창칼로 무장한 마차가 돌진하는 것과 같은 효과를 이끌어낸다.

물론 진을 구성하는 사람들이 어느 한 사람 약한 사람이 없다는 전제가 깔려 있어야 펼칠 수 있는 진법이다.

하나, 삼첨양익진에도 허점은 있다. 후미는 전면과 측면에 비해서 공격을 받는 압박감이 훨씬 가중된다. 탈출에 성공했다고 생각될 즈음, 적의 모든 역량은 후미로 밀려든다.

지금까지 후미를 맡았던 사람들 중에서 몸이 성한 채로 탈출을 한 사람은 없었다. 반드시 피를 땅에 묻혀 제사를 지낸 다음에야 빠져나오곤 했다.

하물며 지금은 협곡이다. 측면은 압박감이 훨씬 줄어드는 반면에 전면과 후미는 막대한 압력을 받게 된다. 전면은 그나마 세 명이 붙어 있고 활의 지원까지 받으니 다행이지만, 후미는 본신의 무공만으로 견뎌내야 한다.

혈귀대 중 절반이 죽어야 한다면, 제일 먼저 죽는 사람은 후미를 맡은 사람일 가능성이 높다.

"출(出)!"

혈귀대주의 음성이 쩌렁 울렸다.

적은 모습을 드러내지도 않았는데, 사단은 벌써 일어났다.

히히히힝! 히히힝!

말들이 거친 울음을 토해내며 꺼꾸러졌다. 검에 찔린 것도, 화살이나 암기에 맞은 것도 아닌데 느닷없이 앞발을 추켜올리더니 거품을 쏟아내며 나뒹굴었다.

"이런 제길! 뭐야, 이거!"

혈팔과 혈구는 말안장을 발판 삼아 허공으로 도약한 다음, 사뿐히 내려섰다.

"광마산(狂痲散)!"

혈육이 쓰러진 말의 눈을 들여다보며 말했다.

"빌어먹을! 이놈의 영감탱이를! 감히 혈귀대에게 수작을 부려!"

혈사가 눈을 부라리며 뒤를 쳐다봤다.

말에게 여물을 먹인 객잔에서 협곡까지 오는 동안 반 시진이 걸렸다. 광마산의 잠복 시간이 반 시진이니 아귀가 딱 들어맞지 않는가.

"진형을 흩뜨리지 마라! 급출(急出)!"

혈귀대주가 다급하게 외쳤다.

협곡 위에서 한 명, 두 명 모습을 드러내는 자들이 있다. 양팔을 환히 드러낸 가죽 옷을 입고, 머리에는 검은 무명 끈을 질끈 동여맨 자들이다.

'상조문(喪弔門)……'

저미한 신음이 흘러나온다.

북검문에 혈귀대가 있다면 남도문(南刀門)에는 상조문이 있다. 혈귀대가 지나간 자리에 풀 한 포기 남지 않는다면, 상조문이 지나간 자리는 시신 썩는 냄새만 풍긴다.

서로 간에 악명은 익히 들어왔지만 부딪치기는 처음.

'안 좋다. 완전히 걸려들었어.'

"혈팔! 혈구! 뭐 해!"

혈귀대주는 선두를 질타했다.

혈팔과 혈구는 창과 방패를 움켜잡고 전력을 다해 질주해 나갔다. 그 뒤를 혈삼이, 좌우측으로는…… 일당백의 전사들이 투지를 불사른다.

쒜에엑! 쒜에엑!

공기를 가르는 파공음은 연이어 터져 나왔다.

하늘을 가득 메운 화살…… 한여름에 쏟아지는 폭우 같다.

혈귀대는 연신 병기를 휘둘렀다. 협곡 가로 바짝 붙어서 조금이라도 화살세례를 덜 받고자 애썼다. 그러면서도 앞으로 치달려 나가는 속도는 질풍처럼 빨랐다.

"이런 제길!"

혈팔이 걸음을 멈추며 거친 소리를 쏟아냈다.

협곡을 가로막아선 자들, 전신을 철갑으로 두른 철갑기마대. 북검문 천랑대와 비견되는 철사문(鐵獅門) 무인들이다.

천하의 혈귀대라고 하지만 상조문에 이어 철사문 무인들까지 대거 나타나자 주춤거리지 않을 수 없었다.

"뚫어!"

혈귀대주의 음성에는 일말의 망설임도 섞여 있지 않았다.

혈팔과 혈구가 철사문 무인들과 부딪쳐 갔다. 그보다 앞서서 혈삼의 화살이 두 사람 사이를 뚫고 한발 앞서 나갔다.

쒜엑! 퍼억!

말 위에 앉아 있던 철사문 무인들 중 한 명이 휘청거린다 싶더니 뚝 떨어져 내렸다.

화살 한 대에 한 명의 생명.

혈삼은 이번에도 약속을 지켰다. 도검은 물론이고, 웬만한 화살쯤은 가볍게 팅겨내는 현음철갑(玄陰鐵甲)을 입었지만 혈삼의 화살까지 막아내지는 못했다.

"대주! 차라리 제가 앞으로……."

"자리를 지켜!"

혈귀대주는 혈사의 말을 단호하게 끊었다.

철사문 무인들을 상대하는 데는 창보다 도끼가 유력할지 모른다. 하지만 후미에서 나타날 무인들도 철사문 못지않게 강하리라. 그들이야말로 혈귀대의 숨통을 끊어놓기 위해 준비된 존재들이니까.

쒜엑! 쒜엑!

혈삼이 잇달아 화살을 튕겨냈다. 그리고 그럴 때마다 철갑 무인들이 끈 떨어진 연처럼 떨어져 나갔다.

상조문의 반격도 거세졌다. 하늘에서 쏟아지는 화살 폭우는 시작할 때보다 배는 많아졌다.

화살이 빗나가 바위에, 나무에, 흙에 꽂혔다.

타타타닥! 따따따따딱……!

콩 볶는 소리보다도 요란하다. 나무며 땅이며 제 형체를 잃고 고슴도치가 되어버린다.

유시(流矢)는 두렵지 않다. 평범한 자들이라면 수천 번도 더 지옥으로 향했을 화살세례지만 촌각의 눈썰미로 생사를 결정지어 온 혈귀대원들에게는 무용지물에 불과하다.

정작 무서운 것은 정확하게 겨냥해서 당겨낸 화살이다.

상조문도들 중에도 명궁(名弓)은 있을 터이고, 조만간 그런 화살이 날아들 게다.

죽어가는 사람들이 속출하는데도 철사문도는 움직이지 않

고 있다. 철사문이 앞길을 막아놓고 있는 사이에 상조문에서 조준된 화살을 쏘아내지 않을까? 짐작이 맞을 게다.

슈웃!

다른 화살들보다 파공음이 훨씬 미약한 소리가 들린다.

'이거야!'

누군가! 어디를 겨냥한 건가!

"크윽!"

혈삼이 어깨를 움켜잡으며 휘청거렸다.

보통 살보다 절반쯤 가는 살이다. 길이는 절반쯤 더 길다. 화살촉이 시커먼 것으로 보아서는 극독을 묻힌 것 같다.

삼첨양익진에 비상이 걸렸다. 선두에 선 두 사람은 후미 못지않게 압박을 받는다. 이를 보충해 주는 사람이 활을 사용하는 혈삼이었는데, 그가 오른쪽 어깨를 관통당해 활을 쏘지 못하니 삼첨은 무너진 것이나 다름없다.

"궁왕(弓王) 강창도(薑昌都)."

혈삼이 쥐어짜듯 힘들게 말했다.

벌써 독이 번지고 있다. 얼굴색이 누렇게 변색되고, 팔십 노인처럼 검버섯이 피어난다.

"궁왕 강창도. 그까지 왔는가."

혈귀대주는 협곡 위를 쳐다보며 중얼거렸다.

슈웃!

미세한 기척이 또 들린다. 보이지도 않고, 바람이 흘러가는 것처럼 미미한 느낌만 전달해 주는 화살이다.

"혈오! 피햇!"

대주는 소리를 감지하자마자 고함쳤지만 한발 늦고 말았다.

"컥!"

혈오의 몸이 돌덩이라도 된 듯 굳어졌다.

뒤통수로 뚫고 들어와 미간으로 빠져나온 긴 화살.

"강! 창! 도!"

혈귀대주는 상처 입은 맹수처럼 고함을 내질렀다.

이자다. 남도문이 척살자로 선택한 자가. 그러니 후미는 당연히 없다. 강창도는 남도문주가 의제로 선택한 사람, 그의 눈으로 보면 혈귀대쯤은 어린아이로 보일 것이다.

아니다. 이번에도 틀렸다.

저벅! 저벅⋯⋯!

뒤쪽에서 들려오는 발자국 소리.

'남만(南蠻)의 맹수들'이라고 일컬어지는 독조림(毒爪林)의 등장을 알리는 소리다.

"잘 가라. 우리도 곧 뒤따라갈 테니."

혈이가 혈오의 부릅뜬 눈을 쓸어내리며 말했다.

"잘 들어라."

혈귀대주가 비장하게 말했다.

"우리가 이곳에 온 사실을 아는 사람은 문주님과 우리밖에 없다. 아무도 모르는 극비 중에 극비였다. 그게 누설됐어. 한 명이라도…… 반드시 살아나가라. 살아서 배신자를 처단하라. 혈귀대주가 내리는 마지막 명이다."

"대주!"

혈사가 대부를 으스러져라 움켜잡았다.

"지금부터 행동 강령을 말하겠다. 부상자는 가차없이 버린다. 오로지 앞만 보고 달린다. 이것만 명심해라. 달려야 한다는 것! 남겨진 자는 죽음으로써 시간을 벌어라. 출(出)!"

대답은 필요없었다.

삼첨양익진은 무너진 것이나 다름없지만 혈귀대는 진형을 흩뜨리지 않은 채 앞으로 치달렸다.

마지막 행동 강령에 따라서 혈삼은 버려졌다.

"좋아! 와라!"

혈삼은 어깨에 박힌 화살을 쭉 뽑아냈다. 그리고 안간힘을 다해 시위를 매겼다. 그때,

슈웃! 퍼억!

이번 화살이 세상에서 날리는 마지막 화살이라고 생각했는데…… 눈에서 불이 번쩍 튀겼다.

온몸을 불로 지지는 것 같은 고통은 잠깐이었을 뿐, 아무 느낌도 들지 않는다. 점점 희미해지는 의식 속에서 떠오른 것은 인후혈(咽喉穴)이 꿰뚫렸다는 사실을 자각한 것과 혈귀대로서 중원을 질타한 일들이 주마등(走馬燈)처럼 스쳐 지나간

다는 것이다.

혈구의 장창은 철갑 무인을 네 명이나 꺼꾸러뜨렸다. 그러나 현음철갑의 강도는 상상 이상이어서 네 명째 꺼꾸러뜨렸을 때, 그의 장창도 힘없이 부러지고 말았다. 동시에 철갑 무인들의 장창이 그의 몸을 벌집처럼 쑤셔 버렸다.

"크하하핫!"

혈구는 호탕하게 웃었다.

척! 촤아악……!

느닷없이 방패가 종잇조각처럼 찢어지며 칼날처럼 예리하게 다듬어놓은 철편들이 사방으로 비산했다.

"컥!"

"으윽!"

철갑 무인들 십여 명이 일시에 꼬꾸라졌다.

그 시간, 혈팔의 운명도 크게 다르지 않았다. 혈팔은 혈구가 무너지는 모습을 본 순간 자신의 운명을 예감했다. 원래 삼첨은 같은 운명을 지녀야 할 처지이지 않은가.

혈삼이 죽고, 혈구마저 땅에 누웠으니 최첨단에는 그 홀로 남겨진 셈이다.

혈팔은 혈구가 그랬던 것처럼 방패를 폭사시켰다.

척! 촤아아악……!

철갑 무인들이 파도를 만난 모래성처럼 무너진다.

혈팔은 무너지는 시신들을 디딤돌 삼아 허공으로 도약하며 크게 장창을 휘둘렀다.

그의 머릿속에는 살아야 한다는 생각 따위는 조금도 없었다. 오직 하나, 뒤따라오는 동료들을 위해 길을 열어줘야 한다는 생각뿐이었다.

철갑 무인들도 하수는 아니다. 압도적인 수적 우위로 포위하고 있는 상황인데, 자신들의 머리 위로 솟구친 자를 눈뜨고 지켜볼 바보가 있는가.

쒜엑! 파앗! 쑤우웃!

허공에 떠 있던 혈팔은 창날을 전신으로 받을 수밖에 없었다. 하나 그는 웃었다.

'됐어…….'

됐다. 그의 행동은 무모한 것도 개죽음도 아니었다.

그를 짓이기기 위해 철갑 무인들이 창을 허공으로 뻗는 순간, 뒤따르던 혈이의 쌍검이 철갑 무인들의 허점을 파고들었다.

츄웃! 파아앗! 까가각……!

진기가 주입된 쌍검이건만 현음철갑을 가르기에는 힘이 부친다.

그래도 다행이지 않나. 철갑 무인들을 네 명이나 저승 길동무로 만들었으니.

혈이…… 그의 삶을 끝낸 것은 철갑 무인들의 장창이 아니다. 협곡 위에서 날아온 화살 한 대.

쒜에엑! 퍼억!

혈이는 씁쓰름한 웃음을 띠었다.

"저…… 놈의 활을…… 먼저…… 먼저 끝냈어야…… 하는데. 쿳쿳쿳!"

가슴에서 피가 분수처럼 솟구쳐 나온다. 힘이란 힘은 모두 빠져나가고 빈 껍데기만 남은 느낌이다. 역류한 핏물이 식도를 타고 올라와 숨 쉬기조차 곤란하다.

심장을 관통당한 고통이 이런 것인가.

"큭큭! 후후후……."

그는 계속 웃었다. 웃음이 절로 나오는데 웃지 않고 배길 수 있나. 혈육과 혈칠이 자신이 열어준 활로 덕분에 포위망을 거의 벗어나고 있는데…… 이럴 때는 웃어줘야지.

'저 정도 거리라면…… 한 명쯤은 살아 돌아갈 것…….'

대주와 혈사가 보이지 않는다. 죽은 것일까? 아니면 뒤에 처져 있는 것일까. 돌아보고 싶은데 고개가 돌려지지 않는다. 그래도 됐다. 최선을 다해 살았던 삶이었으니.

"후후후……."

천력(天力)을 타고 태어나 무공이란 것이 존재하지 않고 완력으로만 싸운다면 세상을 지배했을 거라고 호언장담하던 사내, 혈사는 땅에 드러누워 부르르 몸을 떨었다.

의식은 이미 육신을 떠났다. 그의 떨림은 본능적인 경련에 지나지 않는다.

궁왕의 화살을 두 대나 맞았고, 독조림의 독조를 세 개씩이나 틀어박히고도 살 수 있다면 인간이 아니라 신이리라.

혈귀대주는 무릎을 꿇은 채 땅에 박아 넣은 검 한 자루에 전신을 의지하며 쓰러지지 않으려고 안간힘을 다했다.

전신에 틀어박힌 화살이 다섯 대다. 날아오는 화살 소리를 감지한 덕에 즉사 부위는 피했지만 완전히 피해내지는 못했다. 거기에다가 독조에 당한 상처가 전신을 뒤덮고 있다.

저벅! 저벅……!

편안한 발걸음 소리가 들려왔다. 그리고 혈귀대에 치명적인 일격을 안긴 궁왕 강창도가 모습을 드러냈다.

그가 말했다.

"말은 많이 들었지만…… 감탄했네. 내가 직접 나섰는데도 피해가 적지 않았어."

강창도가 주위를 돌아보았다.

마차 한 대 간신히 빠져나갈 좁은 협곡이 화살 밭으로 변했다. 그 위로 수많은 주검들이 아직까지도 피를 쏟아내고 있다. 매복 기습이니 상조문만 나서도 해결될 수 있다고 생각했거늘…… 그랬다면 혈귀대는 협곡을 빠져나갔다. 철사문이 앞을 막아준다면 완벽하다 싶었는데…… 그래도 절반 이상은 빠져나갔을 것 같다.

혈귀대가 이 정도일 줄이야. 생각보다도 훨씬 뛰어난 자들이다. 죽이는 것이 아까울 정도로.

"사망자만 철사문이 스물여섯, 독조림이 마흔둘. 그러고도 혈귀대를 뿌리 뽑지 못하고 두 명이나 살려 보냈으니, 이런 망신이 어디 있나. 그나마 다행은 자네를 잡았다는 것인데, 내 개인적인 생각으로는 여기 있는 사람 모두 죽어도 자네만 잡을 수 있다면 셈이 된다고 보네. 지금 자네를 잡은 게 천만다행이야."

"크크크……!"

혈귀대주는 웃는 데도 힘이 든다는 사실을 처음으로 알았다. 그러나 남은 힘을 모두 쏟아내는 한이 있더라도 한마디만은 해줘야 한다. 그러니 여기서 무너질 수는 없다.

강창도가 가늘게 눈살을 찌푸리며 말했다.

"적만 아니었다면 벗으로 삼았어도 무방할 사람. 시신은 보존해 주겠네."

혈귀대주도 죽음 따위는 개의치 않는다는 듯 남의 일처럼 담담하게 맞받았다.

"너희…… 이제 큰일 났어. 나를 죽인 건…… 큰 실수야."

궁왕 강창도는 크게 웃었다.

"하하하! 북검문에 대한 신심(信心)이 두텁군. 문도라면 당연히 그래야겠지. 하지만 우리 남도문도 만만치 않네. 객관적인 평가로는 비등. 그러니 전면전을 펼치지 못하고 이런 소모

전만 벌이는 게 아닌가."

혈귀대주는 고개를 좌우로 흔들었다.

"크크크! 큰일…… 났다니까. 나보다 훨씬 무서운……
곧…… 곧 너희를……."

혈귀대주는 말을 끝맺지 못하고 고개를 떨어뜨렸다.

혈귀대는 웃으면서 죽는 전통이라도 있는 것일까? 혈귀대
주도 웃으면서 죽었다.

그의 웃음은 매혹적이기까지 했다.

2

혈귀대의 몰락은 북무림(北武林)을 뒤흔들었다.

절대사지라고 생각되는 곳을 수십 차례나 들락거리며 인
간의 한계를 초월한 사람들의 진면목을 유감없이 보여주었던
사람들이 죽다니!

무인은 물론이고 범인(凡人)들까지 혈귀대가 당했다는 소
식을 믿지 못했다.

천랑대(天狼隊)가 당했다면 믿는다. 천비대(天秘隊)가 당했
다고 해도 믿는다. 천검대(天劍隊) 역시 불패의 신화를 가지
고 있지는 않다. 하나 혈귀대가 당했다는 소식만은 정녕 믿을
수 없다.

그러나 현실은 냉정했다. 사람들의 한가닥 믿음을 비웃는 듯 혈귀대원들의 시신이 운송되었다.

많은 사람들이 소문을 듣고 시신이나마 구경하고자 길을 가득 메웠으나 그들은 아무것도 볼 수 없었다.

"북검문으로 가는 길은 이 길뿐인데 어디로 간 거지?"

"낸들 아나. 북검문 무인들이 비밀리에 호송하고 있다니 다른 길을 택한 거겠지."

"혈귀대가 당한 게 사실인 모양이지?"

"혈육과 혈칠만 살아남고 모두 전멸했다던데."

"혈귀대주가 죽었다고? 에이, 설마…… 어딘가에서 상처를 수습하고 있겠지."

혈귀대주의 죽음, 그것만은 믿을 수 없었다.

그는 어딘가에 살아 있을 게다. 천덕꾸러기에 불과했던 자들을 쓸어 모아서 북검문, 남도문을 통틀어 가장 강한 대(隊)를 만든 그가 아닌가. 백사십칠 전 전승의 주인공이지 않은가.

"당한 건 사실인 것 같아. 혈육과 혈칠의 모습이 마치 어육을 잘 다져 놓은 것 같았다네. 두 사람 중 혈칠의 상처는 특히 중해서 살아 있는 게 기적이라는 소리까지 있더군."

"얼마나 당했기에 어육 소리까지 나오는 거야?"

"나도 소문을 들은 거니까 정확한 건 아닌데…… 혈칠은 두 팔과 한 다리가 잘리고, 장창이 배를 관통했다네. 내장이

조각조각 으스러졌다지 아마?"

"정말 살아 있는 게 기적이군."

"혈육은 그나마 나은 편이야. 창에 찔린 곳이 다섯 군데나 되지만 요행히 치명적인 요혈은 피했다네. 하지만 그 역시 중상인 것은 틀림없어. 상처가 회복되어도 무공은 고사하고 육신을 자유로이 운신할 수 있을지도 미지수라니."

사람들은 북검문의 일갈이 터져 나오기를 기다렸다.

혈귀대가 몰살당했으니 북검문 삼대를 총동원해서라도 복수를 할 것이라고 생각했다. 장강을 한바탕 피로 물들여야 혈귀대의 복수를 했다고 할 수 있지 않겠나.

혈칠은 끝내 숨을 거뒀다.

혈귀대원들의 시신이 운송되고 있다는 소식을 듣고 한 번이라도 보고자 했지만 그 작은 소망마저 이루지 못하고 눈을 감았다.

북검문은 어떠한 입장도 발표하지 않았다.

혈귀대의 명성이나 공적은 하늘을 찌를 듯이 높지만 낮게 내려앉히고자 하면 천랑대의 일개 조일 뿐이다.

북검문은 후자를 선택한 듯 조용하기만 했다.

*　　　*　　　*

"가보시지 않을 거예요?"

"……."

"지금 안 보시면 평생 한이 될 텐데……."

"……."

"오늘내일 사이로 매장한다던데…… 치잇! 해도 너무했지 뭐예요. 혈귀대주님이 어떤 분인데 겨우 무장(武葬)이 뭐예요, 무장이. 이건 대주로 인정하지 않는다는 말과 똑같잖아요."

금연화(金蓮花)의 손끝이 파르르 떨렸다.

혈귀대주, 그는 한낱 하급 무인에 지나지 않았던가.

아니다. 오히려 그 반대다. 북검문에서 혈귀대주가 차지하고 있던 영향력은 대단히 컸다. 그의 죽음은 최소한 기둥뿌리 하나쯤은 뽑혀져 나가는 충격이다.

그런데 그의 죽음이 별호조차 없는 무명 무인의 죽음처럼 쓸쓸하게 다뤄지고 있다.

이해는 한다. 북검문은 북무림이 받을 충격을 최소화시키겠다는 생각에서 그의 죽음을 하찮은 것으로 만들고 있는 것이다.

'그래도 이렇게 보내서는 안 될 사람이야. 혼례도 치르고, 애도 낳고, 깨가 쏟아지도록 행복을 맛본 후에 잠자듯이 영면에 들어야 할 사람이야.'

행복은 끝났다. 그와 보낸 시간은 꿀보다도 달콤했지만 영원히 머릿속에서만 기억될 추억이 되고 말았다.

"정말 안 가세요? 너무들 하세요. 부주(府主)님이야 북검문 주님의 뜻을 좇는다지만 아씨는 연인(戀人)이었잖아요. 어떻게 마지막 가는 길도 안 보세요?"

'그 사람이 말했어. 자유를 잃은 사람은 하고 싶은 말도 하지 못하고, 하고 싶은 행동도 하지 못하고 그저 시키는 일만 죽어라고 해야 한다고. 그래서 용꼬리보다는 닭대가리라도 되어야 한다고. 자유를 잃은 사람의 비애(悲哀)…… 그거겠지. 연인이 죽었어도 향조차 피우지 못하는 운명이.'

금연화는 가슴속 말을 털어놓을 수 없었다. 누군가에게 털어놓고 싶고, 펑펑 울고도 싶지만 자하부(紫霞府)의 안위를 생각해서 꾹 눌러 참았다. 슬픈 내색조차도 비치지 않았다.

북검문에서 하급 무인들에게 행하는 무장을 하건 말건, 장래를 약속한 연인이건 말건 아무것도 모르는 것처럼 부중에 틀어박혀 있어야 한다.

이것이 참새에게 노림을 당하는 사마귀의 운명인 것을 한낱 시비가 어찌 헤아리랴.

금연화는 손톱이 살 속으로 파묻히도록 으스러져라 주먹을 말아 쥐었다.

혈귀대 여덟 명의 장례는 신속하게 처리되었다.

문상객도 없고, 곡도 없으며, 상여도 없는 장례다. 목관에 몸을 뉠 수 있다는 것만으로도 천만다행인 듯 모든 예식이 생략된 조촐한 장례, 무장이다.

장지도 북검문에서 십 리나 떨어진 야산 공동묘지로 정해졌다.

북검문 하급 무인들이 죽을 경우, 거의 대부분 묻히는 곳이니 이상할 것도 없다.

관을 실은 마차는 자정에 빠져나가 인시(寅時)에 돌아왔다.

그것으로 끝이다. 혈귀대라는 이름은 무림에서, 북검문 역사에서 사라져 버렸다.

무덤이 너무 많다. 야밤이라서 묘비명을 읽는 것조차 쉽지 않다. 그래도 읽고자 한다면 달빛, 별빛에 의존하여 하나씩 더듬어가는 수밖에 없다.

"새로 생긴 무덤만 찾으면 된다. 흙냄새가 유독 진하게 풍기는 무덤. 떼조차 입히지 않았을 테니, 물기가 마르지 않은 흙더미만 찾으면 된다. 찾아!"

크게 말하지도 않았다. 옆에 있는 사람에게 이야기하듯이 작게 중얼거렸다.

그녀의 말이 끝나는 순간 어둠 속에서 야조(夜鳥)들이 날아올랐다.

날렵한 몸매에 이 척쯤 되는, 다소 짧은 장검을 두 자루씩이나 허리춤에 매달고 있는 여인들.

여인들이 빠른 속도로 봉분들을 훑어갔다.

새로 생긴 무덤이니 어렵지 않게 찾으리라. 하나 금연화는 자하령(紫霞靈)들이 무덤을 찾아줄 때까지 뒷짐이나 진 채 한 가히 기다릴 수 없었다.

그녀도 발을 떼어 무덤들 사이로 들어섰다.

향화라도 올려줘야 한다. 간다는 말 한마디 건네지 못하고 가버린 사람이니 할 말인들 오죽 많을까. 향을 피우고 지전(紙錢)이라도 살려주면 혹여 못다 한 말을 건네오지는 않을지.

"인근 오 리 이내에는 쥐새끼 한 마리 없어요."

야조가 민첩한 신법으로 다가와 옆에 서며 말했다.

금연화는 대답하지 않고 묘들을 훑어갔다.

북무림에서 북검문의 지시는 절대적이다. 금족령(禁足令)을 내리면 문밖으로 한 발자국도 내디뎌서는 안 된다. 죽으라면 죽고, 살라면 살아야 한다.

그들의 명을 어기고 찾지 말라는 묘를 찾는 건 큰 모험이나.

무덤을 찾기가 쉽지 않다. 어느 무덤이 방금 만든 무덤이고 일 년 전에 만든 무덤인지 분간이 가지를 않는다. 죽은 사람은 또 왜 이리 많은지, 온 산이 무덤 천지이니 어느 천 년에 찾을 수 있단 말인가.

'찾아야 돼. 오늘 못 찾으면 내일. 내일도 못 찾으면 모레.

꼭 찾아야 돼. 물어볼 거야. 어떻게 생겨먹은 사람이기에 그렇게 가버렸냐고. 골치 아픈 계집 떼어놓고 가버리니 속 시원하냐고.'

그를 생각하니 눈물이 앞을 가린다.

죽음과는 인연이 없는 사람인 줄 알았더니, 그도 죽는구나. 검에 찔리기도 하고, 화살에 관통당하기도 하는구나.

시간은 화살처럼 흘러갔다.

공동묘지를 찾았을 때가 유시(酉時). 지금은 해시(亥時)를 지나 자시(子時)로 접어든다. 달빛이 하늘 한복판에서 빛나고 있으며, 풀벌레 소리가 스산하게 들린다. 그때,

쨍그렁!

무엇인가 사발 깨지는 소리와 흡사한 소리가 그녀의 신경을 팽팽하게 잡아당겼다.

그녀의 몸은 일시에 굳어졌다.

짐승이 내는 소리인가, 사람이 흘린 소린가. 사람이라면 이 늦은 시간에 공동묘지에서 무엇을 하고 있단 말인가. 혹시 북검문 무인들이 잠복해 있는 것은 아닐까? 그럴 가능성도 배제하지 못한다. 정말 그렇다면…….

금연화는 다급히 옆에서 따라오는 여인을 쳐다봤다.

여인은 급히 고개를 가로저었다.

일시, 죽음과 같은 정적이 흘렀다. 다른 곳을 뒤지던 자하령들도 소리를 들었는지 숨소리를 숨겼다.

금연화는 촌각이 십 년이나 되는 듯 길게 느껴졌다. 그 짧은 시간 안에 한 가지 결정을 내려야 하기에 시간은 더욱 더디게 갔다.

이윽고 결정을 내렸다.

그녀는 손을 들어 목을 가로 그었다.

옆에서 따르던 여인이 인상을 찡그리며 또 한 번 고개를 가로저었다. 그것만은 안 된다는 뜻으로. 하나 금연화의 가늘게 찡그러지는 미간(眉間)을 보는 순간 어쩔 수 없다는 듯이 쌍검을 뽑아 들었다.

사아악……!

검이 검집에서 뽑혀 나왔지만 소리는 전혀 들리지 않았다. 대부분의 장검들은 검신에 윤기가 흐르도록 갈고 닦는 법인데, 여인이 뽑아 든 검은 거무튀튀해서 전혀 빛이 나지 않았다.

부스럭!

몸을 뒤척이는 듯한 소리가 또 들려왔다.

사람이 확실하다. 짐승이 흘리는 소리와는 전혀 다르다.

금연화는 신경을 곤두세운 채 소리가 들려온 곳을 향해 쏘아갔다.

쉬익! 쉭쉭쉭……!

사방에 흩어져 있던 열 명의 야조도 토끼를 노리는 독수리가 되어 목표점으로 달려들었다.

무덤을 다섯 열 정도 거슬러 올라갔을까? 어둠에 익숙해진 눈이 두 사람을 찾아냈다. 봉분을 등에 지고 누워 술을 마시고 있는 노인과 그 옆에서 무언가를 하고 있는 청년.

척! 척척척……!

이십여 개의 검날이 두 남자의 전신에 자석처럼 달라붙었다. 손아귀에 일 푼이라도 힘이 가해지면 여지없이 피분수가 솟구칠 형국이다.

노인과 청년의 행동이 뚝 멈춰졌다.

노인은 놀란 눈으로 어둠 속에서 나타난 여인들을 두리번거리며 쳐다보았고, 청년은 하던 행동을 멈추고 담담한 표정으로 몸에 달라붙은 검신을 쳐다보았다.

금연화는 속으로 안도의 한숨을 내쉬었다.

무인이 아니다. 무림과는 거리가 먼 사람들이다. 일단 그것만으로도 안도의 숨을 내쉬기는 충분하다.

북검문 무인이라면 제거하려고 했다. 북검문 무인들을 죽이는 것은 자하부를 백척간두(百尺竿頭)로 내모는 행위이지만, 죽이지 않으면 자신들이 이곳에 온 사실이 알려지니 그에 못지않은 질책을 받는다. 그러잖아도 자하부를 눈엣가시처럼 여기는 북검문인데.

살아 있는 자는 눈이 있어서 볼 수 있지만 죽은 자는 몸으로만 말해야 한다.

금연화는 몸으로 말하지 못하게 만들 자신이 있었다.

이들은 무인이 아니다. 죽이든 살리든 자신의 손에 달려 있다. 조금이라도 불안한 느낌을 주거나, 북검문에 말을 흘릴 기미가 있다고 판단되면 가차없이 죽이리라.

노인은 눈여겨볼 것도 없다. 가만히 내버려 두어도 살날이 얼마 남지 않은 병자다. 전신이 비루먹은 망아지처럼 비쩍 말랐고, 눈두덩이 검푸르게 변색된 것을 보니 양기(陽氣)가 거의 소진되었다.

한마디로 노인은 일 년을 넘기지 못하고 죽으리라.

노인은 무덤에 몸을 기대고 비스듬히 누워서 술을 마시는 중이었다.

봉지(封紙)를 뜯지 않은 술독이 세 개나 있고, 조금 먼 곳에는 아직도 주향이 물씬 풍기는 술독들이 수북이 깨져 있다.

그녀들의 청각을 자극했던 소리는 술독이 깨지는 소리였다.

몸도 성치 않은 사람이 말술을 들이켜고 있으니 정말 죽음이 멀지 않았다.

청년은 눈여겨볼 만하다.

잘 다듬어진 몸이다. 근육이 뛰어나지만 섬세하고 부드러워서 보기 좋다. 머리를 풀어헤친 산발한 모습이라서 얼굴은 볼 수 없다. 하나 꽤나 준수한 용모를 지닌 듯하다.

반면에 행색은 영락없이 부랑자다.

옷은 허름하다 못해 상거지 꼴이다. 수십 년은 빨아 입지 않은 듯한 누더기를 걸치고 있으니 보기 싫은 것은 차지하고 역겨운 냄새 때문에 숨을 쉴 수가 없다.

금연화는 촌각도 지나지 않아서 두 사람의 모든 것을 파악해 냈다.

"오밤중에 공동묘지에서 술을 마신다? 뭐 하는 놈들이냐!"

냉기가 풀풀 날리는 음성이었다.

"저, 저휜 수, 수묘인(守墓人)인뎁쇼."

노인이 겁에 질린 표정으로 더듬더듬 대답했다.

수묘인? 수묘인이 이 시간에 공동묘지 한복판에서 무엇을 하고 있었단 말인가. 하늘을 천장으로 삼고 공동묘지를 구들장 삼아서 잠이라도 청할 생각이었단 말인가.

금연화는 청년의 손에 눈길을 주었다가 무릎 부근으로 옮아갔다.

손에는 작은 소도(小刀)가 들려 있다. 무릎 부근에는 작은 널빤지가 놓여 있다.

일령이 재빨리 널빤지를 빼앗아 금연화에게 내밀었다.

'무슨 짓들을 하고 있……'

갑자기 숨이 막혀온다. 널빤지를 보는 순간 세상이 정지했다. 오감(五感)을 비롯하여 모든 신경이 가닥가닥 끊어진다. 몸을 움직일 수 없고, 말을 할 수 없다.

혈귀대주(血鬼隊主) 지(之) 묘(墓).

"이…… 이건…… 너, 너희…… 뭐 하…… 뭐 하는……."

"저흰 수묘인인뎁쇼."

노인이 같은 말을 반복했다.

"너, 너희는 북검문이……."

기가 막혀 말도 나오지 않는다. 북무림에 어떤 자가 있어서 이들처럼 대담하게 묘비를 세울 수 있단 말인가. 북검문이 세우지 않은 묘비를. 혈귀대주의 묘비를.

"휴우! 저희 같은 수묘인들의 눈에는 죽은 사람은 모두 똑같습죠. 왕후장상이나 거지나…… 죽어서 땅속에 들어가는 순간까지도 있는 자와 없는 자의 구별은 있습죠마는, 실은 숨이 끊어지는 순간부터 주검이 가져가는 건 아무것도 없습죠. 잘난 사람이나 못난 사람이나 그저 맨몸뚱이 땅에 묻는 것뿐인데."

수묘인다운 말이다.

"묘를 만들면 어떻고 들짐승 밥이 된들 어떻습니까. 썩어 문드러지는 게 육신인데. 그래도 굳이 묘를 만드는 것은 잊지 않겠다는 약속인데…… 약속을 할 바에는 확실하게 해주는 것이 좋습죠."

"그래서 묘비를 세워준다? 북검문이 세우지 않은 묘비를?"

"사, 살려만 주시면 두 번 다시는……."

"마저 해."

"네?"

"묘비를 만들란 말이야!"

기적적으로 묘에 대해서 가장 잘 아는 수묘인을 만났다. 천만다행이다. 자신들이 찾으려고 했다면 한 달을 찾아도 못 찾을 뻔했다. 수묘인 말대로 묘비조차 없는 묘인데 어떻게 그를 찾을까. 새로 만든 무덤이 딱 여덟 개라면 모르는데 무려 사십여 개에 이르니.

비록 허술한 장례를 치르기는 했지만 혈귀대는 역시 북검문의 중추였다. 진묘(眞墓) 여덟 개를 만들기 위해 가묘(假墓)를 서른두 개나 만든 것이 혈귀대의 중요성을 단적으로 설명해 준다.

금연화는 흙더미만 쌓아 올려진 초라한 무덤 앞으로 다가가 무릎을 꿇고 앉았다.

혈귀대주(血鬼隊主) 지(之) 묘(墓).

수묘인이 부실하게 만든 널빤지를 얻기 위해서 그토록 험한 싸움터를 전전했던가.

향을 살리려고 했다. 지전을 태우려고 했다. 그런데 갑자기 머릿속이 텅 비어지며 눈물이 걷잡을 수 없이 쏟아져 내린다.

'어쩌자고…… 어쩌자고…… 이렇게 누워 있는 건가요? 내가 보고 싶지 않나요?

꿈이었으면…… 이게 꿈이었으면…….

시간이 화살처럼 흘러갔다.

밤새도록 이야기를 나눴다. 투정도 부리고, 성질도 내고, 애원도 했다. 그러나 그는 한마디도 하지 않았다. 무슨 말을 하든 깊은 침묵으로 일관했다.

속이 풀리도록 실컷 울기도 했다.

사람을 잃는다는 게 이렇게 큰 고통일 줄 몰랐다. 가슴이 찢어지다 못해 이글거리는 불길에 녹아 새까만 재가 되어버린다. 그리고 그 자리에서 증오라는 새로운 불길이 솟구친다.

금연화는 눈물을 닦았다.

'오늘만 울고 울지 않을 거야.'

날이 밝아온다. 그는 가고 없건만 태양은 아무 일도 없다는 듯이 태연하게 얼굴을 내민다.

금연화는 몸을 일으켰다.

무덤을 찾았으니 자주 찾아올 수 있다. 그가 보고 싶을 때면 언제든지 달려올 수 있다. 그의 몸은 옆에 없지만 마음이 남아 있기에 같이 있는 것이나 진배없다. 그렇게 생각한다. 그렇게 살아갈 것이다.

"또 올게요. 낮에는 오지 못하고 밤에만 올 거예요. 언젠가는 낮에도 찾아올 수 있겠죠. 잘 있어요."

금연화는 내일 또 만날 사람처럼 살포시 미소를 지으며 말했다.

'다음에 올 때는…… 활짝 웃을 수 있을 거예요. 당신을 죽인 사람들…… 누가 되었든…… 그자의 머리를 들고 올게요. 북검문이 움직이지 않는다면 제가 할 게요. 당신의 복수를.'

태양은 주변 경물을 환하게 비쳐 주었다.

공동묘지를 찾을 때는 몰랐는데, 나오면서 보니 거지도 살지 않을 것 같은 움막이 보였다.

노인은 술에 취해서 곯아떨어졌다. 서너 명쯤 둘러앉아서 다과를 즐길 수 있는 평상(平床)에 드러누워 세상이 모두 자기 것인 양 편하게 잠들어 있다. 청년은 마당 한쪽 구석에서 관을 실어 나르는 것으로 보이는 짐수레를 수리하느라고 정신이 없다.

평소 같으면 눈길도 주지 않을 수묘인. 달라도 너무 다른 세계에 사는 사람들. 이번과 같은 경우가 아니라면 수묘인과 만날 일조차 없었을 텐데.

지난밤에는 보지 못했던 새로운 면면도 보인다.

청년의 나이는 기껏해야 스물서넛으로 자신보다 겨우 두어 살이 많아 보인다.

물어서 확인할 수는 없지만 틀림없다고 확신한다.

슬쩍 흘겨본 눈길만으로도 상대를 파악해 내야 하는 것이 무인이다. 나이, 성격은 물론이고 상대가 지닌 무공 노수까지 파악해야 한다. 한쪽 발은 이승에, 한 발은 저승에 담고 있는 무인이라면 당연히 갖춰야 할 기본 소양이다.

사내는 이제 막 청년 소리를 듣는 사람이다. 한데 행동거지나 말하는 모습은 삼십대다. 삶의 고단함이 몸에 뱄다.

싸움도 아는 자다.

투전판에서 시비라도 붙으면 서슴없이 주먹부터 날릴 자다. 그리고 웬만한 싸움은 이겨왔을 게다.

이런 자들은 상대가 무인이라고 해서 겁부터 집어먹지는 않는다. 뭐라고 해야 하나? 맞아봐야 정신을 차릴 자들이라고 해야 할까? 하기는…… 이제 갓 무공을 배우기 시작한 초심자들이 무인이랍시고 거들먹거리다가 무지렁이들에게 혼쭐나는 경우도 있으니 무인도 무인 나름이겠지만.

진정한 무인과 모양만 무인인 사람들을 가려볼 줄 모르는 한 언젠가는 톡톡해 대가를 치르리라.

고마운 마음도 든다. 이들이 아니었다면 혈귀대원들의 무덤을 그리 쉽게 찾지 못했을 게다.

북검문은 혈귀대원들의 무덤을 한 자리에 모아놓지 않았다. 산지사방으로 흩어놓았고, 묘비도 세우지 않았다. 정녕 이들이 아니었다면, 이들이 묘비를 세워주지 않았다면 어느 무덤이 누구 것인지 알아낼 길이 막막했으리라.

"한두 달 편히 먹고살 돈을 줘라."

어젯밤처럼 나지막하게 중얼거렸다.

그녀의 주위에는 아무도 없었다. 십여 명에 이르는 여인이 땅속으로 스며들었는지 옷깃조차 보이지 않았다.

第二章

망부도(亡婦道)
―망부가 해야 할 일

1

뎅! 뎅! 뎅!

멀리서 삼경(三更)을 알리는 인경 소리가 들려왔다.

금연화는 생각에 몰두했다.

서적을 펼쳐 놓고 있지만 글귀는 한 자도 들어오지 않았다.

대황촉(大黃燭) 불길만 부질없이 너울거린다.

'방법이 없어.'

생각을 거듭 해봐도 뾰족한 수가 생각나지 않았다.

혈귀대원들의 죽음은 시작부터 끝까지 비밀에 가려져 있다.

현장을 말해줄 사람은 있다.

혈육, 그는 당시의 처참했던 광경을 생생하게 말해줄 사람이다. 죽음과는 동떨어졌던 혈귀대주가 어떻게 해서 속수무책으로 죽어가야 했는지를 말해줄 사람이다.

혈귀대는 남무림 고수들에게 척살당했다. 그렇다면 남무림에서도 말해줄 사람이 상당수 있다.

문제는 혈육의 행방이 그날 이후부터 묘연해졌다는 것이다. 정확히 말하면 혈칠이 죽던 날부터 그를 본 사람이 없다.

남무림에는 더 더욱 가지 못한다.

장강(長江)을 넘어 남무림으로 들어가는 순간부터 자하부는 북무림의 표적이 될 게다. 북검문에 동조하지 않는 것만으로도 고립무원(孤立無援)인데, 누가 장강을 넘어서기라도 한다면 그야말로 울고 싶은데 뺨을 때리는 격이 된다.

북검문이 용인해 줘도 장강을 넘을 수는 없다. 북무림 무인들이라면 이를 가는 남무림이며, 장강을 철통처럼 봉쇄하고 있으니 선착장에 발을 딛기도 전에 요격당하고 말 것이다.

남도문의 매복 공격에 혈귀대가 단 한 명만 생존하고는 모두 죽었다.

이것이 현재까지 알려진 전부다.

매복…… 혈귀대의 행선지를 알고 있어야만 펼칠 수 있는 공격 방식이다.

연인이었던 자신조차도 알지 못하는 행적인데, 북검문에서도 혈귀대의 행적은 철저한 보안 사항인데.

배신자가 있다. 혈귀대의 행적을 알 수 있는 자라면 상당히 높은 위치에 있는 자일 것이다. 북검문주나 초인 여섯 명일 수도 있고, 그들이 아니더라도 그들과 비견되는 자일 것이다.

답답하다. 혈귀대가 누구에게 어떤 식으로 죽었는지만 알아도 갈 길을 정할 수 있겠는데 아무것도 모르고 있으니 움직일 수가 없다. 하물며 이런 상황에서 배신자가 누군지 알아내는 것은 그야말로 하늘에 떠 있는 별을 따오는 것과 같다.

혈육을 찾을 길도 없고, 남무림으로 갈 수도 없고…….

'사람을 찾을 수 없다면 장소를 찾으면 돼. 단문협(斷紊峽)으로 가봐야겠어.'

전장은 깨끗이 치워졌을 게다. 남도문이 아니면 북검문에서 핏자국 한 올까지 씻어냈을 것이다. 그래도 가봐야 한다. 배반자를 알아낼 수는 없겠지만, 최소한 어떤 싸움이었는지 단문협 싸움에 대한 전모는 알 수 있으리라.

그것만 해도 위험천만하다. 혈귀대에 대해서는 알려고 하지 말고, 말하지도 말 것이며, 애도하지도 말라는 이해하지 못할 명령을 위반하는 행위다.

금연화는 자신을 점검했다.

행동을 개시하려면 자하부와의 인연을 끊어야 한다. 자신 때문에 자하부까지 곤욕을 치르는 일이 생겨서는 안 되겠기에 자신 스스로 정리를 해놓고 떠나야 한다.

떠날 때 데리고 갈 사람이 누가 있을까?

제일 먼저 떠오르는 사람들은 자하령이다.

자하령은 모두 열 명이다.

처음부터 열 명을 맞추고자 의도한 것은 아니었는데, 재질 있는 여인들을 하나, 둘 받아들이다 보니 어느새 열 명을 꽉 채우고 말았다.

그녀들은 자하쌍구검(紫霞雙九劍)을 절정으로 수련해 냈으며, 공령문(空靈門)의 절기인 염화옥수(拈花玉手)와 선유비조신법(仙遊飛鳥身法)도 공령문주가 손뼉을 칠 만큼 습득했다.

하나같이 무시하지 못할 고수들이다.

그럼에도 북무림은 자하령의 존재를 알지 못했다. 자하부에서도 몇몇 극소수만이 알고 있을 뿐, 자하문도 대부분은 자하령이라는 이름자조차 들어보지 못했다.

자하령, 그녀들은 금연화가 나이 열여섯일 때부터 작심하고 양성한 그녀만의 수족인 것이다.

'걔들은 따라와 줄 거야.'

자하부에서는 자하령 외에 데려갈 사람이 없다. 자칫하면 자신의 행동이 자하부의 행동으로 비춰질 수 있다.

몇몇 사람이 더 떠오른다. 하나 부담스럽다.

비겁한 늑대들…… 부지런히 매파를 보내오다가 연적(戀敵)이 혈귀대주라는 사실을 알게 된 후에는 슬그머니 꼬리를 말고 만 위인들.

그들과 동행한다면 어떤 식으로든 보상을 해줘야 한다.

금연화는 고개를 살래살래 내둘렀다.

혈귀대주도 무서워하던 인간들인데 북검문에 대항할 생각은 더 더욱 못하리라.

괜히 말만 새나간다.

'그래, 자하령만 데리고 떠나자.'

"일령(一靈)."

"네, 언니."

서가(書家) 한구석에서 조용한 음성이 들려왔다.

"자하부를 떠나려고 해."

"……."

"같이 갈 건지 물어봐 줘. 목숨을 보장할 수 없으니…… 내게 목숨을 줄 사람만 가자고 해. 절대 강요는 하지 말고."

"언니."

일령의 음성은 언제 들어도 차분하다.

"자하부에서 우리를 아는 사람이 몇이나 되나요? 하물며 무림에서는 흔적도 없는 우리예요. 우리 목숨은 언니 것이라고 생각했는데, 아니었나요?"

"그래도 물어봐. 자하쌍구검만 쓰지 않으면 다른 무인들처럼 살아갈 수 있을 테니…… 그런 걸 원하는 애도 있을 거야."

대답은 없었다.

일령은 벌써 자리를 떠났다. 선유비조신법이 극성에 이르러 이제는 자신조차도 감지할 수 없는 경지에 이르렀다.

금연화는 하늘거리는 대황촉 촛불을 멀거니 쳐다봤다.

자하부와 인연을 끊어야 하는데…… 자하문주의 일점혈육이 자하부를 등지는 방법에는 어떤 것이 있을까.

반 각쯤 지났을까? 천장에서 일령의 음성이 들려왔다.

"언니, 자하령 모두 떠날 거예요. 언니 말대로 절대 강요는 하지 않았어요. 북검문과 싸울지도 모른다는 말까지 해줬고요."

'영악한 아이……'

일령은 그녀의 마음을 읽고 있다. 자신들이 무엇을 할 것이며, 어디로 갈 것인지 짐작한다.

단문협은 북무림과 남무림, 어느 쪽에도 속하지 않은 완충지대. 적이라고 판단되면 가차없이 죽여도 하등 이상할 것이 없는 무차별 살상 지역이다.

그곳에 가면 남무림보다는 북무림, 그중에서도 북무림을 실질적으로 지배하는 북검문의 공격을 받을 공산이 크다. 아니면 북검문의 하수를 받은 뮤파와 싸우게 되든지.

금연화가 서책을 덮으며 말했다.

"묘지에서 만난 수묘인을 기억해?"

"기억하고말고요."

"젊은 자를 데려와."

"네?"

"깨끗이 목욕시키고, 옷도 좋은 것으로 사 입혀."

"······."

"두 달 정도······ 연인이 되어야 한다고 해. 보상은 원하는
대로 해주고. 평생 넉넉히 살 만한 돈을 줘. 반드시 말해줘야
할 건, 목숨이 위태로울 수도 있다는 거야."

그 사내는 싸움을 아는 자다. 목숨이 위험해도 엄청난 거액
을 제시하면 흔쾌히 받아들일 게다.

용모는 준수해 보였다. 옷만 잘 입혀놓으면 미장부가 따로
없을 것이다. 무엇보다 마음에 드는 것은 섬세한 근육이다.
아름답다는 말이 사내에게도 해당되는 말이라는 것을 알게
해준 근육이라면······ 무복을 입히고 검 한 자루만 들게 하면
영락없이 무인으로 탈바꿈하지 않겠는가.

혹여 죽어도 부담이 없는 자, 세인들의 이목을 속일 수 있
는 골격.

자하부를 등지는 도구로 수묘인보다 적당한 자는 찾아보
기 힘들다.

"고향은 장강 부근으로 해야죠? 단문협을 지나쳐 가는 곳
으로."

역시 한 마디를 하면 두 마디를 알아듣는 아이.

"내일 아침까지는 데려와."

금연화는 자리에서 일어섰다.

다음날 아침, 일령이 돌아와 보고했다.

"지금 당장은 떠날 수 없다고 하네요. 자기가 손댄 무덤은 삼칠제가 끝날 때까지는 보살펴 줘야 된다고. 그 생각이 옳은 것 같아서 그냥 왔습니다."

"뭐?"

"수묘인의 율법은 황제의 명령보다도 우선한다면서 꿈쩍도 하지 않아요. 무엇보다 삼칠제까지는 기다리는 게……."

'삼칠제…….'

그것까지는 생각지 못했다. 수묘인보다 자신이 먼저 챙겼어야 할 일인데.

'그 사람이 죽어서도 날 보호해 주는 거야. 서둘지 말라고.'

공동묘지에 다녀온 일은 자칫 큰 화를 불러올 수도 있었다. 북검문의 명을 거역했으니 코에 걸면 코걸이, 귀에 걸면 귀고리라는 식으로 꼬투리를 잡고 늘어지면 한이 없을 것이다.

더군다나 자신은 혈귀대주의 연인이다. 장래까지 언약한 사이다.

천하인이 알고 있는 사실이고, 당연히 북검문의 이목은 자하부에 집중되어 있으리라.

'서둘면 안 되는 거였어. 차분하게…… 금연화, 차분하게 하자.'

"흥미는 있어 해?"

"삼칠제만 지나면 언제든지 움직일 것 같던데요."

"그만한 대가를 제시했겠네?"

"주루(酒樓) 하나와 아흔아홉 칸 집 한 채를 말했더니 두말 않더라고요."

"삼칠제가 끝날 때까지 기다리자. 말이 새나가지 않게 입단속 철저히 시켜. 자하령도 차분하게 준비시키고."

"예, 언니. 그런데……"

"왜? 할 말 있어?"

"그자 말예요. 말하는 투나 행동이 예의하고는 영 담 쌓은 사람이던데…… 꼭 그자여야 하나요?"

금연화는 피식 웃었다.

한눈에 거칠게 살아온 자라는 건 알았다. 무인을 겁내지 않는 자라는 것도. 언젠가는, 아니, 조만간 큰 코를 다칠 테지만 지금까지는 무서운 것이 없으니 나오는 대로 행동하는 게 당연하다. 또 그런 자여야만 죽어도 마음의 짐이 한결 가볍다.

"신경 쓸 것 없어. 예의가 단문협에 데려다 주는 건 아니니까."

'어쩌면 한두 시진 만에 죽어 나자빠질지도 모르지.'

"알았어요. 만반의 준비를 해놓을 게요."

일령의 숨결이 지워졌다.

'시간이 남네…… 그래! 그녀를 데려가야 해. 그녀가 도와주기만 한다면 천군만마를 얻은 것과 마찬가지야.'

사람들은 그녀에게 절혼마녀(絶魂魔女)라는 이름을 붙여주었다.

용모도, 신세 내력도, 무공연원도 모두 비밀에 가려진 유령 같은 여인이다. 하지만 그녀는 분명히 존재하고, 그녀가 마음먹어서 죽이지 못할 사람이 없다는 사실도 인정되고 있다.

금연화는 절혼마녀의 거처를 알고 있는 세 사람 중에 한 명이다. 공령문주가 그녀를 알지 못했다면 그녀 역시 소문으로만 접했을 터이지만, 지금은 누구보다도 절혼마녀의 절절한 사연을 잘 알고 있다.

무호(武湖)는 호광성(湖廣省) 황주부(黃州府)에 있다. 무호 주변에는 수백 개에 이르는 청루(靑樓)와 홍루(紅樓)가 있으나, 가장 번화한 홍루라면 단연 낙월루(落月樓)다. 하루 동안 여자를 품는 돈이면 범인들이 두세 달 동안 넉넉히 생활할 수 있으니 고관대작(高官大爵)이나 부호(富豪)가 아니라면 문턱도 넘지 못할 곳이다.

무호에는 낙월루 못지않게 유명한 홍루가 하나 더 있다.

너무 지저분해서 범인들조차 외면하는 곳, 동전 한두 푼이면 욕정을 해소할 수 있는 곳, 창기(娼妓)들 중에서도 폐기(廢妓)들만 모여 있는 곳, 낙화향(落花鄕)이다.

금연화는 이목을 끌지 않기 위해 허름한 무명옷을 입고 낙화향으로 들어섰다.

그러나 그녀는 낙화향에 들어서기 무섭게 뭇 사내들의 눈길을 단번에 끌어당겼다. 정작 그녀를 돋보이게 만든 건 옷이 아니라 춘광잔설(春光殘雪)로 표현되는 미모였다.

봄볕처럼 따스하나 뜨겁지 않은 분위기, 물방울이 맺힌 잔설처럼 깨끗하고 맑은 얼굴, 만인 속에 섞어놓아도 확연하게 두드러지는 청초함은 그녀를 세상에서 가장 맑은 여인으로 인식시켰다.

그녀를 보고 마음을 빼앗기지 않은 사내는 없었다.

폐기들만 득실거리는 낙화향에 낙월루에서도 볼 수 없는 미녀가 나타났으니 소란이 일어나는 것은 당연했다.

"어, 어느 방(房)에 있는가? 내 찾아감세. 행하(行下)는 넉넉히 챙겨 갈 테니 염려 말고."

추레한 노인이 욕정에 들뜬 눈빛으로 수작을 붙여왔다.

한두 번 당해본 일이 아니다. 낙화향에 들를 적마다 한두 명씩은 꼭 이런 자들이 치근거렸다.

처음에는 분기가 치밀어 발길로 턱을 차버렸다. 두 번째는 뺨을 올려붙였다. 세 번째부터는 웃어주기만 했다.

오늘도 웃었다. 그리고 한마디를 덧붙였다.

"낙화를 짓밟을 용기는 어디서 나온 거지?"

추레한 노인은 얼굴이 새파랗게 질려 부들부들 떨었다. 그리고는 슬금슬금 뒷걸음질치다가 꽁지가 빠지라고 도망쳤다.

낙화향에는 낙화가 있다.

낙화향 폐기들의 수호신.

낙화를 들먹인다는 것은 거절의 의미이며, 그런데도 수작을 계속 부리거나 힘으로 어찌해 보려고 한다면 낙화를 짓밟는 것으로 해석된다.

낙화를 짓밟은 결과는 참혹하다.

산목숨이 죽은 목숨보다 불행할까? 그럴 수 있다. 세상에서 가장 처참한 몰골로 변하는 순간, 살아 있어도 산 것이 아닌 몰골이 되어 온갖 멸시와 학대를 받으며 여생을 살아야 한다는 것을 알게 된 순간, 차라리 죽었으면 하는 소원을 빌게 된다.

절혼마녀라는 이름이 낙화향에서부터 시작되었다는 것을 아는 사람이 있을까?

무림은 모르고 있다. 하나 낙화향을 들락거리는 사내들은 낙화를 보호하는 여인이 절혼마녀일 것이라고 추측한다. 그래서 온갖 행패를 부리다가도 낙화를 짓밟을 용기가 있냐는 말만 튀어나오면 부리나케 도주한다.

추측은 옳다. 절혼마녀는 낙화향에 있다. 지금도 그녀는 낙화향의 폐기들을 지켜보고 있으며, 누가 여인의 눈에서 눈물을 흘리게 하는지 예의 주시한다.

금연화는 낙화향 한복판에 위치한 동방(冬房)으로 들어섰다.

"어서 옵…… 엇! 누님!"

점소이가 반가운 얼굴로 쪼르르 달려왔다.

"방주님은?"

"안에 계시죠. 어서 들어가세요."

점소이가 손을 들어 술 마시는 흉내를 내며 말했다.

숨이 막힐 만큼 요염한 여인이 가슴을 풀어헤쳐 놓고 술잔을 기울이는 모습은 무서운 욕정을 불러일으킨다.

타락한 여인의 전형적인 모습이다. 하나 '타락'이라는 글자가 떠오르지 않는다. 그런 모습을 하고 있는 여인이 그녀이기에 당장 죽어도 좋으니 흠뻑 빠지고 싶다는 열망만 일으킨다.

마른 몸매, 가는 얼굴, 윤곽이 뚜렷한 이목구비에 큰 눈.

그녀는 우물(尤物)이다.

사내라면 그녀를 보자마자 우물이라는 말이 생각날 것이다. 그녀를 보는 순간 이곳이 폐기들만 모여 사는 낙화향이라는 사실을 잊어버리게 될 것이다.

낙화향에서는 동방을 이끄는 방주요, 보이지 않는 낙화이며, 무림에서는 절혼마녀라고 불리는 여인이다.

"언니."

"어서 와."

그녀는 정인을 대하듯 사글사글 웃었다.

매번 올 때마다 이런 모습이다. 절혼마녀를 만난 지 다섯

해가 넘어가지만 이런 모습 외에 다른 모습을 본 적이 없다. 말투도 늘 이렇다. 조용한 가운데 버들가지처럼 휘청휘청 휘어지는 음성은 뼈라도 녹일 듯하다.

금연화는 그녀 앞으로 다가갔다.

"앉아."

금연화가 앉기도 전에 절혼마녀는 그녀 자리에 술잔을 갖다 놓고 술을 따랐다.

"마셔. 참 팔자도 박복하네. 혼인도 하기 전에 서방 잡아먹었으니 겁(劫)이 씌어도 단단히 씌었네."

"훗! 그러게요."

금연화는 맞은편에 앉아 잔에 담긴 술을 단숨에 털어 넣었다.

뱃속에서 불이 붙는다. 명치 부근에서 치솟기 시작한 불길은 느낄 사이도 없이 목구멍까지 솟구친다.

"크으!"

괴성이 자신도 모르게 튀어나왔다. 오만 가지 인상이 단번에 그려졌다. 경기 들린 사람처럼 부르르 치도 떨었다.

"술도 마실 줄 모르면서 객기 부리긴…… 그래, 마셔. 여기서 안 마시면 어디서 마시겠어. 실컷 마시고 취해."

절혼마녀가 다시 술병을 집어 들었다. 그러나 금연화는 술을 받지 않았다. 술잔을 내려놓고 화사하게 퍼진 얼굴로 방긋 웃었다.

"이제 그만 마실래요. 벌써 취기가 돌아요."

절혼마녀가 눈웃음이 가득 담긴 얼굴로 쳐다봤다. 한참 동안을. 그러다 시선을 거두고 자신의 잔을 채웠다.

"할 말이 있어서 왔구나. 해봐."

금연화는 절혼마녀가 술을 들이켤 때까지 기다렸다가 입을 뗐다.

"혼인하려고요."

"……."

"혼인해서 그 사람 고향으로 갈 거예요. 잘은 모르겠는데, 단문협을 거쳐서 간다고 하네요."

"그러는 거 아냐. 애꿎은 사람 죽이는 일이잖아."

조금만 거센 바람이 불어도 툭 꺾여 버릴 듯한 모습. 이런 여인의 이면에 세상을 공포로 몰아넣는 무공과 독심이 숨겨져 있는 것을 짐작이나 하는 사람이 몇이나 될까.

"한마디 말도 없이 떠날 보낼 수는 없어서…… 그 사람을 찾아갔죠. 거기서 만났어요. 공동묘지에서. 수묘인이에요."

한 가지 잊고 있었던 사실이 문득 떠올랐다.

수묘인의 배짱이 의외로 두둑하다는 점이다. 그는 혈귀대주의 묘비를 만들었다. 북검문의 명을 거역한다는 있을 수 없는 일을 행했다. 무공만 수련했다면 뛰어난 무인이 되었을 게다. 불행히도 조만간 죽을 운명이 되었지만.

"징그러. 시신을 만지는 사람이라니. 동생이 선택한 걸로 봐서 얼굴은 괜찮겠네? 아! 동생은 강한 사내를 좋아했지? 수묘인이지만 무인 냄새도 풍기겠어. 그 정도는 되어야 자하부금지옥엽이 눈을 맞추지. 안 그래?"

"언니."

"술이나 마셔."

절혼마녀는 술병째 들이붓기 시작했다. 불을 붙이면 확 하고 타오를 독주를 냉수 마시듯이 들이켰다.

절혼마녀의 행동 중에 가장 기이한 부분이 술을 마시는 모습이다. 나긋나긋하고 조용하지만 술을 마실 때만은 두주불사(斗酒不辭)다. 그런 모습이 단아함을 깨서 그녀를 더욱 요염하게 만들지만.

'어려운 이야기였나. 그렇겠지. 죽을 공산이 큰데.'

금지(禁地)로 선포된 단문협을 둘러보겠다는 발상은 목숨을 걸지 않는 한 행할 수 없는 일이다. 그것도 북무림의 패주나 다름없는 북검문을 상대로.

"언니, 괜히 왔나 봐요. 부담만 되게."

"부담은 무슨…… 내가 들은 말이라고는 혼인한다는 말과 남편 될 사람과 고향에 간다는 말밖에 없는데. 그런 일에 내가 부담을 느낄 이유가 어디 있어?"

쪼르르……!

절혼마녀는 금연화의 술잔에 술을 채웠다.

"마셔. 동생도 참 독하네. 어지간한 여자 같으면 울고불고

난리치기도 바쁠 텐데."

"많이 울었죠."

"말은 들었어. 매복에 걸려 죽었다고. 매복 따위에 죽을 사람이 아니니 누군가 함정을 판 거겠지. 복수하겠다는 생각이 드는 건 당연해. 마셔."

금연화는 술잔을 집어 들지 않았다. 그러거나 말거나 절혼마녀는 술병을 입에 쑤셔 넣으며 말했다.

"이 세상은 두 종류의 사람이 살아."

"맨정신으로 살 수 있는 인간과 술에 취해야만 살 수 있는 인간요. 귀가 따갑게 들었어요."

"축하해. 내 세계에 들어온걸."

금연화는 더 이상 참지 못하고 독주를 들어 마셨다.

온몸에 불이 붙은 듯 화끈거린다. 양 볼이 불기라도 쐰 듯 뜨겁게 달아오른다.

"호호호! 정말 복수심에 몸이 달았네? 좋아, 수렁에 빠져 보자. 날 죽여줄 사람이 누군지 궁금하기도 하고. 동생이 쩔쩔매는 모습을 어떻게 봐."

"언니!"

"자하령에서 몇 명만 빼. 여기도 살펴야지. 불쌍한 여자들이야. 내가 없으면 사내들에게 하루가 멀다 하고 두들겨 맞아. 그런 사내들은 내 방식대로 처리해야 돼. 마땅한 사람 있어?"

'언니만큼 독해야 한다면…… 육령, 구령. 둘이면 되겠어.'

"있어요. 언니에게는 비교도 되지 않지만 '얼음' 정도는 될 애들이 있어요."

"호호! 얼굴 펴지는 것 봐. 동생은 아직 멀었어. 마음이 타서 재가 되고 나면 아무것도 남지 않아. 살아간다는 자체가 무의미해져. 죽이는 것도 대수롭지 않고, 누가 날 죽여줘도 괜찮고. 동생은 마음이 남았어."

'마음은 죽었어요. 복수만 남았을 뿐.'

자하부는 느닷없이 터져 나온 금연화의 혼인 소식에 발칵 뒤집혔다. 아니, 북무림을 뒤흔들기에 충분한 소식이었다.

"실성하셨나? 혈귀대주는 죽었는데 누구와 혼인한다는 거야?"

"다른 놈이래. 얼마나 기가 막힌지 듣고도 못 믿겠다니까. 혈귀대주가 죽은 지 얼마나 됐다고. 아무리 아씨라도 그러는 게 아니지. 무덤에 흙도 마르지 않았는데."

"난 기가 막혀서 말도 안 나온다. 혈귀대주와 죽네 사네 할 때가 엊그제인데 난데없이 다른 놈이라니. 그놈은 도대체 누구야?"

"몰라. 어떤 놈인지. 누가 되었든 혈귀대주만은 못할 거야. 그러니 혈귀대주에게 바싹 붙어 있었지. 대주가 죽으니까 꿩 대신 닭이라고 그놈한테 찰싹 붙어버린 것 아니겠어?"

"양다리 걸쳤던 거네? 양손에 떡을 들고 궁리하다가 혈귀 대주가 죽자 마음을 정했다 이거지. 햐! 아씨는 다를 줄 알았는데…… 하여간 여자들이란 믿을 게 못 된다니까."

소식을 접한 사람들은 뒤통수를 얻어맞은 것 같은 충격을 받았다. 또 그만큼 큰 배신감도 느꼈다. 이슬보다도 청초했던 금연화의 모든 행동이 가식처럼 여겨졌다.

감히 넘볼 수 없는 성녀(聖女)에서 '너도 여자' 로 전락하는 순간이었다.

소란스러운 바깥과는 다르게 내원(內院)은 조용했다.

"꼭 이렇게까지……."

"아버지, 죄송해요."

"네가 죄송할 건 없다. 내가 미안할 뿐이지. 이해해라, 못 난 아비를."

자하부주는 뒷짐을 진 채 바깥 풍경을 쳐다보며 말했다.

금연화는 그런 아버지의 뒷모습을 멀거니 쳐다봤다.

항상 당당하시던 아버지의 어깨가 오늘따라 축 늘어져 보인다. 북검문의 회유와 협박 속에서도 당당하시던 분이셨는데, 조그만 일에 움직이지 못하는 자괴감이 십 년은 더 늙게 만들었다.

부모님까지 완벽하게 속이려고 했다. 세상에서 가장 파렴치한 자식이 되어 쫓겨나려고 했다. 사내가 없으면 하루도 못 사는 화냥년이 되려고 했는데.

아버님은 그녀보다도 자신을 훨씬 더 많이 알고 계셨다.

이유도 묻지 않으셨다. 내막도 캐지 않으셨다. 오로지 자식의 무사함만 소원하셨다.

"한 가지만 부탁드릴게요. 무슨 일이 있어도 자하부가 움직여서는 안 돼요. 이 부탁만은 꼭 들어주세요."

아무 응답이 없으시다. 차마 대답하실 수 없으신 게다.

객관적으로 보나, 유리한 것만 골라서 보나 자하부는 북검문의 상대가 되지 않는다. 그럼에도 자하부를 내버려 두는 것은 '심신 수양'만이 무인 본연의 자세라는 명분을 꺾을 수 없기 때문이다.

자하부가 무림사에 간여한다면 북검문의 살점이 되어 묻어 들어가든가 멸절당하는 것 중에 하나를 선택해야 한다.

북무림이 하나로 뭉쳤고, 주축으로 우뚝 선 문파가 북검문이니 그 앞에서 자하부는 한없이 초라할 수밖에 없다.

"소녀, 인사드립니다."

금연화는 아버지의 등 뒤에 대고 깊숙이 허리를 숙였다.

"너도 하나만 명심해라. 네가 무사할 수 있다면 자하부 따위는 언제든지 던져 버릴 수 있다는 것. 조심, 조심…… 튼튼한 돌다리도 반드시 두들겨 보고 건너거라."

자하부주는 끝내 뒤돌아보지 않았다.

'이 사람이 수묘인?'

금연화는 눈을 동그랗게 뜨고 깔끔해진 청년을 바라봤다.

달라져도 너무 달라졌다. 온몸에서 썩는 냄새가 진동했는데, 새가 둥지를 틀 만큼 머리카락이 지저분했는데…… 아무리 목욕을 시키고 새 옷으로 갈아입혔다고 해도 사람이 이렇게 달라질 수가 있는 것인가.

눈이 참 맑다. 깨끗한 시냇물처럼 투명해 보이기까지 한다. 피부가 검게 그을리고 거칠지만 알맞게 자리잡은 근육과 함께 아름다운 조화를 일궈낸다.

검을 허리에 차고 있는 모습도 잘 어울린다. 시중에서 흔하게 볼 수 있는 삼 척 장검이지만 그를 영락없는 무인으로 탈바꿈시켜 놓았다.

행동거지도 단아하다. 사내에게 단아하다는 표현이 어울릴지는 몰라도 일거수일투족에 군더더기가 전혀 없다.

다른 느낌도 있다. 모습은 완전히 달라졌지만 풍기는 분위기는 수묘인이라는 직업과 아주 어울린다. 수묘인을 오래 했다면 주검 또한 많이 다뤄봤을 테니 자연스럽게 몸에 배인 직업 냄새가 아닌가 싶기도 한데…… 어쨌든 죽음과 익숙해 보인다.

"꼭 이래야 한다기에 입긴 입었는데 남의 껍데기를 뒤집어

쓴 것 같아서 영 찜찜하군. 보기 어때? 괜찮나?"

수묘인은 겁도 없이 하대로 말을 건네왔다.

'다짜고짜 반말? 이런 건방진…….'

생각이 맞았다. 수묘인은 상대가 무인이라고 해서 겁부터 집어먹는 약골이 아니다. 아무래도 언젠가는 무인을 얕본 대가를 톡톡히 치를 게다.

이상한 점은 수묘인의 반말이 너무 자연스럽다는 것이다.

살아오면서 그녀에게 반말을 한 사람이 몇 명이나 되던가. 하대보다는 올린 말이 오히려 자연스럽지 않았던가.

그런데 수묘인의 하대는 귀에 거슬리지 않는다. 마치 오래 전부터 알고 지내던 사이 같지 않은가. 같은 또래의 벗들이 주고받는 말처럼 친근함이 깃들어 있기 때문이리라.

금연화는 주의를 줄까 하다가 그냥 넘어가기로 했다. 기껏 해야 보름 남짓 같이 여행하는 것뿐이고, 일이 잘못되면 목숨까지 내놔야 할 불쌍한 사내이니 이 정도의 무례는 눈감아줘도 되지 않겠나.

"아주 보기 좋아. 물건은 건네받았지?"

수묘인은 가슴을 툭툭 쳤다.

기루와 아흔아홉 칸 집의 양도 문서를 품 안에 찔러 넣고 다닌다?

일가붙이 하나 없는 천애고아라는 소리다. 기루며, 집이며 죽으면 휴지 조각이 되어버린다. 아무나 부자가 되고 싶으면 사내의 품속에서 문서만 훔쳐 가면 된다.

"이번 여행은 힘들어. 알고 있지?"

"목숨을 잃을지도 모른다고 들었는데…… 없는 금광을 찾아다니는 사람도 많은 판국인데 이 정도 대가면 죽은 사람도 일으켜 세울 수 있지. 적은 수고에 큰 대가가 주어진다면 위험도 그만큼 큰 것이고."

수묘인은 다시 한 번 가슴을 토닥거렸다.

"그럼 됐어. 가는 동안 무슨 일이 있어도 내 곁에서 떨어지지 마. 내가 죽기 전까지는 보호해 줄 테니까."

수묘인은 옅은 미소를 지으며 고개를 끄덕였다.

너무 자신만만하다. 믿는 구석이 단단히 있는 사람처럼 두려움이나 공포가 엿보이지 않는다.

금연화는 격기(擊氣)까지 해가며 전신을 훑어 내렸다.

무공을 수련한 흔적은 조금치도 찾을 수 없다. 반대로 기혈이 정순하지 못하고, 혈기가 뻗치고 있어서 한참 힘 자랑을 할 만한 나이의 청년임이 다시 한 번 확인된다.

수묘인이 불쑥 말을 건네왔다.

"이름이 뭐지?"

"뭐?"

"명색이 연인인데 이름도 몰라서야……."

"금연화. 자하문주의 외동딸. 자하문은 들어봤겠지?"

수묘인은 고개를 끄덕였다.

"내 이름도 알아둬. 소립파(邵立波). 별로 좋은 이름은 아냐. 우리 침상도 같이 쓰는 건가?"

금연화의 눈초리가 상큼 추켜올려졌다.

'이런 안하무인이 있나!'

"따로 잔다. 장래를 약속한 사이이지만 혼인을 한 것은 아니니까. 그리고 또 하나, 엉뚱한 생각은 하지 않는 게 좋아."

금연화 옆에 있는 고목에 손가락을 갖다 댔다. 그리고 별 힘도 들이지 않은 채 꾹 눌렀다.

고목이 두부라도 된 것처럼 힘없이 뚫렸다.

"행동도 조심하고. 난 널 죽일 수도 있고, 병신을 만들 수도 있어."

진짜 무인이 어떤 사람들인지 한 번쯤은 올바르게 인식을 시켜줘야 할 사내다. 어떤 자들과 싸워봤는지 모르지만 무인을 잘못 봐도 크게 잘못 보고 있다.

수묘인은 어깨를 으쓱해 보였다.

'겁먹지 않았어. 그런 배짱이 도움이 될 수도 있겠지만, 귀찮게 하면 큰코다칠 거야.'

금연화는 먼저 말에 올라탔다. 그리고 힘차게 치달리려고 했다. 한데 그러지 못했다.

"뭐 하는 거야!"

수묘인은 어슬렁어슬렁 비루먹은 말이 있는 곳으로 가더

니 수레 위에 털썩 주저앉았다.

하는 꼴을 보니 비루먹은 말이 끄는 수레를 타고 먼 길을 갈 예정인 것 같다.

그가 말했다.

"이 할아범 오래 살지는 못하겠지만, 내가 없으면 이틀도 견디지 못해. 생목숨 끊게 할 수는 없잖아."

수레 위에 둘둘 말려 있는 것, 물건이 아니라 사람이었단 말인가. 그때 공동묘지에서 술을 퍼마시던 그 노인네? 기껏 살아야 일 년을 넘기지 못할 것 같은 노인?

"뭐 하자는 건가?"

"싫다면 계약은 끝난다. 이런 계약에서는 선금을 돌려주지 않으니 결정은 네가 해."

"하룻강아지 범 무서운 줄 모른다더니!"

어지간해서는 화를 내지 않는데 버럭 화가 치밀었다.

"쯧! 성질 있군. 틀린 말을 한 것도 아닌데 화를 낼 필요야 있나? 지금까지는 그쪽에서 일방적으로 요구만 말했잖아. 내 조건은 들어보지도 않고. 그러니 가면서 천천히 말할 수밖에."

"뭐, 뭐야!"

일령에게 들은 것처럼 수묘인은 말투와 행동에 예의가 없었다. 거침도 없었다.

높은 사람도 없고, 낮은 사람도 없고, 여인도 없고, 사내도 없고…… 사람이라면 모두 평등하다고 생각하는 것 같다.

안 될 말! 수묘인은 같이 말을 나누면 삼 년 동안 재수없다는 비천한 직업이다. 그런 일을 하기 때문에 생각이 반대로 흘러나오는 것일까? 모두가 평등한 인간이기를 바라는 마음에서?

대가 무척 센 사내라는 것은 알지만…… 무엇을 믿고 무인에게 하고 싶은 말을 모두 쏟아낸단 말인가. 듣기에 따라서는 화를 내도 충분한 말들을. 정말 화를 내면 어떻게 감당하려고.

"금(金) 매(妹)."

"금 매?"

"우리, 연인이라고 들었는데? 연인이면 당연히 금 매라고 불러야지."

"정말 관을 보지 않으면 눈물을 흘리지……."

"그런 소리 말고 금 매도 이리 와서 앉지."

더 이상은 참아줄 수 없다. 이 세상에서 자신에게 금 매라는 호칭을 쓸 수 있는 사람은 단 한 사람, 혈귀대주밖에 없다. 다른 자의 입에서 그런 소리가 나오는 것은 용납하지 못한다.

쉬익!

금연화의 신형이 번뜩인다 싶은 순간 그녀의 우수는 수묘인의 목을 거머쥐었다.

그녀는 냉기가 풀풀 날리는 음성으로 말했다.

"한 번만 말한다. 입조심 해. 넌 그저 시키는 대로 따라오기만 하면 돼. 알겠어?"

수묘인은 피식 웃었다.

"웃어?"

화가 치민다. 뭐 이런 작자가 다 있나.

수묘인은 금연화의 분기 어린 눈길을 고스란히 받았다. 눈도 깜빡이지 않고 담담하게. 죽일 테면 죽여보라는 배짱인 것 같은데……

금연화는 한참 동안을 쏘아보다가 손을 풀었다.

이자는 늑대의 난폭함에 여우의 간사함까지 지닌 자다. 싸움만 아는 것이 아니라 머리까지 쓸 줄 안다.

그녀의 느닷없는 혼인 발표는 자하부뿐만이 아니라 북무림 전체를 발칵 뒤집기에 충분한 사건이다. 지금도 많은 사람들이 그녀의 혼인에 대해서 왈가왈부하고 있을 게다. 대부분은 변절을 욕하는 것이겠지만.

지금 당장이라도 북검문 무인들이 나타나 사실을 파악하고자 한다면 그녀는 사내를 내놓아야 한다. 사내 집에 인사를 올리러 간다고 했으니 동행 중인 사내가 있어야 한다.

다른 사내를 급조해 낼 수 있다면 모르되 아니라면…… 이자가 필요하다.

수묘인도 그런 점을 알고 있는 것 같다. 그러니 이토록 당당하겠지.

수묘인이 고삐를 잡으며 말했다.

"별것도 아닌 일에 거액을 제시하는 경우는 하나밖에 없어. 목숨이 달린 것. 그럼 나도 할 게 있지. 돈을 벌기 싫으면 하지 않으면 그만이지만, 벌고 싶으면 목숨을 부지할 방도를 강구해야 해."

수묘인은 쓸쓸한 웃음을 지었다.

금연화는 할 말을 잃었다. 이건 뭔가. 북검문만 생각하기에도 벅찬데 수묘인까지 신경을 써야 하는 건가? 너무 경솔하게 일을 벌였다. 이런 자 같았으면 쳐다보지도 않는 건데.

후회가 밀물처럼 밀려들었다.

"충고 하나 하지. 누가 이런 방법을 말해줬는지 모르겠지만 그 사람 말은 두 번 다시 듣지 마."

"뭐!"

"누군지 아주 돌머리야. 생각이란 게 없는 사람이지. 우리 같은 사람도 속이 들여다보이는데 천하를 좌지우지하는 북검문이 이런 잔수에 넘어갈 것이라고 생각했다니."

밤새도록 생각해서 최선의 방법을 끄집어냈는데, 돌머리 소리나 듣다니.

수묘인의 말처럼 북검문에는 이만한 수를 읽어낼 사람이 부지기수다. 그들이 단문협 출입을 통제한다면 가지 못할 것이다.

다 알고 벌인 일이다. 변절이란 오명까지 뒤집어써 가며 일을 벌였다. 큰일도 아니고 겨우 혈귀대주가 죽은 장소에 가보자는 거다. 그마저도 못하는 세상이란 말인가.

목적한 바는 명목상으로라도 자하부와 인연을 완전히 끊는 것뿐이다. 북검문은 틀림없이 길을 막을 테고, 자신은 뚫고 나간다.

북검문과의 충돌은 불가피하다. 이미 목숨 따위에는 연연하지 않는다. 설혹 중도에서 꺾여 영혼이 구천을 헤맨다고 해도 혈귀대주의 복수만은 단념할 수 없다. 누가 그를 죽였는지, 어떻게 죽었는지 알아내야 한다.

"문제는 이 집문서를 받아들임과 동시에 내 목숨도 도마 위에 올려졌다는 거지. 난 살아야겠어. 그러니 내 방식대로 해. 지금쯤 북검문은 그대가 공표한 연인이 이름난 명가의 자손도 아니고, 만석꾼 아들도 아니고, 길에서 죽어도 묻어줄 사람 하나 없는 수묘인이라는 걸 알았을 거야. 도박해 봤어?"

"……."

금연화는 느닷없는 물음에 대답을 못했다.

수묘인도 대답을 기다린 것은 아니었던 듯 할 말을 이어나갔다.

"상대가 알고 있는 패는 숨길 필요가 없어. 도박을 해본 사람이라면 상식이야. 이만하면 말귀를 알아들었을 테니 이젠 네가 선택해. 사랑을 위해서 신분도 명예도 다 버리고 수묘인을 따라나서는 여인이 되던지, 아니면 이쯤에서 끝내던지."

금연화는 속으로 웃었다.

지렁이도 자신의 살길은 찾아가는 법인가.

"네 방식대로 하면 살 수 있다고 생각하는 건가?"

"적어도……."

금연화는 다시 웃었다.

풋내기…… 북검문이 어떤 곳인지 알면 이따위 망발은 늘어놓지 않을 텐데. 어떤 일인지 알았을 때 도망치는 것이 유일한 살길이었는데.

"좋아, 네 방식대로 하자. 네가 준비할 수 있는 것은 이 수레뿐인가? 앞으로는 좋은 옷, 좋은 음식은 꿈도 꾸지 않는 게 좋겠군."

금연화는 말을 끌고 와 수레 뒤에 묶은 뒤, 소립파의 옆자리에 걸터앉았다.

다각! 다각……!

비루먹은 말은 몹시 힘겹게 수레를 끌기 시작했다.

공동묘지를 벗어날 무렵, 자하령이 따라붙었다.

바람결에 그녀들의 냄새가 묻어난다. 가는 호흡 소리가 사방에서 뻗쳐 온다.

따라붙었음을 알리기 위해 일부러 내뿜는 숨결이다.

절혼마녀도 약속대로 나와주었다.

아침녘에 만나기로 약조했지만 수레가 한없이 느리게 움

직이는 탓에 점심때가 되어서야 조우할 수 있었다.

"삼령을 통해 대충 이야기는 들었는데, 자하문 무남독녀를 송장 싣는 수레에 태운 아이가 이 아이야? 귀엽게 생겼네."

절혼마녀의 변신은 끝이 없다.

머리는 양 갈래로 땋아서 머리 뒤로 감아 묶었다. 옷은 간편한 경장(輕裝) 차림, 몸의 굴곡이 고스란히 드러나 차마 눈길을 두지 못하게 만든다.

병기는 소지하지 않았다. 물론 평범한 무인들이 보았을 적에 그렇다. 그녀의 병기는 삭사(削絲), 팔목 부근 어딘가에 숨겨져 있다.

"내 말이 귀에 거슬렸어? 들은 척도 안 하네?"

절혼마녀는 화사하게 웃었다.

그녀의 웃음에는 두 종류가 있다. 잔잔한 웃음에는 마음을 풀어놔도 좋지만, 부용처럼 활짝 피어난 웃음을 대하면 단단히 몸조심을 해야 한다. 그런 웃음은 곧 살심(殺心)이니까.

금연화는 급히 수묘인을 쳐다봤다.

그는 막무가내인 여인을 만난 사내가 어처구니없어 하는 표정처럼 쓴웃음을 흘리고 있다.

'왜 공연히 시비를……?'

절혼마녀가 사뿐사뿐 다가와 수묘인 앞에 섰다.

"이 누님의 말이 역겨워?"

수묘인은 절혼마녀는 상대조차 하지 않고 금연화에게 물

었다.

"이 여자도 같이 가는 건가?"

'위험!'

그녀의 생각은 절혼마녀의 행동보다 늦었다. 수묘인의 말이 끝나기도 전에 아름다운 호선이 그어졌고, 칼날이나 다름없는 발끝이 턱을 걸어찼다.

금연화라고 해도 쉽게 상대할 수 없는 절묘하고 쾌속한 솜씨.

퍼억! 툭! 꽈당……!

수묘인은 수레로 나가떨어졌다가 다시 떨어져 땅바닥에 나뒹굴었다.

"언니!"

금연화가 다급히 절혼마녀의 앞을 가로막아 섰다.

절혼마녀는 무인이다. 그것도 절정고수다. 그녀의 발길질에는 생명을 끊어놓는 위력이 담겨 있다. 사건을 벌이기 전이라면 모르겠으나, 자하부를 발칵 뒤집어놓은 지금은 절대적으로 수묘인의 도움이 필요하다. 수묘인이 마음을 바꿔 동행하지 않겠다고 하면 강제로라도 끌고 가야 할 입장이다.

"동생이 고를 만한 사내야."

절혼마녀는 잔잔한 미소를 머금었다. 다행히도 더 이상 공격할 의사는 없는 듯했다.

"끄응!"

수묘인이 신음을 토해내며 몸을 일으켰다.

그는 턱이 얼얼한지 양손으로 턱을 움켜쥐고 한동안 앉아 있었다.

그럴 것이다. 무인이라도 감당할 수 없는 각법(脚法)인데, 한낱 무지렁이가 버텨낼 리 있는가.

한참 만에야 수묘인이 엉덩이를 털며 일어섰다.

"보아하니 가는 길이 쉽진 않겠군."

기대했던 말 중에서 최상이다. 마음이 변하지도 않았고, 주눅 들지도 않았다.

'다행이야. 그나저나 언니가 왜 다짜고짜……?'

절혼마녀는 말 위에 앉아 피리를 불었다. 수레가 워낙 천천히 움직이는 관계로 고삐를 잡을 필요도 없었다.

낙화향 창기들은 대부분이 악기 한두 개쯤은 능숙하게 다룬다.

그녀들도 한때는 콧대 높은 기녀들이었다. 팔자가 잘못 풀려서 몸을 파는 창기가 되었지, 운만 따랐다면 대갓집 후실 자리는 차지하고 있을 여자들이다.

절혼마녀의 피리 소리에는 사람을 꿈길로 이끄는 마력이 담겨 있다.

수묘인은 음률을 모르는 듯 무심하게 수레만 이끌었다.

그것이 오히려 그에게는 다행이다. 음률에 섞여 나오는 살기를 감지했다면 당장 고삐를 팽개치고 도망갔으리라.

거미줄로 칭칭 동여 감듯이 조여드는 살기. 살점이 떨어져 나가고 뼈가 으스러지는 듯한 압박감.

잔잔한 음률 속에 담겨진 살기는 잔혹했다.

'언니가 왜 과민 반응을……?'

금연화는 이해할 수 없어서 절혼마녀를 쳐다봤지만, 그녀는 아랑곳하지 않고 살기를 뿜어냈다.

확실히 이상하다.

낙화향에서 평생을 산 능구렁이도 절혼마녀가 무인인 줄은 모른다.

그녀는 따귀를 때리면 맞았다. 침을 뱉으면 닦았고, 머리채를 휘어잡으면 머리카락이 한 움큼씩 뽑혀 나가도 내버려 두었다.

동방주는 낙화향에서 가장 싸움을 못하는 여자였다. 아니, 아예 싸움이라는 것을 할 줄 모르는 여자였다.

그럼에도 그녀가 동방주가 될 수 있었던 것은 그녀를 건드린 사내는 모두 처참한 꼴을 당했기 때문이다. 여자는 아무 탈이 없었지만 사내는 귀싸대기 한 대만 때려도 죽는 게 나은 몰골로 발견되었다.

절혼마녀가 동방주를 따라다닌다는 소문이 나도는 것은 당연했다.

그렇다. 절혼마녀는 타인들 앞에서는 단 한 번도 손속을 펼친 적이 없다. 그녀가 보여준 것은 지독한 술꾼의 모습이었고, 어떤 사내든 극락으로 이끌어주는 기기묘묘한 방중술(房中術)이었다.

그런 사람이 한낱 수묘인에게 살기를 줄줄이 뿜어내고 있으니 이상하지 않은가. 또 싸움에는 이골이 났을 것 같은 수묘인이 뼛골 시리는 살기를 느끼지 못하는 것도 이상하지 않나.

'이유가 있을 거야. 내가 알지 못하는 이유가. 물어봐야겠어.'

해가 질 무렵, 요행히도 객잔(客棧)이 나타났다.

"객잔이니 조금만 참아. 그러니까 진작 술 끊으라니까."

수묘인은 금연화나 절혼마녀는 거들떠보지도 않고 수레 뒤쪽에 죽은 듯이 누워 있던 노인을 안아 일으켰다.

노인은 상당히 위독해 보였다.

누렇게 들뜬 얼굴에 검게 변한 입술, 수전증(手顫症)에 걸린 사람처럼 떨고 있는 손.

일 년은 고사하고 객사나 하지 않으면 다행이다.

"수…… 술……."

"객잔이라니까. 설마 술 없겠어?"

"술…… 술……."

수묘인은 노인을 안아 들고 객잔으로 걸어갔다.

금연화는 급히 수레에서 내려 절혼마녀의 옷깃을 움켜잡았다.

"언니, 잠깐 말 좀 해요."

절혼마녀가 기다렸다는 듯이 휙 돌아섰다.

순간 금연화는 흠칫 놀라 뒤로 물러섰다.

절혼마녀의 얼굴이 딱딱하게 굳어 있다. 입가에 번지는 가는 경련도 심상치 않은데 눈꼬리마저 파르르 떨린다.

절혼마녀를 만난 지 꽤 오래되었지만 이런 모습을 보는 것은 처음이다.

"언니! 왜……?"

"저 사람들, 수묘인 맞아?"

"마, 맞는데 왜……?"

"헛배웠네. 자하부 무공이 이러니 북검문에 핍박이나 당하지."

"언니! 말이 너무 지나쳐……."

파랑이 일어난다. 미세한 공기의 떨림…… 주위를 에워싸고 있는 자하령들이 분노를 일으키고 있다. 그러나 절혼마녀는 전혀 개의치 않을 뿐 아니라 금연화가 말을 맺기도 전에 단호한 일성을 내뱉었다.

"저 사람들 무인이야."

"그, 그럴 리가! 말도 안 돼!"

"특히 저 노인은 나도 감당할 수 없는 고수야."

금연화는 급히 고개를 돌려 객잔을 쳐다봤다.

수묘인은 한 손으로 턱을 괴고 노인을 쳐다보고 있으며, 노인은 주귀(酒鬼)라도 들린 사람처럼 허겁지겁 술독을 들어 입 안에 쏟아 넣고 있다.

어느 구석에서도 무인의 냄새가 풍기지 않는다. 절혼마녀의 말을 듣고 노인을 유심히 살펴봤지만 금방이라도 꼬꾸라져 죽을 것 같은 노기(老氣)만이 읽힌다.

수묘인들과 공동묘지에서 처음 만났던 광경이 주마등처럼 스쳐 갔다.

자하령이 급습을 취했고, 노인과 수묘인의 몸에 검을 들이댔다. 당시 노인은 겁에 질려 음성조차 덜덜 떨려 나왔다. 가식적인 행동이 아니었다. 정말 겁에 질려 있었다. 그럴 리 없다.

하나 절혼마녀의 무공은 자신이나 자하령이 상상할 수 없는 곳까지 도달해 있으니 읽어내는 기감(氣感)도 다를 것이다. 자신들이 읽을 수 없는 부분도 그녀는 읽어낸다.

절혼마녀의 말대로 저들은 무인인가?

"잘못 본 건 아니죠?"

차분해진 음성. 금연화의 눈에서 맑은 이지가 번뜩였다.

"절대."

"생각나는 사람이라도 있어요?"

"……."

절혼마녀는 입술만 달싹거릴 뿐 쉽게 입을 열지 못했다.

금연화는 기다렸다. 십 중 사오 정도라도 확신이 서면 말해줄 것이기에.

한참 만에야 절혼마녀가 자신없는 투로 말했다.

"아무래도…… 시마(屍魔) 같아."

"시마요? 그 노마가 아직도 살아 있단 말예요?"

"……."

"맙소사!"

금연화는 주귀가 씐 노인에게서 눈을 떼지 못했다.

무인이라면 한 번만 들어도 영원히 잊히지 않을 별호가 시마다. 사람을 죽여놓고 한 달이고 두 달이고 시신을 지킨다는 마두. 이유? 간단하다. 썩어가는 모습을 즐기기 위해서.

세상천지에 이처럼 잔인한 인간이 또 있을까. 그러니 한 번 들으면 결코 잊히지 않는 이름이 될 수밖에 없다.

"영감에게서 악취가 풍겨. 너무 지독해서 숨을 쉴 수가 없어. 사람 썩는 냄새가 몸에 밴 거야. 시신을 다뤘다고 해서 모두 그런 냄새가 배는 건 아냐. 살점이란 살점은 모두 썩어 문드러지고 뼈만 남을 때까지 시체와 같이 먹고, 자고, 눕고…… 시체와 같이 생활한 사람이 아니면 풍길 수 없는 냄새야."

"전 아무 냄새도 맡지 못했는데요."

절혼마녀가 딱하다는 표정으로 금연화를 쳐다봤다.

"자하문 무공…… 아무래도 전폭적인 수정을 하지 않는 한 무림에서 살아남기 힘들 거야."

자하문의 무공이 약한 게 아니다. 절혼마녀의 무공이 예상보다 훨씬 높은 거다.

그녀가 말한 냄새란 육신에서 풍기는 냄새가 아니다. 오장육부로 스며든 냄새가 기혈과 섞이며 흘려내는 냄새다.

이런 냄새는 지고한 내공을 지닌 사람만이 감지해 낼 수 있다. 절혼마녀가 상승고수인 것은 알고 있었지만 이 정도까지 높은 수준인 줄은 몰랐다.

"저 사내도 보통이 아냐. 개구리도 살기를 느끼면 몸을 움츠리는 법인데…… 동생도 봤지? 아예 무시하잖아. 시마의 제자라면 상당한 무공을 지녔을 거야."

"골치 아프게 됐군요. 그런 자들을 끌어들였으니."

절혼마녀가 술병을 꺼내 입으로 가져가며 말했다.

"너무 걱정할 건 없어. 쏟아진 물을 주워 담을 수도 없는 거고. 저 영감이 정말 시마고, 사내가 제자라면 오히려 도움이 될 수도 있어. 북검문에 시마라는 말 한마디만 흘려도 저들 목숨은 땅에 떨어진 것이나 진배없으니까 순순히 협조할 수밖에 없을 거고."

"시마라니……."

금연화는 여전히 믿지 못하겠다는 표정이었다.

"우리도 들어가 요기나 해. 영감이 시마인지 아닌지는 모

르지만 무인인 것은 확실하니 조심하는 게 좋을 거야. 내색은
하지 말고."

절혼마녀는 객잔으로 걸어 들어갔다. 그 뒤를 머릿속이 백
지장처럼 하얗게 비워진 금연화가 뒤따랐다.

第三章

출풍두(出風頭)
―박차고 나서니

1

만두가 입으로 들어가는지 코로 들어가는지.

금연화는 무의식적으로 손을 놀려 집어 먹으며 생각을 거듭했다.

수묘인을 만난 순간부터 지금까지의 과정을 돌이켜 봤는데 이상하거나 수상쩍은 점이 보이지 않는다. 저들에게 동행을 제안한 것도 자신이고, 지금과 같은 상황도 자신이 만들었다.

저들은 제안을 받고 따라온 것밖에 없다.

굳이 트집을 잡자면 다른 수묘인들과는 다르다는 점이다.

낮이고 밤이고 묘지들을 돌봐야 하는 게 수묘인이지만, 무덤에 기대 앉아 술을 마시지는 않는다. 그건 그럴 수도 있다. 수묘인들이야말로 인간 쓰레기들이 모인 곳이니까. 들리는 말로는 젊은 처자가 묻히면 밤에 몰래 파내서 시간(屍姦)을 하는 작자도 있다니 무덤에 앉아 술을 마시는 따위는 큰일도 아니다.

노인은 대수롭지 않게 흘려 버릴 수 있다.

하나 소립파라고 자신을 밝힌 수묘인은 의문투성이다.

수묘인 따위가 글은 언제 배워 묘비를 쓸 수 있었을까. 수묘인이라면 막장 인생이니 배짱이 두둑한 점은 이해할 수 있지만 글을 배웠다는 점은 쉽게 납득되지 않는다.

또 혈귀대원들의 묘비를 세우겠다는 의기(義氣)는 뭐란 말인가.

더욱 납득할 수 없는 대목도 있다.

시마는 마두(魔頭) 중에서도 즉살해야 할 마두로 분류된다. 북검문과 남도문, 어느 쪽 눈에 띄든 즉시 추살당할 것이다. 숨어 있어도 무림인들의 이목을 피하기 힘든 판인데 본인 스스로 그들 앞에 걸어나와 나 죽여줍쇼, 하는 일이 있을 수 있을까?

시마라면 천금을 줘도 동행할 리 없다.

절혼마녀의 착각인가, 저들의 연극이 뛰어난 건가.

금연화는 생각을 그쳤다. 깊게 생각해 봤자 결론이 나지 않을 일이라면 생각하지 않는 편이 낫다. 시간이 해결해 줄 게다. 어쩌면 내일 중으로 궁금증이 풀릴지도 모른다. 북검문 무인들과 마주치게 되면 어떤 식으로든 행동을 보일 테니까.

객잔 창가로 비치는 해거름이 아름답다.

자하부를 떠난 지 하루, 온몸에 팽팽한 긴장이 맴돌고 있어야 하는데 묘하게도 수묘인 때문에 암울한 생각을 할 틈이 없었다.

'이것도 좋아. 북검문이 건드리지 않으면 다행이고, 안 그러면 불가항력으로…… 싸울 수밖에 없겠지.'

아침만 해도 여하간 단문협에 가리라 다짐했는데, 막상 북검문이 길을 가로막는다 생각하니 묘안이 떠오르지 않는다. 그들이 돌아가라고 하면 돌아가야 하나, 무공으로 뚫고 가야 하나.

돌아갈 수는 없다. 그렇다고 힘으로 뚫지도 못한다.

'한낱 유희(遊戲)에 지나지 않는 행동인지도…… 그래도 가야 해. 단문협에서 안 되면 남도문까지 가는 한이 있어도 꼭 알아내야 해. 배신자…… 편히 잠잘 수 없어.'

금연화가 만두 한 접시를 다 비웠을 때 한 무리의 장한들이 와자지껄 떠들어대며 객잔으로 들어섰다.

"빌어먹을 놈들! 지들이 무인이면 무인이지 왜 길을 막고 지랄이야, 지랄이. 지들이 밥을 먹여줬어, 술을 사줘 봤어. 무인이 무슨 벼슬아치나 되는 줄 아는 모양이야. 에잇, 퉤엣!"

"아서, 이 사람아. 북검문의 눈과 귀가 중원 전역에 깔려 있다는 말도 못 들었어? 괜히 긁어 부스럼 만들지 마. 자칫하면 하나밖에 없는 모가지 뎅겅 잘려 나가."

"신경질나니까 그렇지. 우리가 죄지은 게 뭐 있어? 허구한 날 칼 찬 놈들만 보면 굽실거려야지, 피해 다녀야⋯⋯."

한참 목소리를 높여 떠들던 장한은 객잔 안에 금연화가 앉아 있는 것을 보고 입을 꾹 다물었다.

그들이 본 것은 금연화의 허리에 꽂혀 있는 쌍검, 자줏빛 노을이 새겨져 있다. 북검문에 동조하지 않으면서도 제 위치를 굳건히 지키고 있는 자하부 무인들의 독문 병기다.

그들은 슬금슬금 한쪽 구석으로 걸어가 자리에 앉았다.

탁자에 비스듬히 기대서 술을 마시던 절혼마녀가 그들을 내버려 두지 않았다.

"재미있는 이야기를 들었는데 뭐 좀 물어봐도 돼요?"

장한들은 어쩔 줄 몰라 했다. 방금 전까지 무인 욕을 해서가 아니다. 쳐다보기만 해도 눈이 부신 미녀가 생글생글 웃으며 말을 걸어오니 마음이 들떠서다.

장한들은 제자리에 앉아 있지도 못하고 엉거주춤 일어서며 말했다.

"무슨 말씀을⋯⋯?"

"북검문 무인들을 만난 곳이 어디죠?"

"궈, 권수(權水) 나루터 부근에 쫙 깔려 있던데요."

금연화와 절혼마녀는 서로를 마주 봤다.

밤새 한잠 못 자고 뒤척였다.

잠을 청해보려고 억지로 눈을 감았지만 그럴수록 정신은 더욱 또렷해졌다.

권수를 건너지 않고는 단문협에 가지 못한다. 북검문 무인들이 나루터에 진을 쳤다면 다른 곳에서는 배를 띄우지 못하도록 조치를 취해놨을 게다.

결국 부딪칠 수밖에 없다.

생각은 했지만 너무 빨리 닥쳤다. 북검 무인들이 알아보지 못했으면 좋겠는데. 아니, 그런 생각은 너무 꿈같은 이야기라 기대하지 않는 편이 낫다.

"결정해야지? 부딪칠 건지, 물러설 건지."

절혼마녀가 말에 올라타며 말했다.

"뚫고자 한다면 권수는 뚫을 수 있어. 문제는 그 다음이야. 북검문의 천라지망(天羅地網)은…… 잘 알잖아. 아직까지 뚫고 빠져나간 사람이 없었어."

다각! 다각……!

두 여인이 말을 나누는 가운데서도 수레는 계속 나아갔다.

노인은 어제보다 더 위독했다.

고열에 시달리는 모습이 역력하다. 가마니를 덮고 있어도 추워서 덜덜 떨어댄다. 초저녁에 잠깐 마신 술이 화주 다섯 독이다. 그러나 오늘은 그렇게 좋아하는 술도 찾지 않는다.

그가 시마라도 상관없다. 가끔 눈을 뜨고 주위를 두리번거리는 모습이 죽어서 지옥에 갔는지, 아직 이승인지 판단하려는 것처럼 보여 안쓰럽다.

수묘인은 담담한 표정이다. 금연화의 다급함도 눈에 들어오지 않고, 노인의 위독함도 보지 못한 듯 태연하기 이를 데 없다.

"말을 해보고 안 되면…… 뚫고 나가요."

금연화는 아랫입술을 잘끈 깨물었다.

'지금 아니면 기회가 없어. 단문협 싸움을 알아야 돼. 혈육 사효군(沙曉軍)…… 그 사람만 만날 수 있어도 이런 고생은 필요없는데.'

그때 묵묵히 수레를 몰던 수묘인이 말을 건네왔다.

"북검 무인들을 만나지 않고 권수를 건널 방법이 있는데…… 세상에 공짜는 없으니 몇 푼이라도 받아야겠지. 지불할 수 있는 금액을 말해봐. 지금 당장 줄 수 있는 돈과 나중에 줄 수 있는 돈으로 나눠서."

절혼마녀와 금연화는 잘못 듣지 않았나 싶어서 서로 마주봤다.

절혼마녀가 먼저 피식 웃었다.

말도 안 되는 소리다. 북검문 무인들을 만나지 않고 권수를 건너는 방법은 없다. 만약 방법이 있다면 북무림은 남도문 간자들로 득실거릴 것이다.

"나눠서 말할 필요도 없어. 낙화향에 동방이라고 있는데, 들어봤어? 재산 가치로 따지면 이번 일의 대가로 받은 기루보다도 훨씬 비싸. 정말로 북검 무인들을 만나지 않고 권수를 건넌다면 동방을 줄 수 있는데. 어때?"

절혼마녀가 장난 삼아 대꾸했다.

"접수하지."

수묘인의 대답은 간단했다. 그러나 행동은 바로 이어졌다.

수레가 느닷없이 방향을 틀어 길도 없는 들판을 가로질러 갔다.

덜컹! 쿵! 덜커덩……!

수레 가장자리라도 붙잡지 않고서는 앉아 있을 수 없을 만큼 심하게 흔들렸다.

"지금 어디로 가는 거지?"

금연화가 주위를 둘러보며 물었다.

말이 길을 잘못 든 건 아니다. 고삐를 잡고 있는 수묘인이 방향을 틀었고, 말은 주인이 시키는 대로 가고 있을 뿐이다.

"……."

수묘인은 깊은 생각에 빠져들어 자신에게 말을 건네는지도 깨닫지 못했다.

"지금 어디로 가는 거냐고 물었어!"

수묘인은 생각에서 화들짝 깨어나 금연화를 힐끔 쳐다본 후 말했다.

"길 안내를 맡겼으면 믿어. 북검 무인들과 만나는 일이 없도록 해줄 테니까. 강만 건너면 되잖아."

절혼마녀는 수레가 길이 아닌 곳으로 들어선 다음부터는 아예 입을 열지 않았다.

'비루먹은 말, 진흙탕, 수레에 세 명이나 태우고……'

이 상황을 어떻게 해석해야 할까? 진흙탕에서 수레를 끄는 것은 건장한 말도 힘들다. 한데 비루먹은 말은 평지나 다름없이 터벅터벅 걷고 있다. 장정에 노인 한 명, 여자 한 명, 그리고 여행에 필요한 온갖 물품들이 실려 있는 수레를 거침없이 끌고 간다.

진흙탕에는 수렁도 있기 마련이다. 수레를 몰고 진흙탕 길로 들어서면 반드시 수렁에 빠져서 바퀴를 끄집어내야 하는 고역을 겪는다.

수묘인이 모는 수레는 용케도 수렁에 빠지지 않고 나아간다. 겉은 진흙탕이지만 속은 단단한 땅만을 골라서 간다.

'분명한 게 또 하나 생겼군. 정체를 종잡을 수 없는 사람들이라는 것. 영감이 시마인지 아닌지는 확실치 않지만 둘 다 무인인 것만은 틀림없고.'

절혼마녀는 마술처럼 수렁을 피해가는 수레에서 좀처럼 눈길을 떼지 못했다. 고삐를 잡고 있는 수묘인에게서는 더욱 눈길이 떨어지지 않았다.

'저 사내…… 물건이야.'

수레는 들판을 가로지른 다음, 야트막한 야산의 산자락을 따라서 돌았다.

돌고, 나아가고, 돌고…… 몇 굽이인지도 모를 산자락을 돌았을 때 갑자기 사방이 산으로 둘러싸인 지형이 나타났다. 앞으로 나아갈 수는 없지만 뒤로 물러설 수는 있다. 결국 왔던 길을 되돌아가야 하는 막다른 길이다.

"좀 쉬지."

수묘인은 막다른 길에 들어섰는데도 당황한 기색이 일절 없었다.

"확실한 게 하나 있어."

절혼마녀가 말에서 내리며 말했다.

"풋!"

"왜 웃어? 실없이."

"확실한 게 너무 많잖아요. 이상하죠? 확실한 게 그만큼 많으면 뱃속에 벌레가 몇 마리 있는지까지 알아야 되는데 아는 게 아무것도 없어요."

노인은 술이 주식인 듯 일어나 앉지도 못하면서 술은 받아 마셨다. 그리고 수묘인은 노인 머리맡에서 보약이라도 먹이듯 정성스럽게 술을 먹였다.

이상한 사이다. 조손(祖孫)은 아닌 것 같고, 편하게 말을 주고받는 것으로 보아서는 사부와 제자도 아닌 것 같고, 수묘인이라는 직업 때문에 만난 사이라면 딱 어울릴, 그런 모습이다.

"이번 기회에 술 끊지?"

"이놈아, 누군 마시고 싶어서 마시냐!"

"후후후!"

"이번 여행에 나도 동참했으니 주루와 집 중에 하나는 줘. 동방까지 얻었으면서 하나는 줘야지. 전부 꿀꺽하지는 않겠지?"

"주루와 집이라. 둘 다 주지."

"이놈…… 정말이다!"

"후훗! 곧 죽을 사람이 욕심은."

"산다. 악착같이 살아서 두 개 다 가질 거야. 나중에 헛소리나 마."

금연화는 두 사람의 대화를 듣다가 고개를 돌려 버렸다.

'허튼짓만 하면 용서하지 않을 거야!'

수묘인은 노인의 입에 화주를 네 병이나 틀어넣었다. 반면에 자신의 입속으로 들어간 것은 얇게 썬 건포(乾脯) 한 조각이 고작이다.

"그만 가지."

수묘인이 일어나 고삐를 잡았다.

사방이 산으로 둘러싸인 곳. 진흙탕을 순조롭게 헤쳐 나왔듯이 나무들이 울창한 산도 탈 수 있는 것일까? 사람 발길이 닿은 곳은 없고, 고작해야 동물들이 다니는 길밖에 없는데.

수묘인은 기적을 일으키지 못했다.

수레는 방향을 틀어 되돌아갔다.

산골짜기로 들어간 것은 우연도 아니었고, 실수도 아니었다. 노인에게 술을 먹이기 위해서 일부러 선택한 것이다.

수묘인은 이곳 지리를 조금 아는 정도가 아니라 손바닥 들여다보듯이 알고 있는 게 틀림없다.

만약 그게 사실이라면 금연화 일행은 뜻하지 않게 큰 도움을 받을 수 있다. 북무림 무인들과 만나지 않고 권수를 건널 수 있다면 얼마나 좋을까. 기대해도 될까?

"지리는 얼마나 알지? 보기에는 많이 아는 것 같은데."

"군(軍)에 고용된 향도(鄕導)였지. 위험하기는 해도 수입이 제법 좋았어."

'아!'

시름이 확 풀린다는 말을 이때 쓰는 건가? 군대에 고용될 정도로 지리에 능숙한 향도가 길을 안내해 준다면 권수를 건너는 일이 꿈만은 아니다.

그녀는 곧바로 물었다.

"수묘인이 향도보다 수입이 더 좋았나?"

향도는 대중과 섞여 살 수 있는 평민이지만 수묘인은 최하층 천민이다. 장의사는 '정중히 다뤄달라'는 부탁이라도 받지만 수묘인은 그런 것조차 없다. 오히려 묘를 잘못 관리하면 몰매만 맞는다.

굶어 죽을지언정 수묘인이나 백정 노릇은 하지 말라는 속설이 천민들의 고충을 대변해 준다.

금연화가 묻는 것은 그런 거였다.

수묘인은 대답하지 않고 피식 웃었다.

"이제부터 고달파질 거야. 아무거나 단단히 붙잡아."

말이 끝나기 무섭게 말은 수림이 울창한 산속으로 기어들어 갔다.

'수레를 산으로 모는……'

말을 하지 않는 편이 낫다. 나무가 촘촘히 자란 산속이지만 수묘인은 용케도 수레를 몰아갔다. 정면에서 보면 도저히 수레가 지나갈 만한 공간이 나오지 않는다. 그러나 옆으로 살짝 돌면 나무와 나무 사이의 공간이 그렇게 좁지 않다는 데 놀라게 된다.

비루먹은 말은 결코 서둘지 않았다. 멈추지도 않았다. 묵중한 짐을 진 사람이 뚜벅뚜벅 한 걸음씩 내딛듯 답답한 마음이 절로 일어날 정도로 느리게 올라갔다.

산에는 잡목도 무성하다. 수레가 지나갈 만한 공간이 충분해도 키 작은 잡목들이 우거져 있기 때문에 바퀴를 쇠로 만들어 짓밟고 지나가야만 한다. 물론 철륜(鐵輪)을 붙인다면 비루먹은 말 한 마리로는 도저히 끌 수가 없다. 더욱이 산을 올라가는 것이니 아마도 육두 내지는 팔두 정도가 필요하지 않을까 싶다.

수묘인이 금연화의 마음을 읽은 듯 담담히 말했다.

"이놈은 공동묘지를 앞마당 거닐 듯 오르락내리락한 놈이야. 흙도 져 나르고, 떼도 옮기고. 산을 타거나 짐을 옮기는 능력만 가지고 논한다면 이놈도 명마지."

그럴듯하다. 무엇인가…… 속은 느낌이 들기는 하지만 설명을 들으면 믿고 싶어진다. 장사꾼들의 상투적인 말인 '본전에 주는 거다', '밑지고 판다'는 말을 믿지 않으면서도 믿는 심정처럼 수묘인의 말도 '아니다'라는 생각이 들지만 믿고 싶어진다.

수레는 산꼭대기로 올라가지 않았다. 중간쯤 올라갔을 때 옆으로 방향을 틀어 나무 사이를 헤쳐 나갔다.

"수레를 몰고 산속을 헤맸다면 믿을 사람이 있을까?"

절혼마녀가 술병을 꺼내 꿀꺽꿀꺽 들이마시며 말했다.

'그래, 이거야! 이건 비정상이야! 수레를 몰고 산속을 헤맸다고 하면 믿을 사람이 없어. 한데도 난 당연하게 받아들이고 있어.'

"오늘은 여기서 쉬지."

수묘인이 말을 멈추고 수레에서 일어났다.

볼 것이라고는 아무것도 없는 척박한 산중이다. 가파르게 비탈진 곳이라 누울 자리는 고사하고 수레를 세워놓기도 힘들다.

"여기서……?"

"야영하기에 이만큼 좋은 곳도 없어. 적도 이런 곳은 뒤지지 않고. 그러니 초병(哨兵)을 세울 필요도 없고. 후후! 오랜만에 옛날 생각이 나는군. 사내들에게서는 땀 냄새밖에 맡을 게 없는데 분 냄새를 맡으니 전혀 다른 느낌도 들고."

수묘인은 수레에서 가죽 천으로 둘둘 말아놓은 물건을 들어올렸다.

'아주 편해.'

노숙을 많이 한 편은 아니지만 전혀 경험이 없지는 않다. 그래도 지금처럼 편한 잠자리를 가져 본 적은 없다. 이건 마치 자신의 방에서 침상에 누워 있는 것과 같지 않은가.

수묘인은 능숙한 솜씨로 땅을 팠다.

수묘인이니 땅 파는 솜씨가 뛰어난 것은 당연한 건가?

바닥이 평평해지도록 땅을 파고, 나뭇잎으로 흙을 덮은 다음에 둘둘 말린 가죽 천을 풀었다.

그 속에서 나온 것은 놀랍게도 호피(虎皮)다.

사용했던 흔적이 곳곳에 남아 있는 호피를 나뭇잎 위에 깔고, 나뭇가지를 잘라 기둥을 만들었다. 그리고 그 위에 수달 가죽으로 만든 덮개를 씌웠다.

"두 사람이 자기는 충분할 거야."

물론 두 사람이 자기는 충분하다. 너무 아늑하고 편안한 잠자리다. 하지만 자신에게는 뒤따르는 자하령이 여덟 명이나 있다.

'그 애들, 할 수 없이 이슬을 맞고 자야겠어.'

생각이 너무 짧았다.

수묘인은 경사진 비탈을 직각으로 파나갔다. 그리고 머리맡 부분, 비탈이 끊긴 부분에 잎이 무성한 나뭇가지를 꺾어 찔러 넣었다.

경사진 산비탈에 찔러 넣은 나뭇가지는 자연스럽게 지붕 역할을 해주었다. 거기에 웃옷을 벗어 걸쳐 놓자 훌륭한 지붕이 완성되었다.

바닥에는 잎이 넓은 잎사귀를 깔았다.

그럭저럭 하룻밤을 보내기에는 불편하지 않아 보인다.

'자하령도 저런 식으로 잠자리를 꾸미면 이슬은 맞지 않겠어.'

지금까지 살아오면서 자하령에게 관심을 가진 적이 없었다. 그녀들이 어떻게 먹고 어떤 식으로 자는지는 알고 있지만 당연히 겪어야 할 고초 정도로 치부했다. 또한 그 정도의 고초는 내밀호법(內密護法)이 되기 위해 받아야 하는 가혹한 수련에 비하면 조족지혈(鳥足之血)이라고 생각했다.

단지 이틀, 수묘인과 지낸 날이 이틀밖에 되지 않았는데 자하령도 인간이라는 생각이 든다. 그들도 편안하게 쉬고 맛있는 것을 먹을 권리가 있다고 생각된다.

자하령의 이목은 자신에게서 떨어지지 않고 있으니 수묘

인이 하는 행동도 빤히 지켜봤을 게다.

자하령에게는 그들만의 식사가 있다. 그들만의 수면 방법이 있다. 하나, 수묘인을 본떠서 편안한 잠자리를 만들어 편히 쉬었으면 하는 바람을 가진다.

꿀꺽! 꿀꺽……!

절혼마녀는 쉴 새 없이 술을 쏟아 부었다.

"사내들…… 겪을 만큼 겪었고, 알 만큼 안다고 생각했는데…… 풋! 별종(別種)도 있었네."

'별이 참 많이도 떴어.'

금연화는 호피에 누워 밤하늘을 쳐다봤다.

절혼마녀의 고민을 모르는 것은 아니지만 당분간은 수묘인에 대한 생각은 하지 않기로 했다. 해봤자 머리만 아플 뿐이니까. 또한 그에게 신경을 쓸 마음도 남아 있지 않고.

그가 수묘인이라면 그런 것이고, 향도라면 향도다. 노인이시마면 어떻고 아니면 어떤가. 자하부와의 인연을 끊기 위해 만들어낸 인물들이나 큰 도움을 주고 있으니 고맙지 않나. 배신만 하지 않는다면 그들이 어떤 사람들이건 신경 쓰지 않으련다.

그런데 절혼마녀가 뜻밖의 소리를 했다.

"내가 괜히 따라나섰나 봐. 단단히 각오했는데 너무 싱겁게 됐어."

"아녜요, 언니. 언니가 옆에 있는 것만으로도 얼마나 든든

한데요."

절혼마녀는 금연화의 말을 받으려고 입술을 달싹거렸지만 차마 말을 꺼낼 수 없는지 거칠게 술을 들이켰다.

족히 반 병쯤 들이켰을까? 절혼마녀가 술병을 조용히 내려놓으며 말했다.

"나 줄래?"

"네? 뭘요?"

"저 사내, 나 달란 말이야. 영감이 시마든 아니든, 저 사내가 시마 제자든 아니든 상관없어. 내가 길들여 볼 생각인데, 관심있으면 있다고 하고 없으면 없다고 확실하게 말해줘."

금연화는 깜짝 놀랐다.

"언니, 진심이에요?"

"관심있어, 없어?"

"어, 없어요. 없죠. 당연히."

"그럼 내가 갖는다? 이의없지?"

"진심이군요."

절혼마녀가 사내에게 흥미를 느끼다니!

세상에 이런 일도 있을 수 있는 것인가. 그녀에게 사내란 뜨거운 몸을 식히는 대상에 불과할 뿐이었는데, 절혼마녀의 표정을 보니 그 정도가 아닌 것 같다.

"다시 생각해 보는 게 어때요? 만난 지 겨우 이틀밖에 지나지 않았는데. 수묘인에다가…… 시마의 제자라면 무림공적이 될 건 뻔하고. 언니에게는 어울리지 않는 사람 같은데."

"이틀이나 같이 있었어. 그래도 파악하지 못했다면 평생 동안 한 이불 덮고 살아도 파악할 수 없어."

절혼마녀가 단호하게 말했다.

"특히 나 같은 여자는 사내를 보는 눈이 아주 민감해. 믿었던 자에게 배신당하고, 있는 것 없는 것 다 빼앗기고, 그거로도 모자라서 살 섞고 살던 여자를 홍루(紅樓)에 팔아먹고. 낙화향 창기들이 그런 자들 한두 번 겪어본 게 아냐. 척 보면 어떤 사내인지 한눈에 들어와."

금연화는 아무 소리도 하지 못했다.

무인이라는 공통점이 없었다면 평생 살아가면서 얼굴을 마주칠 일이 없었을 여자다. 사는 방법이 너무 다르고, 가는 길도 완전히 어긋나 있으니까.

"저 사내는 적어도 그렇진 않아. 나와 너. 후후! 우릴 보고 군침 흘리지 않은 사내 봤어? 저 사내는 꿈쩍도 하지 않아. 동생은 복수 생각으로 가득하니 그런 점까지는 살피지 않았을 거야."

절혼마녀의 말을 듣다 보니 그런 것 같다.

'이름이 소립파라고 했나? 신경 쓰이는 자야.'

"저 사내는 네게는 안 어울려. 나와 같은 부류야. 나처럼 시궁창에서 굴러먹은. 시마 제자면 어때? 호호호! 멱살이라도 움켜잡고 산속에 틀어박혀 살면 되지 뭐. 당장은 아냐. 좀 더 살펴봐야지. 지켜볼 생각이야. 내 잣대로. 그러니까……
내일부터 내 꼴이 우습게 변해도 비웃지는 마.”

절혼마녀는 등을 돌리며 돌아누웠다.

2

타닥! 타닥……!

금연화는 무엇인가 타는 소리에 눈을 떴다.

아직 사방은 깜깜한 어둠에 휩싸여 있는데 발밑 부근에서
따뜻한 온기와 더불어 밝은 빛이 뿜어져 온다.

‘누가 모닥불을…… 모닥불!’

잠이 확 달아났다.

몰래 숨어가도 모자랄 판인데 야밤에 모닥불을 환히 밝혀
놓으면 어쩌잔 말인가!

금연화는 벌떡 일어나 앉았다.

절혼마녀는 벌써 일어나 있었다.

“깼어?”

“언니! 저 사람 지금 뭐 하는 거예요?”

“밥 짓고 있어.”

“밥이요? 세상에! 지금이 어느 판국인데 한가하게 밥
을…….”

"놔둬 봐. 귀엽잖아."

절혼마녀의 입에서는 술 냄새가 진하게 풍겨났다. 술을 마시기 시작한 지 꽤 오래된 것 같다.

"야간에 모닥불을 피워놓으면 십 리 밖에서도 볼 수 있어요. 더군다나 여긴 민가도 없는 산속이니 더 환하게 드러날 거고요."

"말리고 싶으면 가서 말려봐."

절혼마녀는 술병을 들어올렸다.

'모두들 어떻게 됐어. 이러다가는 날이 밝기도 전에 싸움부터 치러야 할 거야.'

금연화는 호피를 박차고 일어나 수묘인에게 걸어갔다.

수묘인은 아주 느긋했다.

모닥불 곁에서 팔베개를 하고 누워 하늘을 올려다보는 모습이 태평스럽기 그지없었다.

모닥불 위에 올려진 솥에서는 쌀 익는 냄새가 구수하게 번져 나왔고, 한쪽에 살그머니 얹힌 흙더미는 딱딱하게 굳어서 돌이 되어갔다.

"향도였다면서."

"……."

"향도가 야밤에 불을 피워서는 안 된다는 사실도 몰라?"

"후후! 그따위 엉터리 소리는 어디서 들었나."

금연화는 바보가 된 듯 멍해졌다.

'뭐 이런 인간이…….'

"이런 곳에서 불을 피우면 나 여기 있다 하고 선전하는 것과 같아. 못 알아들어? 당장 불 꺼!"

수묘인은 누워 있는 자세 그대로 손을 들어 발 쪽을 가리켰다.

"저 산은 이 산보다 훨씬 커서 불빛을 차단해 주지."

이번에는 왔던 쪽을 가리켰다.

"지금 우리가 있는 산은 활 모양으로 휘어져 있고."

다시 손가락이 움직였다. 금연화가 서 있는 쪽으로.

"산이 휘어져 돌아가고 있는데, 설명이 더 필요해?"

금연화는 머쓱해졌다.

이곳에 도착했을 때는 경황이 없어서 주변 지형지물을 숙지하지 못했다. 이제야 주변을 살펴보니 이곳이야말로 바람 한 점 들 수 없는 완벽한 분지 형태이지 않은가.

분지는 아니다. 하나 주변 산들이 얽히고설켜서 산성을 쌓아도 좋을 지형이 되었다.

"밥이 다 되려면 조금 더 있어야 돼. 요 아래 계류(溪流)가 흐르니 세면이나 하고 와."

수묘인이 일어나 불붙은 나뭇가지들을 빼내기 시작했다. 솥에서는 김이 모락모락 피어나는 중이었다.

수묘인은 농가에서 사용하는 큰 솥을 사용했다.

이삼 인분의 밥을 지을 수도 있고, 사람이 많은 집에서는 십여 명분의 밥도 짓는다.

수묘인이 솥뚜껑을 열었을 때 금연화는 깜짝 놀랐다.

"무슨 밥을 이렇게 많이!"

"뒤따르는 사람들, 나오라고 해. 밥은 먹어야지."

"뭐?"

순간 금연화의 머릿속에 절혼마녀의 말이 번개처럼 스쳐 갔다. 노인이 시마일 것 같으며, 수묘인도 상당한 무공을 지녔을 거라는.

그런 말을 들었어도 정작 믿지 못했는데, 정말 이들이 그토록 가공할 고수들이란 말인가. 자신의 기감으로는 감지할 수 없는 초절정고수란 말인가.

자하령의 움직임은 금연화도 감지하지 못한다. 그들이 일부러 숨결을 뿜어내 위치를 말해주지 않는다면 등 뒤에 있어도 알지 못한다. 자하령은 당대 최고의 밀신(密臣)들인데.

금연화는 절혼마녀를 쳐다봤다.

'자하령이 뒤따르는 것을 눈치챈 건가요?'

'그런 것 같지는 않아. 직감으로 때려잡은 것 같은데……아닌가? 눈치챘나? 이들이 무인인 건 확실한데 노수가 어느 정도인지 도무지 알질 못하겠네.'

주고받는 눈길 속에 무언의 말들이 오고 갔다.

"자하부의 금지옥엽이 단신으로 여행길에 나섰다면 누구

도 믿지 않아. 자하부와 인연을 끊었다고 해도 시녀 정도는 데리고 나섰어야지. 나오라고 해. 길을 나서면 배고픈 설움만큼 큰 설움도 없으니까."

수묘인이 자그마한 돌멩이를 들어서 돌이 되어버린 흙더미를 후려치며 말했다.

퍽! 퍽퍽……!

바짝 구워진 흙더미는 몇 번 내려치지 않아서 와르르 무너졌다.

"부엉이 고기인데 역겹게 생각하지 말고 먹어. 장을 찍어 먹으면 그럭저럭 한 끼는 때울 수 있을 거야."

절혼마녀와 금연화는 다시 눈길을 주고받았다.

'부엉이 고기! 사냥!'

'돌팔매질! 아니면 비수!'

암행(暗行)을 할 경우, 흔적을 지우는 것은 기본에 속한다.

수묘인은 일부러 표식이라도 남겨놓는 듯 곳곳에 쓰레기를 버렸다.

부엉이 살점이 묻은 흙더미도 부순 자리에 그대로 놓아두었고, 모닥불을 피운 흔적도 고스란히 남겼다. 누구나 한눈에 식별할 수 있는 지난밤의 잠자리도 일절 손대지 않았다.

"흔적을 지워. 천비대를 염두에 두고 말끔히 정리해."

혼잣말처럼 나직한 음성이다. 그러나 반응은 신속히 전해져 왔다.

쉬익! 쉭쉭……!

사방에서 바람 소리가 일어난다 싶었는데 어느새 여덟 명의 야조가 날아와 금연화 곁에 섰다.

그녀들 중 한 명이 나타난 야조들을 둘러보며 말했다.

"우선 묻어야 할 것과 가져갈 것을 분류해. 놓치는 것이 있어서는 절대 안 돼."

야조들은 전문적으로 수련을 받은 무인답게 신속히 움직였다.

자하령은 공령문의 절기를 이어받았다. 추적에도 능통할 뿐 아니라 은신에도 귀재들이다. 천비대가 신의 추적술을 지녔다지만 공령문의 은신도 녹록치 않다.

잠자리는 다시 흙으로 덮어야 하고, 그 위에 오래된 낙엽을 깔아야 한다. 모닥불을 피우고 남은 잔재는 보자기에 싸서 가져가고, 그러고도 남은 잔재는 멀리서 날아온 바위로 덮어놓는다. 사람들의 발자국도 깨끗이 지운다.

모든 것이 끝나도 수레바퀴 자국은 남는다.

염려할 것 없다. 수레가 워낙 천천히 움직이니 지금까지처럼 움직이고 난 후에 지우면 된다.

야조들은 행동으로 옮기기 전에 해야 할 일들을 치밀하게 조사했다. 그때 수묘인이 짐들을 수레에 단단히 동여매며 말했다.

"놔둬도 괜찮아. 찾아올 사람도 없으니까."

"……."

듣는 사람은 없다. 자하령은 수묘인의 말을 무시하고 각기 맡은 일을 하기에 여념없다.

"천비대가 그렇게 무서운 사람들인가? 그래 봤자 그 사람들도 인간인데 말이야."

지나가는 바람처럼 흘리는 말. 틀린 말이다. 천비대는 인간이 아니라 신이다. 추적에 관한 한은.

"아니, 그들은 사람이 아니라 신이야. 천비대가 추적해서 잡아내지 못한 사람이 없었어. 추적의 달인들이지. 그들이 나서면 한 달 전에 사라진 사람도 찾아낸다지?"

절혼마녀가 생글거리며 말했다.

"호오!"

수묘인은 감탄인지 비웃음인지 모를 소리를 터뜨렸다. 그렇다고 행동을 달리 하는 것은 아니다. 천비대가 추적의 달인들이라지만 자신은 뒤쫓지 못할 것이라는 자신감이 단단히 배어 있다.

금연화는 기가 막혔다.

'휴우! 정말 언젠가는 크게 당할 사람이야. 무인을 우습게 여기고 있으니. 이게 과연 잘하는 짓인지…….'

문득 회의가 치밀었다.

북검 무인들을 만나지 않고 권수를 건널 수 있다는 말에 덜

컥 길 안내를 맡겼지만 잘 가고 있는지조차 모르겠다.

객잔에서 권수까지는 반나절 거리밖에 안 된다.

수묘인은 하루종일 산속을 헤맸다. 어디가 어딘지도 모를 곳에서 밤을 새웠고, 앞으로도 얼마나 더 가야 강을 건널 수 있는지 알지 못한다.

이제는 천비대까지 무시하며 흔적을 치우지 않아도 된단다.

믿고 따라야 하는 건지, 지금이라도 애초 생각대로 부딪치며 뚫고 나가는 것이 나은지 분간이 서지 않는다.

수묘인은 놀리는 건지, 약 오르는 소리만 골라서 했다.

"천비대가 그토록 가공할 존재들이라면 이까짓 허튼 장난쯤은 금방 알아볼 텐데. 정말 흔적을 깨끗이 지울 자신이 있기는 한 건가?"

맞는 말이다. 흔적이란 것은 남기기는 쉬워도 지울 수는 없다. 감출 수는 있지만 흔적이 생기기 전의 상태로 되돌려 놓을 수는 없다. 그런 점에 착안하여 감춰진 흔적을 찾아내는 것이 추적술이다.

손대서 붙잡지 못한 사람이 없다는 천비대라면 반 각도 못 돼서 흔적을 찾아낸다.

반 각. 흔적을 지우는 작업은 반 각을 벌고자 벌이는 일이다. 극단적인 상황이 벌어질 경우, 반 각이라는 여유는 삶과 죽음을 갈라놓을 수 있는 긴 시간이니까.

"공연한 짓은 않는 게 좋아. 여기 머물렀으면 어떻고 머물지 않았으면 어떤가."

그 말은 틀리다. 추적을 하는 데는 시간 계산을 하는 것이 아주 중요하다. 이곳에서 머물렀다는 흔적을 찾아내면 하루 전에 온 것이 되고, 아침녘에 떠났다는 사실을 알려주게 된다. 흔적을 발견하지 못하면 언제 지나갔는지 모르게 된다.

그것도 알아내는 방법이 있기는 하다. 바퀴 자국을 유심히 살펴보면 깔려 죽은 벌레도 있을 수 있고, 물기 묻은 흙도 발견되며, 산에서는 낙엽이 필연적으로 깔리게 된다.

이 모든 것이 시간을 알려주는 요소다.

"완벽하게 지울 자신이 없다면 그냥 놔둬. 무인이라면서 사냥도 안 해봤군. 이런 노숙은 엽사(獵師)들이 흔히 사용하는 방법인데."

"엽사들은 산에서 수레도 사용하나 보지?"

수묘인은 하늘을 올려다봤다.

"오늘 밤쯤에 큰 비가 내릴 거다. 여긴 땅이 물러서 웬만한 자국쯤은 그대로 씻겨 내려가지. 믿어도 좋아."

'이제는 날씨까지…… 천문지리에 달통했다는 거야, 뭐야.'

금연화는 수묘인의 말을 무시했다. 자하령도 무시했다. 그녀들은 수묘인이 말을 하는 동안에도 부지런히 흔적을 지워 나갔다.

절혼마녀는 흔적을 지우고 은신하려는 삼령(三靈)을 붙들었다.

"저 사람이 부엉이 잡는 모습, 봤어?"

개미 기어가는 소리보다 작은 음성이었다.

삼령은 고개를 끄덕였다.

"뭐로?"

"화살요."

"화…… 살?"

"수레에 활과 화살이 있어요."

"수준은?"

"수준이라고 말할 수도 없는 게…… 거리가 겨우 삼 장 정도밖에 떨어져 있지 않아서……."

시위를 놓을 줄 아는 사람이라면 누구나 잡을 수 있는 거리다. 더욱이 부엉이는 큰 새라서 맞추기 쉽다.

무인인지 아닌지 알아낼 수 있는 절호의 기회라고 생각했는데, 이번에도 헛다리만 짚고 만 셈이다.

'재미있는 사람이야.'

산속을 꼬박 반나절 동안이나 헤맸다.

가도 가도 끝없는 나무들뿐이라서 길을 잘못 들지 않았나 의심이 치밀기도 했다.

해가 중천에 떠 있고 배가 고파올 무렵, 금연화와 절혼마녀는 바람결에 묻어나는 물기를 감지했다.

'권수!'

갑자기 신경이 팽팽하게 곤두선다.

수묘인이 권수 어디쯤에서 어떤 식으로 강을 건널지는 모르지만, 권수 나루터에 진을 치고 있는 무인들이 북검문 무인이 틀림없다면 쉽지만은 않을 것이다. 다른 곳에서 강을 건널 것이라는 생각쯤은 충분히 하고 있을 테니까.

"여기가 어디쯤이지?"

수묘인은 대답하지 않았다. 일 다경(一茶頃)이라는 짧은 시간, 아니, 무척 길게 느껴지는 시간 동안 묵묵히 수레를 몰았다.

이윽고 금연화의 눈에 넓디넓은 강줄기가 환히 드러났다.

수묘인은 그제야 입을 뗐다.

"아까는 말해줘도 모를 것 같아서…… 강 건너에 있는 산이 무슨 산일 것 같나?"

금연화는 눈을 크게 뜨고 강줄기를 살폈다. 그러나 자신들이 어디쯤에 와 있는지 도무지 모르겠다. 권수라면 환히 안다 싶었는데. 할 수 없이 수묘인이 말한 강 건너 큰 산을 쳐다봤다.

'너무 멀어. 권수 부근에 있는 산이니 아는 산일 텐데 도

무지 모르겠어. 겨우 산봉만 보이니…… 앗! 그, 그럼 여기
가!'

문득 산 지명 하나가 떠오른다.

원래부터 사람들이 즐겨 찾는 명산이었다. 그러던 것이 어
느 날부터인가 남무림과 북무림, 양대 무림의 성산(聖山)이
되었다. 범인들의 출입은 철저히 통제하며, 무인들의 출입 또
한 북검문의 승인을 받아야만 등산을 할 수 있는 산.

장산, 일명 내방산이다.

북무림이 남무림을 꺾은 최초의 혈전장이니 긍지의 상징
이다. 남무림으로서는 단 한 명도 물러서지 않고 결사를 단행
했으니 의기의 표본이다.

"장산…… 갈수록 태산이네. 하필이면 경계가 가장 삼엄한
곳으로 끌고 왔어. 정신이 있는 거야, 없는 거야! 장산에는 평
소에도 무인들이 기백 명씩 득실거리는데 잘난 척하면서 끌
고 온 곳이 고작……."

금연화가 소름이 오싹 돋는 차가운 음성으로 말했다.

수묘인은 살점이 베어날 것 같은 독기에도 여유로운 모습
을 보였다.

"나 같은 놈도 병법이라는 것을 아는데, 나보다도 귀동냥
이 못하군. 경계란 빈 곳을 막는 것이 제일 원칙이니 원래부
터 충실한 곳은 오히려 신경이 덜 쓰이지. 원래부터 강한 곳
이니 누가 오랴 싶은 방심도 생기고."

수묘인은 수레에서 내려 길게 기지개를 켜며 말했다.

"비상시국에는 강한 곳일수록 경계는 다른 곳보다 훨씬 허술해지는 법이야. 경계해야 할 대상이 강적이라면 상황이 다르겠지만 우리같이 숨어 다니기 급급한 상대는 신경 쓰지도 않아. 한마디로 이곳 경계는 권수를 통틀어 제일 허술해."

'이자…… 수묘인이 아냐!'

절혼마녀와 금연화는 동시에 같은 생각을 했다.

수묘인은 준비를 철저히 해왔다. 마치 비정상적으로 강을 건널 줄 알고 있었다는 듯 만반의 준비가 갖춰져 있다.

수묘인은 납작하게 접힌 돼지 오줌보를 꺼내 바람을 넣은 후 꽁꽁 묶기 시작했다.

"너무 준비가 철저해. 재미있는 사람이야. 아무래도 내가 생각을 잘못했나 봐. 어떤 목적을 갖고 일부러 접촉해 온 자. 그렇게밖에 생각이 안 들어."

절혼마녀가 낮은 음성으로 속삭였다.

"그런 생각을 안 해본 건 아니지만…… 제가 뭐, 중요한 인물도 아니고. 일부러 제게 접근할 이유가 없어요. 북검문, 남도문 어느 쪽에서도 전 필요없는 존재잖아요."

"그게 의문이야. 일부러 접근했다면 목적이 있을 텐데, 우리에게서는 얻을 게 전혀 없거든."

"기우일 거예요."

"그러길 바라야겠지. 모처럼 마음에 드는 사내를 만났는데 내 손으로 죽인다는 생각을 하니 마음이 아파."

그녀들의 눈길은 수묘인의 일거수일투족을 좇았다.

수레 밑에 공기가 가득 든 돼지 오줌보가 수십 개나 매달렸다. 그런 후에도 수묘인은 계속 돼지 오줌보를 묶어댔다.

이윽고 돼지 오줌보가 삼십여 개쯤 널려 있어서 발 디딜 곳이 없을 즈음, 수묘인이 말했다.

"헤엄칠 생각은 말고 물에 몸을 맡겨. 흘러가는 대로 떠내려가라고. 그러다 수레가 방향을 잡으면 그때나 헤엄치고. 이걸 허리춤에 매달아놓아. 별 힘 들이지 않아도 뜰 거야. 세 개 정도 매달면 충분하겠지."

하릴없이 꼬박 반나절을 기다렸다.

여인들은 점심도 저녁도 건포(乾脯)로 대충 때우고 커다란 나무에 등을 기대고 앉아 푹 쉬었다.

수묘인은 잠을 자두라고 했지만 지난밤에 푹 잔 탓인지 잠이 오지 않았다.

수묘인과 노인은 잠을 잤다. 건포도 먹지 않고, 술도 마시지 않고 잠귀신이 들린 사람들처럼 깊은 잠에 빠졌다.

그들에게서는 무인의 냄새가 전혀 나지 않았다. 경계심을 단 한 점도 찾아볼 수 없다. 고주망태로 술에 취했어도 한줄기 경계심만은 놓지 않는 것이 무인인데, 젊고 늙은 수묘인들은 목을 베어가도 모를 만큼 깊이 잠들었다.

절혼마녀는 삭사를 꺼내 일부러 소리를 내봤다. 아무런 반응도 보이지 않았다. 살기를 진하게 일으켜 감각이 곤두서게 만들었다. 여전히 깊은 잠에 빠져 있다.

끝내 공격을 가했다. 삭사가 목젖에 닿았고, 일 푼만 힘을 주어도 피보라가 솟구칠 판이다.

역시 반응은 똑같다.

초절정고수라면 몸에서 일어나는 반응을 숨길 수 있다. 그러나 마음이 반응하는 것까지는 숨기지 못하는 법이고, 마음이 움직이면 기류(氣流)가 변한다.

절혼마녀와 금연화는 기류의 변화를 감지해 봤다.

변함이 없다. 공격을 하기 전이나 한 후나 똑같은 흐름이다.

금연화는 생각했다.

'기우였어. 무공을 모르는 사람들이야.'

절혼마녀도 생각했다.

'이 노인은…… 내가 감당할 수 없는 고수…… 이 사람은…… 무공을 모르거나, 안다면…… 역시 감당하기 벅차겠지.'

수묘인은 해가 서녘으로 넘어가고도 반 시진이나 지난 다음에야 기지개를 켜며 일어났다.

"쯧! 잠들 자두라니까. 밤새 물속에 있을 텐데…… 이제 가지."

거침없는 행동이 시작되었다.

第四章

몰상도(沒想到)
―뜻밖에

1

　사위가 캄캄해졌다. 산에서 맞이한 어둠은 더욱 짙어서 한 치 앞도 분간하기 어렵다.

　수레는 미끄러지듯 산을 내려가 조용히 물속에 잠겼다.

　기이한 것은 비루먹은 말의 행동이다. 감각이 마비된 것처럼, 아니면 아무것도 보이지 않는 것처럼 물가에 이르러서도 일 점의 망설임 없이 뚜벅뚜벅 걸어 들어갔다.

　'한두 번 강을 건너본 솜씨가 아냐.'

　산을 잘 타는 것은 시신을 날랐기 때문이라고 해도, 망설임 없이 강을 건너는 것은 어떻게 설명할 것인가.

　물어보지는 않았다. 수묘인은 합당한 대답을 내놓을 테고,

믿을 수밖에 없는 말일 게다.

돼지 오줌보로 밑을 가득 채운 수레는 기적처럼 둥실 떠올랐다.

비루먹은 말…… 역시 강을 많이 건너다녔다.

말은 다리가 닿지 않을 만큼 들어갔을 때 헤엄칠 생각을 하지 않고 물길에 몸을 맡겼다. 배 밑에 매달아놓은 돼지 오줌보를 단단히 믿지 않고서야 할 수 없는 행동이다. 아니, 행동이라기보다는 오랜 반복 끝에 몸에 배어버린 습성이다.

스윽! 스으윽……!

자하령들이 파문 한 점 일으키지 않고 물속으로 들어섰다.

"길은 알고 가는 거야?"

절혼마녀가 주위를 쓸어보며 말했다.

아무리 둘러보아도 방향을 잡을 수 있는 지형지물이 보이지 않는다. 보이는 것이라고는 칠흑 같은 어둠과 은비늘처럼 반짝거리는 드넓은 강물뿐. 강에서 태어나 자란 사람이라도 일직선으로 강을 건너는 것은 어렵지 않을까 싶다.

"당신 이름은 뭐지?"

수묘인이 처음으로 절혼마녀에게 관심을 가졌다.

"당신? 호호호! 재미있네. 생각해 보니까 당신이라는 말은 처음 들어본 것 같아. 호호호!"

절혼마녀는 정말 재미있다는 듯 간드러지게 웃었다.

수묘인은 개의치 않고 말했다.

"유유상종(類類相從)이란 말이 있어. 끼리끼리 어울린다는 말인데, 당신과는 통하는 데가 있을 것 같더군. 우리가 동류(同流)라는 점에서. 이의있나?"

"동류?"

"쓰레기통에 버려진 썩은 고기 조각도 맛있게 먹을 수 있는 사람들. 비참한 인생들이지."

"죽고 싶은가 보네."

스스슷……!

절혼마녀의 오른손에 공력이 운집되었다.

'동류'라는 말이 절혼마녀의 자존심을 자극했다. 쓰레기통도 뒤질 수 있는 인간들이라는 말이 그녀를 화나게 했다. 비수로 그녀의 가슴을 찌르는 말이었기에.

금연화는 다급히 절혼마녀의 옷소매를 단단히 움켜잡았다. 그리고 고갯짓으로 참으라는 뜻을 표시했다.

"쯧! 이름 정도는 물을 수 있는 관계 아니었나? 오늘 밤까지 치면 삼 일이나 같이 지낸 건데. 말하기 싫으면 관두지."

절혼마녀는 부르르 치를 떨었다.

수묘인의 말 때문이 아니다. 쓰레기통에 버려진 고기 조각도 먹을 수 있을 것이라는 말은 그녀가 되새기고 싶지 않은 기억을 떠올리게 만들었지만 치를 떨 정도는 아니다.

손에 공력을 주입하는 순간 지독한 살기가 피부를 베어왔다.

등 뒤다! 웅크린 채 누워 있는 노인!

금방이라도 숨이 넘어갈 듯 위태로워 보이지만 머리칼이 쭈뼛 곤두서게 만드는 살기는 분명히 노인이 뿜어내고 있다.

아니다. 아니다. 노인은 아무런 기운도 뿜어내지 않고 있다. 살기가 등 뒤에서 쏘아져 오는 줄 알았는데 사방에서 옭죄어온다.

말이 되는가! 강인데…… 물속에서 쏘아져 오는 것도 아니고 마치 땅 위에서 다수의 적을 상대로 싸우는 것과 같은 느낌이라니.

'공령무지즉발(空靈無知即發) 상태!'

공력의 운집이 최고조에 다다라 언제라도 초식을 뿜어낼 수 있는 상태다. 의식은 상관치 않는다. 본능적으로 공격과 방어를 할 수 있는 상태이며, 투(鬪)와 공(功)이 하나로 어울린 현상이다.

수묘인을 가격한다면, 그 순간 살기는 실체가 되어 들이닥칠 게다.

누군가? 수묘인인가, 노인인가.

살기를 뿜어낸 사람이 누구인가!

'내가 맞았어! 시마였어!'

"홍! 고인이셨군요. 그만 본색을 드러내시는 게 어때요, 시마?"

노인은 죽은 듯이 웅크린 채 말이 없었다. 아예 사람이 없는 것처럼 조용했다. 숨소리도 들리지 않았다. 대신 수묘인이 수레를 물길에 맡긴 채 벌렁 드러누웠다. 그 순간,

쉬익!

절혼마녀의 옥수가 번개처럼 허공을 갈랐다.

등 뒤에 누워 있는 노인이 시마라고 해도, 공령무지즉발 상태여서 즉각적으로 반격을 가해온다고 해도 따라잡을 수 없는 빠름이었다. 더군다나 수묘인이 손가락 하나 간격도 되지 않는 곳에 누워버렸으니 절호의 기회였다.

살기가 실체로 변한다면 수묘인은 죽음을 맞이할 게다.

절혼마녀는 수묘인의 목을 움켜잡고 나서야 안도의 숨을 내쉬었다. 그래도 한가닥 불안감을 떨쳐 버릴 수 없어서 누워 있는 노인을 예의 주시하며 말했다.

"당신, 시마 맞죠? 이 사람은 당신 제자고. 침묵은 안 돼요. 말해야 될 거예요."

목을 잡은 손길에 힘이 실렸다.

그 순간, 수묘인의 입가에 묘한 미소가 떠올랐다.

귀여운 아기를 보는 듯 다정하다. 사랑스러운 여인을 보는 듯 밝다. 부모가 자식을 보는 듯 포근하다.

"예쁜 얼굴이군. 입술이 참 달콤할 것 같아. 술 냄새 정도는 얼마든지 참을 수 있겠어. 쓰레기 더미에 몸을 굴린 여자치고는 피부가 참 깨끗해. 미인의 첫째 조건은 세요설부(細腰雪膚)라더니, 이제야 그 말뜻을 알겠어."

수묘인은 손가락을 들어 절혼마녀의 콧등을 살며시 쓸어내렸다.

"청순함과 요염함이 한데 묻어 나오는 여자는 위험해. 깊은 늪 같아서 빠져들면 헤어나기 어려워. 대체로 당신 같은 여자는 사내를 치맛자락에 휘감을 팔자라던데."

단숨에 목뼈가 부러질 위험한 말인데도 수묘인은 아무렇지도 않게 내뱉었다.

그런데 절혼마녀의 행동이 기이하다.

뱀을 만난 개구리처럼 옴짝달싹 못하고 있다.

손아귀에 일 푼만 힘을 가해도 수묘인의 목뼈는 부러진다. 낙화향에서 불구가 된 사람들 중에는 목이 다쳐서 척추 장애를 일으킨 경우가 상당수이니 죽이거나 불구로 만드는 것은 일도 아니다.

절혼마녀는 꽁꽁 얼어붙어 아무것도 할 생각을 하지 못했다.

금연화도 현실을 망각했다. 자신이 어디에 있는지, 무엇을 하는지 까마득하게 잊어버렸다. 이 순간 느낀 것은 수묘인의 웃음이 참으로 편안하다는 것과 자신의 마음이 물먹은 솜처럼 풀어진다는 것이다. 그때,

우르르릉……! 쫘앙!

하늘에서 뇌성벽력이 터지며 장대 같은 비가 퍼붓기 시작했다.

아침부터 금방이라도 비가 올 것처럼 우중충한 날씨였다. 수묘인이 말한 것처럼 밤에 큰 비가 내릴 것이라고는 예측하지 못해도 오늘 중으로 비가 올 것이란 정도는 짐작했다.

쏟아지는 빗줄기가 심상치 않다. 강물이 들끓는 기름 솥처럼 파닥거리고, 묵직하게 쏟아지는 빗줄기는 그렇지 않아도 방향을 잡을 수 없는 어둠을 더욱 어둡게 한다.

절혼마녀는 뇌성을 듣고야 화들짝 정신을 차렸다. 금연화도 몽롱하던 환상에서 급히 깨어났다.

"무, 무슨 짓을! 무슨 짓을 한 거냐!"

절혼마녀의 음성이 신음처럼 새어 나왔다. 방금 전 상황을 자신도 이해할 수 없다는 듯 곤혹스러운 표정이었다.

'사, 사술(邪術)!'

금연화도 잠시나마 넋이 나갔던 현상을 떠올리며 부르르 치를 떨었다. 만약 그런 상황에서 누군가가 검을 찔러왔다면…… 갓난아기에게조차 목숨을 잃을 수 있는 상황이었지 않나. 무인이…… 무인이 이런 방심을 하다니.

"호, 혹시 화, 환희마소(歡喜魔笑)?"

금연화의 입에서 엉뚱한 말이 불쑥 튀어나왔다.

환희마소, 이는 무공이 아니다. 한 여인의 웃음이다.

은은하게 살짝 지어낸 웃음은 삶과 죽음을 가장 확실하게 절감할 수 있는 곳, 전장(戰場)에서만 피어났다.

죽음이 안타까웠음인가. 이름도 용모도 알려지지 않은 여인은 전장을 찾아 떠돌았고, 죽음이 임박한 자들을 찾았다.
그리고 그들을 살며시 보듬어 안으며 세상에서 가장 편안한
웃음을 지어 보였다.

환희마소다.

환희마소를 접한 병사는 세상에 대한 미련을 훌훌 떨쳐 버
리고 안락한 죽음을 맞이했다. 고향에 두고 온 부모형제도 잊
었다. 처자식도 떠올리지 않았다. 죽음에 대한 공포도 망각했
다.

환희마소는 이름 없는 병사를 순식간에 득도한 고승처럼
만들었고, 편안한 영면으로 이끌었다.

인위적으로 죽음을 앞당긴 건 아니다. 독을 사용한 것도,
무공을 사용하지도 않았다. 어미가 자식을 껴안듯이 보듬어
안으며 웃음을 지어 보였을 뿐이다.

웃음의 종류는 한마디로 설명할 수 없다. 측은함도 아니고,
자랑스러움도 아니고, 인자함도 아니다. 꼭 꼬집어 말할 수
없는…… 굳이 말한다면 마음을 편안하게 해주는 신비스러운
웃음이다.

수십, 수백에 이르는 병사들이 목도했다. 그리고 그들의 입
을 통해 '환희마소'라는 이름이 결정지어졌다.

죽은 자들이 기쁨을 느끼며 편안하게 떠나갔으니 '환희'
다. 죽음으로 이끄는 미소이니 '마소'다.

그저 한 여인의 웃음.

까마득하게 먼 옛날, 춘추전국시대(春秋戰國時代)의 미소.

현 시대에 사는 사람들은 환희마소라는 말조차도 아는 사람이 드물다. 잠깐 피어났다가 사라져 버린 미소였기에.

금연화는 자신이 말했으면서도 고개를 내둘렀다.

'환희마소라니…… 내가 무슨 말을 한 거야.'

환희마소를 떠올리다니. 그런 말을 왜 떠올렸을까? 수묘인의 웃음을 보는 순간 너무 편안한 마음이 들었기 때문일까? 일시적이나마 세상에서 가져 볼 수 있는 안락함의 극치를 맛본 탓일까?

수묘인의 웃음과 환희마소를 연결 짓는 건 터무니없다. 안다. 그래도 환희마소밖에 떠오르지 않는 것을 어찌하랴.

수묘인은 몸을 일으켰다.

다시 그의 널찍한 등이 무방비 상태로 노출되었다.

깊은 침묵, 그는 아무 말이 없었다.

길 안내를 받는 것인가, 고의적으로 접근해 온 사람에게 이끌려 가는 것인가.

노인은 무인이다. 시마가 거의 확실하다. 절혼마녀가 접했던 살기는 시마 정도의 가공할 내력을 소유하지 않고는 뿜어낼 수 없다.

수묘인의 신비스러운 웃음도 마주치고 싶지 않다.

사술인지, 무공인지, 금연화의 말처럼 환희마소인지 모르

지만 죽이고자 마음먹으면 누구든 죽일 수 있는 능력인 것만
은 확실하다.

손발을 놀리거나 병장기를 부딪친 적은 없지만 두 사람은
틀림없이 무인이다.

무인이 왜 무공을 숨기고 숨어 사는 것일까? 천하디천한
수묘인이 되어 멸시를 받으며 살아가는 것일까.

노인이 시마라면 이유가 된다.

무림이 북무림과 남무림으로 양분된 후, 정통무가로 인정
받지 못하거나 사마인(邪魔人)으로 낙인찍힌 사람은 살아남
지 못했다. 북무림, 남무림은 공히 서로에게 병기를 들이대기
전 내부 정리부터 시도했고, 와중에 흉신악살들은 모조리 소
탕당했다.

몇몇 문파가 힘을 합쳐 악도들을 쫓는 것과 똘똘 뭉친 무림
전체가 힘을 합쳐 몰아치는 것은 차원이 달랐다. 초절정고수
라서 손대지 못했던 마인, 미꾸라지처럼 잘 빠져나가는 악
인…… 누구를 막론하고 무림 전체에 펼쳐진 치밀한 그물막
을 벗어나지 못했다.

대학살이라고 표현해도 좋을 만큼 지독한 인간 사냥이었
다.

노인이 시마라면 숨어 살 수밖에 없다.

분명한 것은 자하부를 떠날 명분으로 막대한 돈까지 들여
가며 고용된 사람들의 범주는 벗어났다는 것이다.

우르릉! 꽈앙! 쏴아아아……!

천둥번개는 제 세상을 만난 듯 요동쳤고, 빗줄기는 하늘에 구멍이 뚫린 듯 쏟아졌다.

얼마나 흘러왔을까? 어디쯤이나 될까?

차디찬 빗줄기에 손마디가 굳어갈 무렵, 수묘인이 말고삐를 움켜잡았다.

"야핫!"

수묘인의 입에서 작은 소리가 새어 나옴과 동시에 비루먹은 말이 힘차게 헤엄을 치기 시작했다.

강을 건너가고 있다.

넓이가 얼마나 되는지…… 세상이 온통 물바다라서 비쩍 마른 말이 과연 강안까지 도착이나 할까 싶다.

절혼마녀는 그 일이 있고 난 후부터 입도 벙긋하지 않았다. 한시도 입에서 떼지 않던 술도 마시지 않았고, 수묘인이나 노인을 탐색하던 눈길도 거둬 버렸다.

그녀는 나무가 되었다.

생각도 하지 않고, 비바람이 몰아쳐도 이리저리 휩쓸리기만 할 뿐 대응을 하지 못하는 넋 잃은 여인이다.

금연화도 입을 열지 않았다.

모래톱을 일 장 정도 남겨놨을 때 수묘인은 비루먹은 말을 풀어주었다.

"이놈, 그동안 정들었는데 이제 그만 헤어질 때가 됐구나.

다음에는 부디 좋은 주인을 만나서 살이나 피둥피둥 찌거라."

비루먹은 말은 큰 눈을 끔뻑끔뻑하더니 대뜸 모래톱에 올라 강안을 따라 걸어갔다.

"잠 귀신, 그만 일어나지."

숨소리가 흘러나오지 않아서 살기는 힘들 것이라고 생각했던 노인이 길게 기지개를 켜며 일어났다.

"끄응! 말하는 싸가지 하고는. 눈을 씻고 찾아봐도 노인을 공경하는 마음은 터럭만큼도 찾을 수 없다니까."

놀라운 일이다. 기식(氣息)이 엄연했는데 언제 그랬냐는 듯 말끔히 털어버리고 일어선다. 하기는 시마라면 기식 정도는 얼마든지 감출 수 있었을 테지.

수묘인과 노인은 그녀들의 생각은 아랑곳하지 않고 부지런히 짐을 챙겼다.

풀고, 정리하고, 짐 보따리에 챙겨 넣고…… 망설임없이 버릴 것과 챙길 것을 구분하는 행동으로 미루어 이번과 같은 상황을 한두 번 겪어본 솜씨가 아니다.

"이 비는 내일 아침까지 퍼붓다가 그칠 거야. 여기서부터는 숨어 다닐 곳도 없고. 그러니 우리는 날이 밝기 전에 족적(足跡)을 지울 수 있는 곳까지 가야 해. 그만들 일어서."

수묘인이 큼지막한 등짐을 지고 일어섰다.

'이대로는 동행할 수 없어.'

생각은 금연화가 했지만 절혼마녀도 같은 생각일 것 같다.

"잠깐 이야기 좀 해."

수묘인은 모래톱에 한 발을 디딘 상태다. 노인은 절혼마녀가 먼저 내리기를 기다리고 있다. 두 사람은 그 상태로 멈춰섰다.

"당신과 이분. 무인인 것 알아."

"……."

"시마 맞죠?"

"……."

두 사람은 약속이나 한 듯 벙어리가 됐다.

"무인이라도 좋고 시마라도 좋아. 무슨 말이든 할 말이 있을 텐데?"

수묘인이 말했다.

"강을 건넜으니 약속대로 낙화향 동방은 내 거야."

그는 말이 끝나기 무섭게 움직였다. 두 발이 모두 모래톱에 올려졌다. 그리고 다시 한 발을 내디뎠다.

"단문협!"

금연화가 급히 말했다.

"단문협까지 길 안내를 부탁해."

"뜻밖이군. 이쯤에서 갈라지자는 말을 할 줄 알았는데."

"북검 무인들을 만나지 않고는 권수를 건널 수 없다고 생각했는데 건넜어. 아무도 만나지 않고. 단문협까지도…… 부탁해."

금연화는 진심이었다.

노인이 시마라고 해도 상관없다. 수묘인이 시마 제자라도 관계없다. 북무림의 지배자인 북검문과 부딪쳐야 하는 입장이라면 마인이든 살인자든 행동을 같이 해줄 사람이 필요하다. 그런 뜻에서 결코 정당하다고 할 수 없는 절혼마녀까지 끌어들였다.

이들이 절혼마녀 이상 가는 고수라면 더욱 힘이 된다.

금연화에게 행동해야 할 중심은 하나뿐이다.

무슨 일이 있어도 단문협에 간다. 배신자를 찾아서…….

시마가 무공을 드러내지 않았다면 이런 부탁을 하지 않았을지도 모른다. 아니, 거의 확실하다. 하지 않았다. 정체도 모르는 자들과 동행할 수는 없으니까.

노인이 시마라면 더 더욱 끌어들여야 한다.

그런 면에서 금연화는 절혼마녀와 생각이 달랐다. 절혼마녀는 마도인을 배척하지만, 금연화도 그랬지만…… 자하부까지 등진 마당에 망설일 것이 없어졌다.

이들은 가만히 있다가 왜 무공을 드러냈을까?

갈팡질팡하는 마음을 눈치채고 자신들을 꽉 잡으라는 신호는 아니었을까?

"확실하게 짚고 넘어가야 할 게 있는데."

수묘인의 음성은 요란한 천둥번개 소리를 뚫고 똑똑히 들려왔다.

"가격이 달라. 무인과 만나도 되는 거라면 싸게 해줄 수 있지만, 아예 만나지 않는 것은 비싸지."

"아예 만나지 않으면 좋겠어. 그럴 수 있어?"

금연화가 어색한 음성으로 대답했다.

북검문 무인들과 충돌이 생기면 가장 먼저 죽어나가리라 생각했던 사람들인데, 이제는 오히려 부탁하는 입장이 되고 보니 무시하는 말투를 꺼낼 수가 없었다.

"사람 일이란 모르는 것. 만나게 되면 어떻게 할 거지?"

"일단은 계획대로 뚫고 나가야지."

"무슨 일이 있어도 단문협에는 가서야 되겠다, 이거군."

"싸움이 벌어지면 빠져도 좋아."

수묘인이 등을 돌려 쳐다봤다.

한참 동안…… 뚫어지게…… 눈에서 불길이 솟구치는 듯 이글거리는 눈빛으로.

절혼마녀와 금연화는 숨을 죽였다.

수많은 무인들을 보아왔지만 단연코 이토록 강렬한 눈빛을 접한 적이 없다. 명가의 후인들도, 명성이 자자한 고수들도 이처럼 맹수 같은 눈빛을 토해내지는 못했다.

온몸이 발가벗겨진 느낌이다. 눈빛이 옷을 뚫고 들어와 몸 구석구석을 쳐다보는 것 같다.

"죽음을 아나?"

"풋!"

절혼마녀가 피식 웃었다.

순간, 수묘인이 비수를 꺼내 든다 싶더니 자신의 왼 팔목에 푹 찔러 넣었다.

핏물이 빗줄기처럼 쏟아져 내린다.

수묘인은 안색 하나 변하지 않은 채 비수를 끌어 올렸다.

쯔읏! 부우욱……!

살이 찢어지며 더욱 많은 피를 쏟아낸다. 그래도 수묘인의 표정은 변함이 없었다.

단번에 그어지는 고통도 참기 힘들다. 피부만 찢어져도 아픈데, 수묘인처럼 비수가 관통되도록 찔러 넣은 상태에서 끌어 올리면 고문도 지독한 고문이 된다.

신음? 일절 없다. 표정 변화? 살점 한 올 떨리지 않는다.

팔목 중간 부분에서부터 팔꿈치 가까이까지, 정성을 들이듯 천천히…… 아주 천천히 갈라졌다.

"다시 묻지. 죽음을 아나?"

이번에는 절혼마녀도 웃지 못했다.

비수로 팔목을 찌르는 정도는 할 수 있다. 수묘인처럼 그어 올릴 수도 있다. 하나 안색을 변화시키지 않을 자신은 없다. 표정이 문제가 아니다. 마음이 문제다. 마음에서 고통을 느낀다면 아무리 무표정하다고 해도 가식에 지나지 않는다.

"우습군. 죽음도 모르면서 죽음의 길을 아무렇지도 않게 말하다니.”

금연화는 입술을 잘끈 깨물었다.

차원이 다른 세계에 사는 사람이다. 자신들이 이승에 발을 딛고 있다면, 이들은 저승에서 사는 사람들이다. 육신이란 혼을 담기 위한 껍데기일 뿐이다.

이들에게는 죽음이 존재치 않는다. 생명을 잃는다는 것은 껍데기를 던져 버리는 것에 불과하다.

자신들도 이런 마음을 가져야 한다. 단문협에 가서 무엇을 하려는가? 흉수를 알아내서 뭘 어쩌자는 것인가. 결국은 복수를 해야 할 것이고, 그러자면 남도문, 북검문 할 것 없이 마구 휘젓고 다녀야 한다.

목숨이 여벌로 서너 개쯤 있어도 모자랄 판이다.

하물며 한낱 추적을 피하지 못해서 쩔쩔매는 꼴이라니. 이러고도 복수를 말할 수 있는가.

“좋…… 은 충고였어. 고맙다고 해야겠지? 권수를 무사히 건네게 해준 것도 고맙고. 좋아, 우리 일은 우리가 알아서 할 테니까 그만 가봐. 아무래도 우린 여기서 헤어지는 게 좋겠어.”

금연화는 주먹을 꽉 움켜잡았다.

‘처음부터 이래야 했어.’

수묘인은 가지 않았다.

“조건은 두 가지다. 자잘한 질문은 삼갈 것. 대답하기 귀찮으니까. 둘째, 너희의 목숨은 내가 갖는다. 죽으라면 죽어야 하고, 살라면 살아야 하지. 받아들일 수 있나?"

"좋아."

금연화가 머뭇거리는 사이, 절혼마녀가 먼저 말했다.

"대가는 추후 요구한다. 가능하면 무인을 만나지 않는 방향으로 하겠지만 사람 일이란 모르는 것이니까 장담은 못해. 가격은 단문협에 도착해서 청구한다. 터무니없는 가격이라고 시비 걸지 말도록."

"대가를 지불하기는 곤란할 거야. 수중에 가진 것이 몸밖에 없으니 몸을 원하면 몰라도. 더군다나 살아 있어도 곤란한데 죽을 공산이 더 크지 않겠어?"

이번에도 절혼마녀가 답했다.

"그건 내가 알아서 받아. 장산에서부터 단문협까지의 거리가 어느 정도나 될 것 같은가?"

생각을 지속할 수 없게 만드는 말.

"한 육백 리 정도?"

금연화는 얼떨결에 말했다. 어림짐작에 불과하지만 그 정도는 될 것 같다.

"우린 팔백 리를 가야 돼. 정확히 말하면 팔백육십칠 리."

'어떻게 돌아가기에 이백 리씩이나 더 늘어난 거지? 팔백육십칠 리라니. 단 일 리의 오차도 없다는 건가? 그런 건 지도를 보고 계산해도 나올 수 없는 거잖아.'

"자하령은 모두 따라올 필요 없어. 지금부터는 은밀히 행동해야 하는데 다수가 움직여서 좋을 건 없지. 다행히도 저 여자들 얼굴은 알려지지 않았으니까 변복하고 단문협에 가 있으라고 해. 정 불안하면 한두 명만 남게 하고."

수묘인은 일사천리로 말해 나갔다.

단지 자하부를 빠져나올 구실을 만들기 위해 장식품 삼아 끌어들인 수묘인. 며칠 전까지만 해도 얼굴조차 몰랐던 사내. 그런 자에게 모든 걸 맡기고 있다. 맡겨놓으면 단문협까지 아무 탈 없이 데려다 줄 것 같다. 그런 믿음이 확고하게 든다. 어떻게? 만난 지 며칠밖에 되지 않은 사내를…….

금연화는 피식 웃었다.

절혼마녀는 이틀이면 사내를 충분히 파악할 수 있다고 했다.

어림없는 말이다. 그 말에는 결코 동의하지 못한다. 첫인상과 사람 됨됨이가 다를 경우는 얼마든지 있으니까. 사내를 많이 알고 있으니 쓸 만하다거나 쓰지 못할 인간이라는 정도는 판별할 수 있겠지만 목숨을 맡길 만큼 상세히 파악하지는 못한다.

그런데 지금, 잘 알지도 못하는 사내에게 여정의 모든 것을 의지하고 있으니 절혼마녀와 다를 바 무엇인가.

그렇다고 마냥 끌려 다닐 수는 없다. 만일의 경우라는 게 있으니 대비는 해두어야 한다.

"만일 저 사람들과 싸우게 된다면…… 언니는 누구와 싸울 거예요?"

"둘 다 녹록치 않아. 그래도 싸우게 되면 내가 시마를 맡을게. 자신은 없지만…… 그래도 마음에 둔 사내를 잡을 수는 없잖아."

"풋!"

"웃겨? 남은 심각하게 이야기하는데."

"언니 말이 생각나서요. 언니 같은 사람은 이틀이면 남자를 볼 줄 안다면서요?"

"저 사내가 괜찮은 건 사실이잖아."

"언니 말을 믿었어요. 그래서 길 안내를 부탁했죠."

"내 말? 내가 무슨 말을 했는데?"

"언니가 보아왔던 많은 사람들…… 그 사람들과는 다를 거라고 했죠? 언니 눈을 믿어요."

"그 말은 믿어도 돼. 저 사내는 적어도 자기 여자를 홍루에 팔아먹거나 하지는 않을 자야. 호호! 속을 알 수 있어야 치마폭에 휘감든가 하지. 돈에 목숨 거는 사람들은 아닌데."

절혼마녀는 술병을 들어 들이켰다.

2

사위를 분간할 수 없는 어둠 속에서 철퍽거리는 발걸음 소리만이 묵직하게 울려 나왔다.

　걷는 사람은 다섯 명이다.

　수묘인 말을 좇아서 자하령 중 일곱 명은 변복을 하고 다른 길로 떠나갔다. 세상에 얼굴을 보인 적이 한 번도 없는 여자들이니 아무 탈 없이 도착할 수 있을 게다.

　금연화 일행과 수묘인, 그리고 노인 사이에는 어색한 기류가 흘렀다.

　표면으로는 동행하고 있지만 속으로는 잔뜩 경계하여 적대적인 관계로 돌아서는 애매모호한 상태였다.

　어디를 얼마만큼 걸었을까? 대략 한 시진쯤 걸었다고 느껴질 즈음, 수묘인은 나지막한 야산으로 들어섰다.

　수묘인…… 이제는 수묘인으로 보이지 않는다. 향도였다는 말도 어디까지 믿어야 할지 모르겠다. 이자는 소립파로 불려야 한다. 소립파라는 이름도 본명인지 가명인지 알 수 없지만.

　'비가 온 후라 족적이 뚜렷하게 남을 텐데 이렇게 가도 되나? 더군다나 산으로 들어선다는 것은……'

　마음 한편으로 불안감이 밀려들었지만 어차피 모든 걸 내맡긴 상태인지라 따라갈 수밖에 없다.

　소립파는 야산으로 들어선 후에도 동네를 거닐 듯이 거침없이 나아갔다. 길도 없는 곳을, 한 치 앞도 분간할 수 없는 어둠 속을. 그렇게 반 각 정도를 더 걸은 후 걸음을 멈추고 등짐을 내려놓았다.

주위에는 드넓은 들판이 펼쳐져 있다. 웬만한 곳이면 민가 한두 채 정도는 있기 마련인데, 민가는 고사하고 삶의 터전이 되는 논밭도 찾아볼 수 없다.

산에 자라는 나무도 잡목들뿐이다.

특이한 점을 찾아볼 수 없어서 밝은 대낮에 찾아오라고 해도 찾을 수 없을 것 같다.

소립파는 등짐을 풀어 솜 뭉치를 꺼냈다.

"뇌옥은 갈망정 두 번 다시 들어가기 싫은 곳이건만……제길!"

노인이 투덜거리며 어둠 속으로 사라졌다.

경계심이 치민다. 노인은 어디로 가는 것일까? 혹여 근방에 마도 무리라도 숨어 있는 것일까? 자하부주와 원한이라도 있어서 복수라도 하겠다는 건가?

노인에 대한 염려는 한낱 기우에 그쳤다. 마음속으로 열을 헤아리기도 전에 어둠 저편에서 부스럭거리는 소리가 들리더니 노인이 걸어왔다. 손가락 두 개 굵기의 나무를 한 아름 안고.

노인과 소립파는 바삐 손을 놀려 무엇인가를 만들었다.

'홰? 홰를 왜 이렇게 많이……?'

노인이 가져온 나뭇가지는 무려 삼십여 개.

소립파와 노인은 솜을 일일이 묶은 다음, 가죽 주머니에 들어 있던 기름을 찍어 홰를 만들었다.

"혹시…… 횃불을 켜려는 건 아니지?"

소립파는 홰를 만드는 데 여념이 없었고, 노인만 고개를 들어 힐끔 쳐다봤다.

"쯧! 요즘 젊은 것들은…… 영감탱이가 쭈그리고 앉아서 손을 놀리고 있으면 도와줄 생각은 않고 주둥이만 놀려 쌌네. 늘그막에 이게 뭔 꼬라진지."

"그러게 젊어서 씨 좀 뿌려놓지. 그럼 손주 놈들 재롱이나 보고 있을 것 아니오."

"씨야 엄청 뿌려놨지. 씨 뿌린 게 모두 자식이 됐으면 성(城) 하나는 차고 넘칠걸?"

소립파와 노인은 투탁투탁 농담을 주고받으면서도 부지런히 손을 놀렸다.

홰 삼십여 개는 눈 깜짝할 사이에 만들어졌다.

노인은 완성된 홰 중 절반가량을 들고 일어섰다. 그리고 대뜸 일령에게 덥석 안겨주었다.

"옜다, 선물이다. 다른 건 볼 것 없어. 횃불만 보고 부지런히 따라와. 앞에서 불을 끄면 너도 끄고, 켜면 너도 켜."

겨우 다섯 명이 길을 가는데 앞뒤로 횃불을 켜? 이해할 수 없는 말.

일령은 얼떨결에 홰 한 무더기를 받아 들었다.

그동안 소립파는 긴 밧줄을 꺼내 자신의 허리에 꼭 묶었다.

"한 번만 말할 테니까 잘 듣도록. 이동하는 속도가 빠르니까 부지런히 따라와. 내가 디딘 곳만 딛고 잡은 곳만 잡도록. 자칫하면 우리 모두 한 무덤에 묻히는 수가 있으니까 정신 똑바로 차리고. 이 밧줄은 허리에 묶어. 느슨하게 묶지 말고 단단히. 서로 간의 간격은 반 장 정도면 되겠지."

"도대체 뭘 하려는……."

절혼마녀가 인상을 찡그리며 말을 꺼냈다. 하나 소립파는 대답은커녕 아예 말허리를 잘라 버렸다.

"내 조건 중 첫 번째가 질문을 하지 말라는 것이야."

"원래 말이 없는 편인가 보내. 내 이름을 물었지? 말해줄게. 이름은 없어. 어렸을 때는 거지라고 불렸고, 세상을 알 만한 나이가 되니까 취옥(翠玉)이라고 부르더라고. 지금은 낙화향 동방주야. 금 매 같은 경우는 절혼마녀라고 부르고. 이름 좀 지어줄 수 있어?"

소립파가 절혼마녀의 허리 묶음을 확인했다.

"필요없는 짓, 하지 마."

"뭐?"

"적아(敵我)를 분간할 줄 알아야지. 내게 섭혼소(攝魂笑) 따위를 쓰면 어쩌자는 건가."

절혼마녀의 눈빛이 크게 흔들렸다.

섭혼소를 알아보는 이 사내…… 도대체 누구인가.

소립파는 절혼마녀의 매듭을 확인한 후 금연화의 매듭을 확인하러 가면서 말했다.

"당신은 아주 매력있는 여자야. 그런 걸 쓰지 않아도 충분히 마음이 흔들려. 힘을 아껴놨다 나중에 써."

절혼마녀의 눈빛이 크게 흔들렸다.

'정말이지…… 재미있는 자를 만난 것 같아.'

소립파는 너무 비좁아서 여자의 몸으로도 안간힘을 써야 들어갈 수 있는 작은 구멍으로 기어 들어갔다.

야산에서 흔히 볼 수 있는 너구리 굴이다.

"갈수록 태산이군. 우리가 쥐도 아니고. 이런 곳에서 몇 날 며칠을 같이 지낸다면 없는 정도 생기겠네."

절혼마녀가 투덜거리며 소립파의 뒤를 좇았다.

그 뒤를 금연화가 따랐고, 그 뒤로는 홰를 한 움큼 안은 일령이, 맨 마지막으로 노인이 움직였다.

일 장 정도 기어갔을까? 굴이 갑자기 넓어졌다. 두 발로 딛고 일어설 수 있을 정도로 크고 넓은 굴이 나타난 것이다.

화악!

소립파가 횃불을 밝혔다.

일순 동굴의 정경이 한눈에 들어왔다.

"세, 세상에!"

"이, 이런 굴이……!"

여인들은 할 말을 잃고 말았다.

들어서는 입구는 개구멍처럼 작았지만 일 장 안의 정경은 백여 명이 숙식을 해도 좋을 만큼 넓었다.

인위적인 손때가 전혀 묻지 않은 천연 동굴이다.

"아! 정말 아름다워요. 저 종유석들 좀 봐. 보석이 반짝거리는 것 같아. 이렇게 아름다운 곳이 있을 줄 몰랐네."

이제 막 동굴에 들어선 일령이 감탄을 터뜨렸다.

"아름다워? 조금 있으면 아름답다는 감탄 대신에 곡소리가 나올걸. 제길! 어쩌다 이런 곳에 다시 들어왔는지."

노인은 동굴에 들어와 본 경험이 있고, 나쁜 일을 겪었던 듯 이를 부드득 갈았다.

소립파도 심상치 않은 소리를 했다.

"다시 한 번 말하지만 정신 바짝 차리도록. 여기는 미로(迷路)와 같아서 길을 잃으면 헤어 나오지 못해. 여기서 뼈를 묻어야 한단 말이야. 천비대가 여기까지 따라왔으면 좋겠군."

"계집아, 뭐 해? 너도 불 켜야지. 아까 한 말 잊었어? 앞에서 불을 켜면 너도 켠다. 앞에서 끄면 너도 끈다. 이것만 확실하게 지켜."

노인은 비수를 꺼내 양손에 움켜잡았다.

아름다운 광경은 금방 사라졌다.

소림파는 너구리 굴 같은 작은 구멍을 용케도 찾아냈고, 서슴없이 안으로 기어 들어갔다.

'동굴 안쪽에 또 다른 동굴이 있단 말인가? 이런 식으로 단 문협까지는 가지 않을 테고…… 어디선가 빠져나갈 텐데…… 어디까지 이어진 거야.'

작은 구멍으로 들어서기 전만 해도 생각이란 걸 했다. 그러나 엎드린 채로 간신히 헤집고 나가야 할 길을 반 각 넘게 기고 난 다음에는 머릿속이 텅 비어버렸다.

횃불이 없었다면 무덤 속에 들어선 것으로 착각했으리라.

어둠은 참을 수 있다. 불빛이 약하지만 빛이 있으니 견딜 수 있다. 하지만 심장이 조이는 답답함만은 참을 수 없다. 금방이라도 동굴이 무너질 것 같고, 그러면 속수무책으로 묻힐 수밖에 없다는 공포감마저 생긴다.

"허억……."

누군가의 입에서 거친 숨이 쏟아져 나왔다.

"정지!"

노인이 급하게 소리친 것도 바로 그때다.

소림파는 고함 소리를 듣자마자 움직임을 멈췄다.

"계집아! 마음을 편하게 먹어! 자, 눈을 감고 따라 해봐. 침상에 누웠다 생각하고 몸과 마음을 편하게 해. 쯧! 무공을 익힌 년이 왜 이 모양이야! 아무렴 평생 이런 곳에서 벗어나지 못할까 봐 안달이냐! 자, 마음이 편히 가라앉았으면 운기도 한 번 해주고."

거친 숨소리가 차분하게 가라앉았다.

여인들은 동굴이 안겨주는 공포를 처음으로 체험했다. 무인도 피해갈 수 없는 심마(心魔)를 너무도 손쉽게 이끌어낸다. 조금이라도 공포를 느낀다면 답답한 마음은 절박함으로 바뀔 것이고, 끝마무리는 발광으로 이어질 게다.

"출발!"

노인이 외쳤다.

한 시진은 족히 지난 것 같은데 숨 막히는 암굴은 끝날 기미가 보이지 않았다.

쉬고 기는 일이 반복되었다.

누군가 호흡이 거칠어졌다 싶으면 어김없이 노인의 고함이 들려왔다. 무시하는 듯한 말투, 때때로 욕설도 섞여 있기는 했지만 마음을 북돋워 주는 말도 어김없이 흘러나왔다.

소립파가 멈췄다.

이번에는 노인이 고함치지도 않았고, 숨이 가쁜 사람도 없다.

"암벽을 타야 돼. 한 명만 실수해도 모두 곤란해진다는 점을 잊지 마. 되도록 밑은 쳐다보지 말고. 천 길 낭떠러지라는 말이 괜히 있는 게 아니니까."

'암벽? 동굴에 무슨 암벽이…….'

한결같이 같은 생각을 했다. 하나 정작 소립파가 머물렀던 자리에 도착한 사람들은 깎아지른 듯한 절벽에 기가 질리고 말았다.

길을 반듯하게 닦아놨는데, 누군가 길 한복판을 파헤쳐 놓은 것 같은 형국이다.

암굴의 중간 부분이 듬뿍 패여 나갔다.

낭떠러지 맞은편에 조그만 암굴이 보인다. 그곳까지 가려면 작은 굴에서 나와 옆 벽면을 타고 이동하는 방법밖에 없다.

밑은 끝이 보이지 않는 암공(暗空).

소립파는 벌써 암벽을 타고 있다.

몸을 묶은 줄의 간격이 반 장밖에 되지 않아서 암벽에 대롱대롱 매달려 있다. 절혼마녀가 움직여야만 나아갈 수 있다.

절혼마녀는 안광을 높여 암벽을 살폈다.

소립파는 자신이 붙잡았던 곳을 비수로 긁어서 표시해 놓았다. 가지고 있는 것은 달랑 횃불 하나뿐이지만, 그 정도의 불빛만으로도 식별이 용이하다.

'북검문과 부딪치는 것보다는 훨씬 낫지.'

절혼마녀는 암굴에서 나와 암벽에 달라붙었다.

*　　　*　　　*

이름 없는 야산에 이십여 명쯤 되는 무인들이 모여들었다.

"족적이 여기서 끊겼습니다."

"굴인가?"

차분하게 가라앉은 음성이 울렸다.

벼락이 머리를 때려도 흔들리지 않을 것 같은 음성이다. 개구리를 만난 독사가 쇳소리를 낼 때처럼 냉정하면서도 잔혹한 면이 묻어 나온다. 누구든 이런 음성을 접하게 되면 '용서'라는 말을 생각하기 어려울 것이다.

"입구는 좁아도 일 장 정도만 들어가면 상당히 넓습니다."

"추적을 중단한 이유는?"

"천연 동굴이지만 미로진(迷路陣)을 펼친 것보다 난해합니다. 동굴을 잘 아는 자가 있어야 합니다."

순간이었다. 바람을 가르는 소리가 '쒜엑!' 하고 흐르더니 보고자의 복부를 강타했다.

퍼억!

몸뚱이가 들썩일 정도로 강한 타격.

보고자는 복부를 움켜잡고 무릎을 털썩 꿇었다.

"맞은 이유를 대봐."

"추…… 추적은 선(線)입니다. 한쪽 끝을 잡았으면 따라가기만 하면 됩니다. 미로는 결코 장애가 될 수 없습니다."

보고자는 아픔을 간신히 억누르며 말했다.

"거리는 얼마나 벌어졌지?"

"족히 하루는."

"좁혀라. 오늘 중으로 반나절 거리까지 좁혀."

"적선서 사용을 허락해 주십시오."

"허락한다."

"오늘 중! 반나절 거리로 좁히겠습니다!"

보고자가 자신있게 대답했다.

"인적 사항 파악은?"

"자하부에서는 자하일봉(紫霞一鳳) 금연화와 자하령 중 여덟 명이 나섰습니다. 조력자로는 절혼마녀. 절혼마녀의 빈자리는 자하령 두 명이 대신하고 있습니다."

다른 자가 대답했다.

"절혼마녀. 운이 다했군."

음성 속에 진득한 살기가 묻어 나온다. 당사자가 이런 말을 들었다면 사망 선고로 여겨도 좋을 살기다.

"그밖에 금연화가 자하부를 떠날 명목으로 끌어들인 수묘인이 두 명 있습니다."

"후후! 혈귀대주를 대신한 자가 겨우 수묘인이던가. 자하일봉 금연화. 뜻밖이군. 우리 이목을 단숨에 하루 거리나 벌려놓을 줄은 몰랐어. 생쥐에게 발등을 물린 기분이 이럴 거야."

"보고드릴 게 하나 더 있습니다."

"……."

"수묘인들에 대한 자료가 전혀 없습니다. 이십대 초반의 청년과 칠순쯤 되는 노인이라는 것밖에는 아무것도 찾지 못했습니다."

"그런 말을 하는 이유는 조사할 필요가 있다고 생각하는 것이겠지?"

"혈귀대주가 묻히기 전날 수묘인이 된 놈들입니다. 혈귀대가 전멸했다는 소문이 파다하게 퍼졌을 때입니다. 냄새가 납니다."

"전날?"

"수묘인들 중에서 그놈들을 아는 놈이 한 명도 없었습니다. 출신지는 고사하고 그놈들 얼굴을 본 사람도 없습니다. 더욱 냄새가 나는 건, 그들을 고용한 수묘총감(守墓摠監)이 행방불명되었다는 사실입니다. 행방불명된 날짜는 그놈들을 고용한 날."

"수묘총감을 수색해야겠군."

"인원을 붙여놨습니다. 죽어서 땅에 묻혔어도 찾아낼 수 있습니다."

"언제까지?"

"사나흘이면 충분합니다."

"이틀 준다. 사흘째 되는 날, 일조(一組)가 꽁무니를 따라붙을 거야. 그때까지 보고를 마쳐."

"알겠습니다!"

쉬익!

바람 소리가 일었다. 보고를 듣던 자는 어느새 사라지고 없었다.

*   *   *

동굴은 천국과 지옥이 공존하는 곳이다.

입이 쩍 벌어질 만큼 기막힌 절경이 펼쳐지는가 하면 순식간에 지옥으로 이끌 위험도 도사린다.

동굴에는 호수도 있다. 깊이를 알 수 없는 수렁도 있고, 어디에서 흘러와 어디로 빠져나가는지 모를 물줄기도 있다.

여인들은 소립파의 움직임에 하나의 원칙이 있다는 것을 깨달았다.

숨을 돌릴 수 있는 평지에서는 쉬고, 그렇지 않은 곳에서는 이동한다. 다음 쉴 곳과의 거리가 짧으면 천천히 암굴을 헤쳐 나가고, 멀면 바삐 움직인다.

동굴의 요소요소를 머릿속에 환히 꿰고 있다는 반증이다.

"휴우! 앞으로 얼마나 더 가야 돼?"

절혼마녀가 깊은 숨을 몰아쉬며 말했다.

그들이 쉬고 있는 곳은 지금까지처럼 종유석의 아름다움이 한껏 묻어나는 곳이다. 그러나 이제는 익숙해진 광경이고, 피곤함이 겹쳐서 눈에 들어오지 않았다.

차라리 벌목장에서 하루종일 도끼질을 하라고 해도 이보다는 편할 것 같다. 채석부가 되어 돌을 날랐으면 날랐지 캄캄한 암굴 속에서 발버둥 치는 짓만은 못하겠다.

얼마 동안이나 암굴을 기었는지 모르지만 상상외로 힘들었다.

"앞으로 이틀 더. 오늘은 여기서 잔다."

"자, 자? 그럼 하루종일 두더지가 됐다는 말이잖아."

"휴우! 이틀 더 두더지가 되어야 한다잖아요."

절혼마녀의 말을 금연화가 받아주었다.

그녀들은 이제야 노인이 한 말의 뜻을 명확하게 깨달았다. 뇌옥에는 갈망정 두 번 다시 들어가고 싶지 않은 곳이라던 말의 뜻을.

그러나 지옥만 있는 것은 아니다.

더 이상 움직이지 않고 이곳에서 잔다고 생각하니 주변 경물이 새로이 눈에 들어온다.

아름다운 종유석, 석순.

졸졸졸 흐르는 개울은 투명할 정도로 맑다.

소립파는 쌀을 씻었다.

밥을 지을 모양. 기껏해야 건포나 씹을 것이라고 생각했는데.

잠시 사라졌던 노인이 잘 마른 장작을 한 아름 안고 나타났다. 나뭇가지 같은 것들을 주은 것이 아니라 장작을 쪼개놓은 땔감이다.

이들은 동굴을 알고 있다. 이곳에 와본 적이 있으며, 무슨 목적에서인지 약간의 준비도 해놓았다.

시간이 흐를수록 정체가 궁금해지는 자들이다.

잠시 후, 그들은 빙 둘러앉아 저녁을 먹었다.

방금 지은 따뜻한 쌀밥이 식욕을 당긴다. 육포를 물에 불리고 양념장을 칠한 후에 장작불에 구운 고기도 입에 쩍쩍 달라붙는다.

"천비대 그놈들, 신까지는 못 돼도 발빠른 놈들인 것만은 확실해. 경사(經絲)가 끊어졌어."

노인이 밥을 먹으며 말했다.

"언제?"

"방금 전에. 하루 거리야."

"적선서(赤線鼠)를 잊었군."

"쳇! 반나절 거리."

"한 가지 변수가 있는데…… 통하지 않으면 정말 반나절 거리가 될 것이고."

소립파와 노인은 알지 못할 소리를 주고받았다.

내용만은 얼추 짐작할 수 있을 것 같다. 노인이 동굴에 들어선 후 경사를 설치했으며, 수시로 실을 당겨본 것 같다. 누군가 뒤따라온 사람이 있으면 알 수 있도록.

경사가 끊어졌다는 것은 누군가가 들어왔다는 말이다.

노인은 확실하게 천비대라는 말을 했다.

추적이 시작되었다. 천비대가 코앞까지 들이닥쳤다. 적선
서라는 것을 알지 못하지만, 서(鼠)라는 말이 붙어 있으니 쥐
일 것 같고…… 적선서라는 쥐를 사용하면 반나절 만에 마주
치게 된다.

"우, 우리…… 바로 움직여야 되는 것 아냐?"

금연화가 불안한 심정에 말을 꺼냈다.

소립파와 노인은 주고받을 말이 없다는 듯 밥만 먹었다.

절혼마녀도 참지 못하고 말했다.

"두 가지 조건 중에 하나가 쓸데없는 질문을 하지 말라는
건 알고 있는데. 하지만 불안한 우리 심정도 이해해 주면 안
될까?"

'언니가?'

금연화는 절혼마녀를 흘깃 쳐다봤다.

절혼마녀의 음성이 변했다. 원래가 나긋한 음성을 지녔지
만 지금은 어느 때보다도 나긋하다. 무엇보다 소립파를 쳐다
보는 눈길이 경계보다는 다정함에 치우쳐 있다.

'이 남자를 얻기로 결심을 굳힌 거야. 시마와 연관있으니
앞날이 순탄치 않을 텐데…… 풋! 내 발등에 떨어진 불도 끄
지 못하는 판에 앞날까지 걱정하고 있다니.'

"쯧! 이래서 죽음을 모르는 자는, 특히 여자는 골칫덩어리
라니까."

노인이 중얼거렸다.

소립파는 밥알 한 톨까지 싹싹 긁어 먹었다. 그런 후에 절
혼마녀를 쳐다보며 말했다.

"걱정 말고 잠이나 푹 자둬."

第五章

비득상(比得上)
—비교해서 이길 수 있다

또다시 암굴로 기어 들어갈 생각을 하니 눈앞이 캄캄하다.

기어가는 자체는 어렵지 않다. 때로는 힘을 쓰기도 하지만 무공을 수련할 때의 고단함에 비하면 새 발의 피다.

정작 힘든 것은 답답함이다. 손발을 마음대로 움직일 수 없는 구속이 피곤함을 배로 증대시킨다.

소림파가 물었다.

"유영에 자신없는 사람은 말해."

"동굴에서 웬 유영?"

절혼마녀가 짐짓 놀란 표정으로 말했다.

요염함 속에 귀여움이 묻어난다. 사내라면 꼭 끌어안고 싶은 충동이 절로 일어날 만큼 유혹적이다.

"단순한 유영이라 생각하지 말고 진기를 잘 활용해. 숨을 최대한 가둬놓고 아껴 쓰도록."

소립파는 무뚝뚝했다.

"사람 말을 무시하는 버릇은 안 좋아. 묻고 대답하고. 그러면서 사귀는 것 아니겠어? 도와줄 수 있는데, 버릇 고칠 생각 없어?"

천변만화(千變萬化)의 극치를 보여주는 모습이다. 이번에는 자상한 누이처럼 포근한 말씨를 사용했다.

금연화는 실소를 머금었다.

'이런 언니에게 넘어가지 않는 사내는 목석일 거야.'

아직 절혼마녀의 진면목을 모두 봤다고는 할 수 없다. 그녀도 동방주의 모습만 보아왔지, 절혼마녀의 모습을 본 적은 없다. 절혼마녀가 될 때 어떤 모습으로 변할지는 아무도 모른다.

소립파의 모습도 새롭다.

공동묘지에서 처음 봤을 때는 싸움을 아는 파락호의 모습에 지나지 않았다. 하나 시간이 흐를수록 새로운 모습이 눈에 띈다. 사람을 강하게 이끌어본 적이 있는 수장(首長)의 모습이다. 그것도 인의(仁義)로 이끌었다기보다는 패도(覇道)로 이끌었을 가능성이 높다.

딱딱 부러지는 말 한마디 한마디가 이유를 달지 못하게 한다. 이유 불문하고 무조건 따르라는 투인데, 이런 말투는 사람을 다뤄본 사람이 아니면 쓰지 못한다.

그가 향도였다는 말도 믿기 어렵다. 어찌어찌해서 수묘인이 되었는지는 모르지만, 몸을 숨기기 위한 은신책(隱身策)의 일환이었거나 다른 이유가 있어서이지 먹고사는 목적으로 수묘인이 되지는 않았을 게다.

노인은 어제와 마찬가지로 각자의 몸에 밧줄을 묶게 했다. 달라진 점이 있다면 홰를 잘 싸서 등짐 속에 집어넣은 것과 노인이 맨 앞에 서고 소립파가 맨 뒤로 빠진 것이다.

준비가 끝난 것을 확인한 노인은 손에 횃불을 들고 개울을 따라 걷기 시작했다.

"적선서가 뭐예요?"

소립파 바로 앞에서 걷고 있던 일령이 물었다.

모두들 귀를 쫑긋 세웠다. 천비대에게 하루 거리를 반나절 거리로 줄일 수 있게 만들어주는 쥐. 말해주지 않아서 그렇지 궁금한 것은 사실이다.

절혼마녀는 생각했다.

'대답해 줄 리 없어.'

금연화는 생각이 다른 쪽으로 치달렸다.

'유영이라고 했어. 개울을 따라가고 있고. 조만간 유영을 할 곳이 나타날 거야. 자신없는 사람은 말하라고 했으니 그곳도 지옥이겠어.'

그녀 역시 소립파가 일령의 물음에 대답해 주리라는 기대는 아예 갖지 않았다.

　그런데 소립파가 말했다.

　"등에 붉은 줄이 나 있는 쥐지. 붉은 줄이 나 있는 곳은 털이 거칠고 길게 자라서 갈기처럼 위로 뻗쳐 있어. 보면 한눈에 알 수 있을 거야."

　뜻밖에도 자상한 음성이었다.

　'저 사람이!'

　'대답을……! 일령에게 관심이 있나?'

　절혼마녀와 금연화는 거의 동시에 뒤를 돌아봤다.

　일령은 아기처럼 순수한 얼굴을 지녔다. 그러면서도 몸매는 완벽하다 싶을 만큼 뛰어나다. 신분의 고하를 떠나서 한 여인으로 놓고 본다면 뭇 사내의 흠모를 받기에 충분한 여자다.

　"특이한 쥐네요."

　"영물(靈物)이지. 십 리 밖에서도 냄새를 맡을 수 있다는 놈이니. 적선서를 풀면 우리가 지나온 길을 단숨에 찾아낼 거야."

　"천비대에 그런 게 있는 줄 까맣게 몰랐네요."

　"열두 마리를 갖고 있는 것으로 아는데."

　"그렇게나 많아요? 휴우! 천비대가 추적해서 찾아내지 못한 자가 없다는 말을 믿지 않았는데, 이제는 믿을 수밖에 없네요."

"아니, 그건 천비대의 순수한 능력이야. 천비대도 적선서
는 함부로 사용하지 않아. 북검문이 북무림 태두가 된 이래로
적선서를 사용한 예는 두어 차례밖에 되지 않을 거야."

"영물을 가지고 있으면서도 사용하지 않는 건 죄예요."

"후후후! 그런가? 적선서라는 놈을 알면 그런 말을 못할걸?
적선서는 무척 빨라. 호랑이도, 독수리도 놈을 잡지 못해. 동
물들 중에서 놈을 잡을 수 있는 놈은 없어."

"쥐가요?"

"쥐가. 더군다나 놈은 무척 포악해. 거치적거리는 놈이 있
으면 앞발 사이로 들어가서 배를 뚫어버려. 그리곤 내장을 갉
아 먹지."

"어멋!"

"인간의 경우에는 다리를 타고 올라와서 항문을 뚫어. 그
야말로 순식간이라서 웬만한 무인은 그대로 당하고 말지. 도
망칠 수도 없어. 신법 정도로는 감당할 수 없으니까."

"여, 영물이 아니라 흉물이네요."

"그래서 함부로 사용하지 않는 거야. 둥지 밖으로 나오면
반드시 내장을 갉아먹고 난 다음에야 잠잠해지니까. 만약 먹
이를 놓치면 주인 내장을 파먹지. 이쪽이든 저쪽이든 한 명은
반드시 죽게 되어 있어."

"그, 그런 놈을…… 풀어놓을까요?"

"그럴 거야."

"말도 안 돼요. 우리는 그만한 가치가 없는데."

"가치가 있는지 없는지는 천비대가 판단할 문제 아닌가? 단문협을 철통같이 봉쇄할 정도라면 풀어놓을 것 같은데. 봉쇄가 풀린 후라면…… 이름이 뭐지?"

"이, 일령요. 일령이라고 불러요."

"봉쇄가 풀린 후라면 일령 말대로 가치가 없을 테지만 지금은 가치가 있을 것 같아. 이게 내 판단이야."

"그런 걸 어떻게 알죠? 천비대에 대해서도 우리보다 잘 알고."

"북검문에 아는 사람이 있지."

소립파는 속이 환히 들여다보이는 거짓말을 했다. 그러나 정말 뜻밖에도 지금까지와는 전혀 다른 모습을 보여주었다. 마치 오누이가 대화하듯 자상한 마음씨가 뚝뚝 묻어 나왔다.

'엉큼한 사람이네…… 어린애를 노리고 있었어.'

'일령…… 너도 사랑받을 때가 됐구나.'

절혼마녀와 금연화는 다른 생각을 했다.

야산 너구리 굴에서 시작된 동굴은 끝도 없이 이어졌다. 만장굴(萬丈窟)이 따로 없는 듯 걷고 또 걸어도 끝이 보이지 않았다.

그나마 다행인 점은 갑갑하기 이를 데 없는 암굴을 기어가지 않아도 된다는 거다.

"빌어먹을! 다 왔군. 이그! 늘그막에 이게 무슨 팔잔지."

횃불에 작은 물구덩이가 비쳤다. 네다섯 명이 들어가서 목욕을 하면 딱 알맞을 크기다. 물빛은 맑다. 하나 얼마나 깊은지 밑바닥이 보이지 않는다.

"밧줄을 풀어. 물속에서는 누구도 도와줄 수 없으니까 알아서 하고. 물웅덩이 밑에 암굴이 뚫려 있다. 잠수를 해서 빠져나가야 하는데, 일 다경(一茶頃) 정도는 족히 소요돼. 자신 없으면 지금 말해."

소림파는 다시 무뚝뚝한 사내가 되었다.

"그 정도도 참지 못할 줄 알았어? 생각처럼 무공이 약한 사람들은 아니야. 언제 동생 무공도 견식해 봤으면 좋겠는데. 수레에서 보여준 솜씨를 보면 무공도 뛰어날 거야."

일령에게는 그렇게도 자상하던 소림파가 절혼마녀의 말에는 대꾸도 하지 않았다.

절혼마녀는 남몰래 입술을 잘근 깨물었다.

처음이다. 사내에게 무시당한 것은. 동냥질을 할 때도, 술을 따를 때도 사내들이 침을 질질 흘렸는데.

'오로지 일령에게만 관심있다, 이거네. 곁눈질을 안 한다는 건 큰 장점이야. 내 생각이 맞았어. 관심을 내게로 돌리기만 하면 되겠군. 그러나저러나 쉽진 않겠는데…….'

첨벙!

금연화는 노인의 뒤를 따라 물웅덩이로 뛰어들었다. 순간 뼛골까지 저려 울리는 한기가 급습했다.

"헉!"

금연화는 자신도 모르게 헛바람을 토해냈다.

"으……! 지, 지독한 한수(寒水)……."

물에 몸을 맡긴 게 잠시뿐인데 이까지 다다닥 부딪쳤다.

"정신 차리고 진기를 운용해."

소립파가 말을 꺼낼 필요도 없었다. 금연화는 견딜 수 없는 한기에 진기를 극성으로 끌어올렸다.

"안으로 들어갈수록 더욱 차가워진다. 암굴 입구에 도착할 즈음에는 온몸이 얼음이 된 것처럼 느껴질 테고. 거기에 물의 압력까지 더해져서 손발을 놀리기가 힘들 거다. 지금까지 겪었던 일 중에서 최악의 상황을 떠올려. 조금은 도움이 될 거야."

첨벙! 첨벙……!

자하령과 절혼마녀는 소립파의 말을 들으면서 웅덩이 속으로 뛰어들었다.

참으로 견뎌내기 힘든 한기다.

손발이 순식간에 마비되어 얼음 속에 갇힌 기분이다.

유영을 해서 밑으로, 밑으로 내려갔다.

소립파의 말이 맞다. 밑으로 내려갈수록 한기는 더욱 극성을 부렸고, 물의 압력은 황소 예닐곱 마리가 깔고 앉아 짓누르는 것 같다.

퍼억!

소림파보다 한발 앞서서 물속으로 뛰어든 일령은 등에 일장을 가격당했다.

'읍!'

자신에게 무슨 일이 일어났는지 깨달을 여유도 없다.

등을 가격한 부드러운 힘은 그녀의 몸을 물속 깊숙이 밀어넣었다.

천근추(千斤墜)를 매달아놓았나? 그녀보다 먼저 뛰어들었던 절혼마녀, 금연화를 순식간에 앞지른다. 그런 점을 느낄 겨를도 없다. 얼음처럼 차가운 물살이 딱딱한 암기처럼 느껴진다. 수십, 수백 개의 암기가 얼굴을, 전신을 마구 찢어내며 지나가는 것 같다.

절혼마녀와 금연화는 훨씬 늦게 뛰어든 일령이 자신들보다 앞서 나가는 것을 보고 깜짝 놀랐다.

처음에는 일령의 무공이 이토록 놀라웠나 하는 생각을 했다. 하나 물속으로 곤두박질치는 모습은 유영과는 거리가 멀었다. 누군가에게 강제로 떠밀려 추락하는 모양새다.

그녀들은 뒤를 쳐다봤다.

소림파가 한 마리 은어처럼 부드럽게, 쏜살같이 물살을 헤쳐 온다.

'왜?'

절혼마녀는 몸을 뒤틀려고 했다. 지독히도 추운 물속에서 싸워본 적은 한 번도 없지만 속수무책으로 당할 수만은 없지 않은가.

슈욱!

어느새 물살을 헤치며 일수가 뻗쳐 온다.

소립파는 빨라도 너무 빨랐다. 아가미가 달려 있다고 해도, 두 팔 대신 지느러미를 달았다고 해도 이처럼 빠르지는 않을 게다.

퍼억!

몸을 돌리려던 절혼마녀는 옆구리를 강타당했다.

그런데…… 이상하다. 뼈가 부러질 듯한 통증 대신 부드러운 힘이 밀려와 몸을 아래로 떨군다.

'공격할 의사가 아니었잖아?'

절혼마녀는 진기를 보태 떨어지는 속도를 더욱 가속화시켰다.

금연화는 떨어지는 절혼마녀를 보았다. 그녀의 얼굴에 떠오른 안도의 표정을 봤다. 또 본 게 있다. 물고기가 입을 쩍 벌리고 있는 듯한 동혈 입구에서 노인이 떨어지는 일령을 낚아채 굴속으로 밀어 넣는 모습을.

슈욱!

등 쪽으로 물의 압력이 한층 가중된다.

'도대체 이 사람은…….'

퍼억!

금연화는 생각을 정리하기도 전에 강맹한 힘에 떠밀려 추락했다. 그리고 노인의 손에 낚여 동굴 속으로 빨려 들어갔다.

숨이 막힌다. 일 다경 정도는 지식(止息)할 만한 무공을 갖췄는데, 숨이 막혀 전신이 뒤틀린다.

'으읍……! 도저히 못 견디겠어.'

금연화는 피투성이가 되어 죽어가는 혈귀대주를 떠올렸다. 팔다리가 떨어져 나가고 전신이 갈기갈기 찢겨 죽는 모습. 원한이 사무쳐 눈도 감지 못하고 고개를 떨구는 모습.

'견뎌내야 해! 원한을…… 가가의 복수를 해야 돼!'

이를 악물었다. 흐뜨러지려는 진기를 억지로 붙잡았다.

슈욱!

뒤에서 무엇인가가 빠른 속도로 달려든다.

느낌은 있다. 하나 반응을 하지는 못한다. 몸 하나 추스르기도 벅찬 판에 다른 곳으로 신경을 돌릴 여유가 없다.

힘껏 발버둥 치는 금연화의 눈앞에 무엇인가가 불쑥 나타났다.

'응? 이, 이건!'

금연화는 황급히 돼지 오줌보를 받으며 옆을 돌아봤다.

소립파…… 그가 돼지 오줌보를 건네고 있다. 옆을 보니 절혼마녀와 일령 모두 오줌보 하나씩을 들고 있다. 일령은 숨이 가빠졌는지 오줌보를 코와 입에 대고 단단히 잡고 있는 손아귀를 살짝 푼다.

뽀그륵……!

공기 방울이 눈꽃처럼 피어났다.

금연화는 급히 오줌보를 받았다. 그리고 꿈에서도 생각하지 않았던 일, 오줌보에 코를 들이댔다.

"헉헉! 으으……!"

노인이 모닥불을 피워놨지만 덜덜 떨리는 육신은 좀처럼 풀리지 않았다.

갈수록 태산이라더니…… 물속 추위만으로도 이가 떨리는데 빙벽(氷壁)까지 나타났으니 기가 질렸다.

사방이 빙 둘러 빙벽이다. 바닥도 천장도 빙벽이다. 빠져나갈 곳은 전혀 보이지 않는다. 출구가 있다면 반쯤 혼이 빠지게 만든 물웅덩이뿐이다.

불기를 쪼인지 일 다경쯤 지났나? 아니, 반 각쯤 된 것 같은데.

상당한 시간이 지난 후에야 여인들은 편안한 신색이 되었다.

"신기하네. 호광성(湖廣省)에 이런 동굴이 있는 것도 기문인데, 얼음덩어리가 존재하다니."

절혼마녀가 빙벽을 쳐다보며 말했다.

음성이 많이 가라앉았다.

다른 여인들처럼 절혼마녀도 소립파를 수묘인으로 보지 못했다. 수레에서 보여준 눈빛도 머릿속을 복잡하게 만드는데, 물속에서 보여준 수공(水功)은 기가 질리게 만든다.

"그냥 절벽이야. 한기가 극심해서 얼음이 덮인 것뿐이지."

"여기가 도대체 어딘데 오뉴월에 얼음덩어리가……."

"……."

또 말이 없다. 그래도 어딘가. 한 번은 대답해 주었으니.

"극음지지(極陰之地)라는 말은 들어보았지만 정말 이런 곳이 있는 줄은 몰랐어."

금연화가 소립파를 쳐다보며 말했다.

소립파는 고개를 들어 힐끗 쳐다보았을 뿐, 다시 모닥불로 눈길을 돌렸다. 그리고 혼잣말을 하듯 조용히 말했다.

"여기는 사람 살 곳이 못 돼. 몸들 녹였으면 일어서."

소립파는 허리에 밧줄을 감고 빙벽을 타기 시작했다.

퍽! 퍽! 퍽……!

양손에 든 비수로 빙벽을 찍을 때마다 그의 신형은 쑥쑥 위로 올라갔다.

"추위를 전혀 모르는 사람 같잖아? 내력이 무척 심후할 거야."

절혼마녀가 중얼거렸다.

금연화도 같은 생각을 했다. 아니, 그를 본 사람이라면 모
두 같은 생각을 하게 될 게다.

빙벽은 보기만 해도 춥다. 손을 갖다 대면 아교를 칠해놓은
듯 쩍쩍 달라붙는다.

그런 곳을 소립파는 아무렇지도 않게 올라가고 있다.

절혼마녀는 소립파를 쳐다보고 있는 노인의 어깨를 잡았
다.

"몇 가지만 물어봐도 되겠어요?"

노인은 절혼마녀를 힐끔 쳐다본 후 다시 소립파에게 눈을
돌렸다. 그러나 흘러나온 말은 그녀의 기대를 충족시켰다.

"낄낄! 이제 정신을 차렸나 보네. 계집 입에서 존대가 나오
는 걸 보니. 좋아, 기분이다. 말해봐."

"우리에게 접근한 건가요?"

"접근? 계집들아, 입은 삐뚤어졌어도 말은 바로 해. 접근이
야 너희가 했지, 우리가 했어?"

"그럼 우리에게 아무 목적도 없는 건가요?"

"좌우지간 계집들이란…… 잘해줘도 말썽이라니까. 집 받
고 동행해 주면 되는 거지 뭐가 더 있어."

"그 말씀…… 믿어도 되나요?"

"밴댕이 소갈딱지 같으니라고. 믿기 싫으면 관둬. 억지로

믿으라고 안 해."

절혼마녀와 금연화는 서로 마주 보았다.

금연화는 절혼마녀의 의도를 눈치채고 다급히 고개를 내저었다. 그러나 절혼마녀는 막무가내였다. 그녀는 이번과 같은 기회가 또 언제 찾아올지 모른다는 듯 다급히 물었다.

"어르신…… 시마 맞죠?"

"낄낄낄! 계집아, 제발 웃기지 좀 마라. 너흰 배알도 없냐? 시마라면 마두 중에 마두인데 어르신이 뭐야, 어르신이. 낄낄낄!"

노인은 허리까지 굽혀가며 한참을 웃어댔다.

"시마 아닌가요? 저도 무공을 수련했어요. 어르신 눈에는 들지 않겠지만 나름대로는 누구와도 싸울 수 있다고 생각하고요. 몸에서 냄새가 나요. 시신 썩는 냄새. 시마만이 풍길 수 있는 냄새죠."

노인은 팔을 들어 코에 대고 킁킁 냄새를 맡았다.

"냄새? 아무 냄새도 안 나는데? 뭔 냄새가 난다고 지랄이야, 지랄이. 송장 썩는 냄새가 난다고? 그럼 수묘인이 송장 만지지, 생사람 만지냐? 대답 끝! 오냐, 오냐 해줬더니 별 시러베 같은 소릴 다 듣네."

"아뇨. 전 확인해야겠어요."

절혼마녀는 말이 끝나자마자 진기가 주입된 옥수를 힘껏 떨쳤다.

혹여 애꿎은 노인이면 어쩔까 하는 생각은 지웠다. 골수까지 배인 냄새는 하루 이틀에 형성된 것이 아니다. 시신을 파묻고 지키는 따위로는 절대 냄새가 배지 않는다.

노인은 시마다!

전력을 다한 일장은 정확하게 등 뒤 지양혈(至陽穴)을 가격했다.

퍼엉!

노인의 등에서 둔탁한 소리가 울렸다. 하나,

"으음……!"

밀려난 사람은 오히려 절혼마녀다. 그녀는 오른손을 축 늘어뜨린 채 두 걸음이나 밀려나고 말았다. 반면에 노인은 처음 그 자리에서 미동조차 하지 않았다.

"어쭈! 때려?"

노인이 뒤돌아섰다.

아! 전혀 다른 사람이다. 힘이 없어서 금방이라도 죽을 것 같던 노인은 사라졌다. 입가에 피만 흘리고 있으면 영락없이 저승에서 뛰쳐나온 악마다.

인상은 변한 것이 없다. 하나 두 눈에서 발산되는 녹광(綠光)은 노인을 전혀 다른 사람으로 만들었다. 귀기 서린 눈…… 악마! 저항을 용납지 않는 악마다!

"언니, 괜찮아?"

금연화가 재빨리 절혼마녀에게 다가서며 물었다.

"무슨 놈의 등짝이 철판 같아. 손을 들어올리지 못하겠어. 뼈가 부러졌거나 신경이 상했겠지."

절혼마녀는 노인을 노려보며 왼손으로 삭사를 꺼내 들었다.

차앙! 창!

금연화와 일령도 재빨리 검을 뽑았다.

"낄낄! 젖비린내 나는 계집애들. 한동안 숨죽이며 살았더니 이젠 거지 같은 계집년들까지 무시한단 말이지. 흐흐흐!"

노인의 눈가에 떠오른 녹광은 시간이 흐를수록 짙어져 갔다.

"노, 녹혈마공(綠血魔功)!"

절혼마녀가 놀라서 소리쳤다.

"으음! 녹혈마공. 빌어먹을 살인마 새끼. 오늘 내 저놈을 죽이지 않으면 사람이 아니다."

절혼마녀의 말투가 극에서 극으로 변했다.

온화하고 나긋하던 동방주는 사라지고 악귀처럼 으르렁거리는 절혼마녀만 남았다.

그녀는 진기를 극성으로 끌어올렸다.

그때 한줄기 미풍이 스쳐 간다 싶더니 노인의 등 뒤로 소립파가 내려섰다.

"시마, 그만."

소립파의 입에서 확실한 대답이 흘러나왔다.

"놔둬. 내 저 계집애들 가랑이를 찢어놓지 않고는 직성
이……."

"시마."

나직하지만 묵직한 음성.

시마는 몸을 부르르 떨더니 녹광을 거뒀다.

절혼마녀와 금연화, 일령도 소립파의 음성을 듣는 순간 흠
칫했다.

무슨 놈의 음성이 가득 끌어올린 진기를 일시에 무력화시
킨단 말인가. 전신에 가득 깃들어 있던 진기가 흔적도 없이
사라져 버린 느낌이라니!

'마령음(魔靈音)! 마령음이야!'

절혼마녀는 놀란 토끼눈이 되어 소립파를 멍하니 쳐다봤
다.

시마가 분이 풀리지 않는지 절혼마녀를 노려보며 말했다.

"함부로 손 놀리지 마라. 손모가지 부러져."

2

소립파가 밧줄을 늘어뜨려 놓았기 때문에 빙벽을 타는 건
어렵지 않았다. 옷이며, 신발이며 빙벽에 닿는 것마다 쩍쩍

달라붙는 것이 귀찮았지만 그런 것에는 신경도 돌아가지 않았다.

'정말 시마였어. 맙소사!'

'시신 만 구에서 시기(屍氣)를 뽑아낸 다음, 동남(童男) 백 명에게서 순양지기(純陽之氣)를 흡수해야 완성된다는 녹혈마공. 놈이 시마라고 불린 것은 다 이유가 있었어. 녹혈마공을 수련하려고 그랬던 거야. 죽일 놈! 놈은 반드시 죽여야 돼.'

절혼마녀는 빙벽을 오를 때도, 올라선 후에도 시마에 대한 생각으로 가득했다.

거기에 비하면 십여 장 높이의 빙벽은 아무것도 아니었다.

빙벽을 올라서 도달한 곳은 십여 명이 들어서면 발 디딜 틈도 없을 정도의 작은 동혈. 빙동 천장 부근에 위치해 있어서 눈에 잘 띄지 않는 곳이었다.

소림파는 암굴을 거쳐 올 때처럼 허리에 밧줄을 묶었다.

"방법은 알 테니까 두 번 말할 필요는 없겠지. 이건 가장 뒤에 오는 사람이 들도록 해."

그는 발길로 여섯 개밖에 남지 않은 홰를 툭 걷어찼다.

기분이 이상하다. 묘하게도 버림받는 느낌이 든다.

"여기만 지나면 밖이다. 약 반나절 정도 걸릴 거고. 이번에는 전번처럼 심마가 들어도 계속 나아갈 테니 스스로들 알아서 해."

"따라가지 않으면 줄이라도 끊고 갈 심산인가 보네? 그래서 시마와 네가 맨 앞에 선 거야?"

"맞았다. 그럴 생각이야. 대가는 받았지만, 엄밀히 말하면 도와주는 입장. 등 노림을 당하면서 같이 갈 이유는 없겠지. 이 암굴은 절벽으로 이어졌고, 절벽 밑이 바로 직강(直江)이다. 거기서부터는 알아서 가. 단문협까지 무사히 가기 바란다."

소립파는 시마의 등을 툭 쳤다.

시마가 어린아이나 간신히 빠져나갈 것 같은 작은 암굴로 몸을 들이밀었다. 그리고 그 뒤를 바로 소립파가 뒤따랐다.

"맙소사! 직강…… 우리가 땅속으로 삼십 리나 왔단 말이야? 이렇게 큰 동굴이 있었는데 어떻게 몰랐지? 이런 동굴이 있다고 누구 소문이라도 들어본 사람 있어?"

"장산을…… 건너뛰었다니……."

할 말이 없다. 무인들이 물샐틈없이 지키고 있는 권수를 빠져나오고, 평소에도 수백 명씩 상주하는 장산도 건너뛰고, 그리고 장산에서 이십 리나 떨어진 직강이라니.

땅 밑에 구불구불 이어진 동굴이 삼십 리에 걸쳐 존재한다면 세상 사람들은 어떤 표정을 지을까? 보나마나다. 별 미친 소리 다 들었다는 표정을 지을 게다.

절혼마녀와 금연화는 오래 생각할 틈이 없었다. 소립파와 연결된 밧줄이 팽팽하게 당겨졌다.

'밧줄이 끊어졌어!'

소립파와 자신을 연결해 주고 있던 밧줄이 힘을 잃고 축 늘어졌다.

밧줄은 서로의 몸을 묶어놨기 때문에 앞에서 이동하면 아무리 속도를 조절한다고 해도 약간이나마 당겨지는 맛이 있다.

지금은 그렇지 않았다. 당겨지는 맛이 전혀 없을 뿐만 아니라 자신이 이동해도 움직일 줄을 모른다.

금연화는 밧줄을 당겨봤다.

힘없이 끌려온다. 그리고 비수에 잘려진 끝 부분까지.

"잠깐! 잠깐만!"

금연화는 급히 소리 지르며 앞으로 나아가려고 했다. 하나 몸이 말을 듣지 않는다. 그녀의 몸을 묶은 밧줄이 절혼마녀에게 연결되어 있다. 또 절혼마녀는 일령과 연결되어 있고.

금연화는 비수를 꺼내 밧줄을 잘라냈다. 그리고 있는 힘을 다해 암굴을 기어 나왔다.

소립파와 그녀 사이의 간격은 반 장에 지나지 않았다. 땅에서라면 두어 걸음이면 옷깃을 잡을 수 있는 거리다. 한데 그녀는 암굴을 빠져나오는 데 무려 반 각이란 시간을 허비했고, 소립파와 시마는 어디에서도 찾아볼 수 없었다.

'갈라지는 곳이 없는 외길이니까 줄을 끊고 간 거야.'

절벽 밑에서 휘몰아쳐 온 바람이 옷깃을 스치며 지나갔다.

발밑으로 소 젖같이 희뿌연 강물이 흘러간다. 소립파가 말한 직강이다. 직강 너머로는 드넓은 논이 펼쳐져 있고, 이십여 호쯤 되는 민가가 보인다.

소립파와 시마는 보이지 않는다. 사방이 환히 내려다보이는데 두 사람의 모습만 감쪽같이 증발해 버렸다.

신법이 절륜하다고 해도 그사이에 사라질 수는 없을 텐데, 어떤 방법으로 어디로 사라진 것일까. 새를 타고 날아갔나, 유영 솜씨가 탁월하니 직강에 뛰어들어 잠수를 하고 있을까.

"갔군."

바로 뒤따라온 절혼마녀가 중얼거렸다.

"마공을 들켰으니 도망갈 수밖에 없었겠죠. 그런데 이상해요. 우릴 죽일 생각도 없었으면서…… 뭐라고 했죠? 녹혈마공? 녹혈마공을 펼친 이유가 뭘까요? 정체가 바로 드러날 텐데. 지금까지 잘 숨겨오다가 말예요."

"그게 마공이잖아. 의지와는 상관없이 외부 타격에 즉시 반응하는 것. 의지로 제어할 수 있다면 정공, 마공 구분을 왜 하겠어."

두 여인은 일령이 나올 때까지 기다렸다.

"이제 어떡하죠? 혼인 핑계를 댔는데 사내가 없어졌으니 핑계 댈 말도 없어졌네요."

"이제 사내는 소용없게 됐어. 동생도 천비대가 적선서라는 흉물까지 동원시켰다는 말을 들었잖아. 우릴 죽일 생각이야.

마주치기만 하면 다짜고짜 죽이려고 들걸?"

"풋! 우리에게 그만한 가치가 있다니 고맙네요. 그 사람이 죽은 장소에 찾아가는 것만으로 이러니…… 그 사람이 허투루 살다 간 것 아닌 것 같아요."

"우울한 이야기는 그만 해. 그러잖아도 기분이 어수선한데. 정말 심란해. 시마 같은 자는 상종 못할 인간인데…… 막상 떠나고 보니 아주 이상해. 이럴 때는 술이라도 있었으면 좋겠는데."

"내려가요. 저기 민가가 있으니 술을 구할 수 있을 거예요. 저도 한 잔 마시고 싶었던 참인데 잘됐네요."

일령은 높은 나무에 올라가 사주 경계에 임했다.

다행히 넓게 펼쳐진 논 한복판에 형성된 마을이라서 접근하는 자는 쉽게 발견해 낼 수 있다. 하나 이런 점 역시 천비대에게는 무용지물일 것이다.

소림파가 말한 대로 천비대가 적선서라는 흉물을 풀어놓았다면 조만간 꼬리가 잡힐 것은 자명한 일. 무인을 만나지 않고 단문협까지 간다는 생각은 포기했다.

어쩌면 그보다 더한 것, 생명까지도 포기해야 할지 모른다. 소림파의 말대로라면 적선서는 일행 중 한 명을 반드시 죽일 것이고, 한 명을 죽인다 함은 일행 모두를 죽일 수도 있다는 말과 같지 않은가.

한낱 미물 따위에 당할 리야 있겠나 싶으면서도 불안한 심정은 지우지 못했다.

"날 원망하고 싶어?"

절혼마녀가 큰 사발에 술을 가득 담아 꿀꺽꿀꺽 마시며 말했다.

"어차피 같이 갈 만한 사람들이 아니었어요."

"정말 동생은 거짓말을 못하네. 표정에 다 드러나. 내가 시마만 공격하지 않았어도 그들이 도주하는 일은 없었을 거야. 목적이 있었는지 없었는지 모르지만, 최소한 이렇게 술이나 마시고 있지는 않았겠지."

"술 한 잔 더 줘요."

"그만둬. 얼굴 빨개졌어."

"한 잔만 더 마실래요."

"죽을 때는 자하부주의 따님답게 죽어야 하지 않겠어? 나 같은 마녀처럼 술에 취해 흐느적거리다 죽으면 꼴사나워."

절혼마녀는 사발 잔이 양에 차지 않는지 독을 들어 들이부었다.

콸콸콸⋯⋯!

술이 반쯤은 입속으로 흘러들어 가고, 절반가량은 입가로 흘러 옷을 적셨다.

"이봐요! 술 좀 더 내올래요? 셈은 넉넉히 해줄 테니까 걱정하지 말고 내와요!"

순박해 보이는 중년 사내는 느닷없이 들이닥친 불청객들을 얌전히 맞이했다. 물을 달라면 물을 떠다 주었고, 술을 달라니 집에서 담근 것이 있다며 땅에서 캐내 주었다.

잠자고, 일어나고, 일하고…… 단순한 생활밖에 모르는 전형적인 농사꾼이다.

중년 사내가 다가와 술독을 치우며 말했다.

"술은 이제 없는뎁쇼."

"셈은 넉넉하게 해준다니까. 지금 줘요?"

"천비대는 신이다."

쉬익!

농사꾼의 말이 끝나기도 전에 절혼마녀의 옥수는 농사꾼의 목을 움켜잡았다.

"캑캑!"

중년 사내는 숨이 막히는지 오만 가지 인상을 쓰며 괴로워했다.

"네놈은 누구냐!"

또 말투가 변했다. 정이 담뿍 담긴 눈동자였는데, 지금은 오로지 살기밖에 드러나지 않는다.

"소, 소인은 그분 말씀을 전하는 것뿐입죠."

"그분? 그분이 누구야!"

"소, 소립파라고 하면 아실 거라고…… 캑캑! 이, 이 손 좀……."

절혼마녀는 손을 났다.

"소립파가 여길 들러서 말을 전하라고 했단 말예요?"

변온 동물보다도 더 변화가 심한 여인, 그녀가 절혼마녀.

"마을에 집은 많지만 앉아서 사방을 환히 볼 수 있는 곳은 저희 집뿐이니 이리 오실 거라고."

"하! 여우가 따로 없네. 사내가 여우면 듬직한 맛이 없는 데. 또 뭐라고 했어요?"

"들어오시면 제일 먼저 술을 찾을 테니 술을 준비해 놓으라고. 저희가 담근 게 있다고 말씀드렸더니 딱 한 독만 드리라고."

"호호호!"

절혼마녀는 손으로 입을 가리며 웃었다.

"그 사람, 무심한 척하면서 날 상세히 관찰했네. 이만하면 나에 대해서 속속들이 안다고 할 수 있겠어."

"죄송하게 됐어요. 아까 하던 말씀, 마저 해주세요."

금연화가 빨갛게 물든 양 볼을 두 손으로 감싸며 말했다.

"이 정도면 술 배를 채웠을 테니 그만 움직이시라고. 천비대와 벌어진 거리는 하루 반. 단문협으로 바로 가지 말고 배를 타고 직강을 따라가다가 적혈구(邦穴口)에서 장강(長江)을 건너시라고."

"장강을?"

"천비대의 추적을 피할 수 있는 방법은 그것뿐이라고."

"미치지 않고서야 어떻게 남무림으로 가란 말을…… 보는 사람마다 죽이려고 달려들 텐데."

금연화는 어이가 없는지 말까지 더듬거렸다.

"그래도 천비대의 추적은 뿌리칠 수 있어."

절혼마녀가 일어서며 말했다. 일어서는 행동으로 그녀의 뜻을 분명히 밝힌 셈이다. 지금에 와서는 달리 행동할 방도도 없지만.

"다른 말은 없었나요?"

중년 사내는 급히 말했다.

"천비대를 완전히 떨구지는 못한다는 말씀과…… 적혈구에서 배를 탈 때쯤이면 하루 반에서 반 각 차이로 좁혀질 것이라고……."

"반 각? 그런 셈법은 어디서 나온 거지? 반 각이면 잡힐 수도 있다는 말이잖아!"

"정오에 출발하면 반 각 정도 여유가 남으실 거라고……."

"뭐예요!"

절혼마녀는 술이 확 깼다.

어느새 절혼마녀와 금연화의 얼굴은 하늘을 향했다.

"지금이 정오!"

"이런…… 진작 말했으면 술 먹을 시간도 아꼈을 텐데! 겨우 반 각 차이밖에 나지 않는다면…… 배! 배를 어디서 구할 수 있죠?"

두 여인은 갑자기 다급해졌다.

"벌써 강에 준비를…… 헉!"

절혼마녀는 몸을 일으킴과 동시에 중년 사내를 낚아챘다. 그리고 그녀가 펼칠 수 있는 최대한의 빠르기로 신법을 전개했다.

쉬익! 쉭! 쉭! 쉭……!

절혼마녀가 움직임에 따라서 금연화와 일령도 재빨리 뒤따랐다. 하지만 절혼마녀와의 간격은 점점 벌어지기만 할 뿐이다.

'언니의 무공이 이 정도라니! 절혼마녀의 명성이 헛된 게 아니었어!'

준비된 배는 배 중에 가장 빠르다는 비조선(飛鳥船)이다.

좌우에 달린 두 단의 노는 버드나무처럼 날렵하게 생긴 비조선을 물고기로 만들어준다.

"수고했어요."

절혼마녀는 전낭(錢囊)에서 잡히는 대로 돈을 꺼내 중년 사내의 손에 쥐어주었다.

"이 배, 고마워요."

"고마워요."

금연화도 일령도 한마디씩 건넨 후에야 배를 탔다.

천비대의 이목을 벗어날 수 있다고는 꿈에도 생각지 못했

다. 한데 지금은 가능하게 느껴진다. 그 사람…… 소립파가
준비해 준 것이니 자로 잰 듯 정확하게 맞아떨어질 게다.

여인들은 노를 잡고 힘껏 젓기 시작했다.

스으윽……! 스으윽……!

비조선은 손짓 한 번에 일이 장씩 쑥쑥 미끄러져 나갔다.

그녀들에게 지독한 고통을 안겨주었던 동혈이 가물거리더
니 시야에서 사라졌다. 큰 도움을 주었던 마을도 보이지 않는
다. 드넓은 논 대신 야트막한 야산들이 새로운 경관으로 나타
난다.

금연화는 고개를 갸웃거렸다.

아무리 생각해도 이해할 수 없다. 꼭 귀신에 홀린 느낌이
다.

"언니."

"아무 말 말아."

진기까지 북돋아 노를 젓던 절혼마녀가 고개를 돌려 버렸
다.

"아냐. 이건 이상해. 언니……."

"소립파 이야기라면 그만둬."

금연화는 입을 다물었다. 하나 한 번 이상하게 생각하자 수
상쩍은 일들이 꼬리를 물었다.

암굴에서 소립파와 그녀와의 간격은 겨우 반 장. 그가 암굴
을 잘 알고, 줄 끊어진 사실을 뒤늦게 발견했다고 해도 겨우

십여 장 차이밖에 나지 않는다.

그 짧은 순간에 소립파와 시마가 사라졌다. 그들은 어디로 갔을까?

농사꾼은 소립파가 다녀갔다고 했다. 그 말은 맞을 게다. 그럼 소립파와 시마는 얼마 되지 않는 시간 동안에 절벽을 내려가고, 강을 건넜고, 백여 장에 이르는 논을 가로질러 마을로 들어섰다는 말이 된다.

도대체가 말이 안 된다. 시마가 초절정 마두라고 해도 그만한 신법은 펼칠 수 없다. 그럴 만한 능력은 신밖에 펼칠 수 없다. 그들이 신인가?

좋다. 거기까지 이해하고 넘어간다고 해도 비조선만은 이해할 수 없다. 어민이나 농사꾼은 비조선을 사용하지 않는다. 비조선은 군이나 무림문파에서만 사용한다.

그사이에 만들었나? 천하제일의 손재간을 지녔다고 해도 한두 시진은 소모해야 될 일이다.

'풀어낼 수 없어. 이게 도대체 어찌 된 일인지.'

그때 멀리서 회색 연기가 무럭무럭 솟아올랐다.

회색 연기 속에 검은 연기도 섞여 있는 것으로 보아서는 아무래도 큰 불이 일어난 것 같다.

"저기는…… 우리가 머물렀던 마을 아니어요?"

금연화는 일령의 말을 듣고야 연기를 보았다.

"천비대! 벌써……?"

금연화는 순박했던 농사꾼을 떠올렸다.

천비대는 흔적을 찾아냈을 게다. 마을에 들어가 농사꾼을 쥐 잡듯 닦달했을 게고, 배를 타고 떠난 사실도 알아냈을 것이다. 천비대에게 걸려서 입을 열지 않은 사람이 없으니.

그렇다고 해도 저 연기는 너무 많이 피어난다.

천비대가 이십여 호나 되는 마을을 모두 초토화시켰단 말인가? 그런 것 같다. 그렇지 않고서야 연기가 산불이라도 난 것처럼 하늘을 가득 메울 리가 없다.

"힘을 내. 빨리 가야겠어."

금연화는 급히 다그쳤다. 그런데,

"힘을 내기는 뭘 내. 그냥 가. 편하게 가도 돼."

절혼마녀가 강물을 쳐다보며 힘껏 노를 저으며 말했다. 그녀의 표정이 몹시 쓸쓸해 보인다. 그사이에 소립파란 사내에게 정이 들었던 것인가.

"언니!"

"아직도 모르겠어!"

"……?"

"혈귀대주가 죽으면서 네 총명하던 머리도 가져간 거야? 그러면서 잘도 복수를 하겠다."

금연화는 숨이 턱 막혔다.

'그런…… 거였나……'

"그 사람…… 시마 제자든 뭐든…… 아니, 그 사람이 시마라도 상관없어. 다음에 만나면 반드시 내 걸로 만들고 말 거야. 나쁜 사람 같으니라고."

"언니, 하나만 물을게. 그 농사꾼…… 무공이 어느 정도였어?"

"자하령 중 한 명과 붙여도 되겠더라."

금연화는 흠칫했다.

농사꾼, 그의 무공이 자하령과 필적할 정도라니 놀랍지 않나. 그런 자가 곁에서 왔다 갔다 했는데 까맣게 모르고 있었다니. 그가 살수였다면 참으로 위험할 뻔하지 않았나.

절혼마녀도 술을 마실 때는 몰랐다. 이건 물어보지 않아도 확실하다. 그의 목덜미를 낚아채 강변으로 오면서…… 그때서야 농사꾼의 몸속에 흐르는 기운을 감지해 냈고, 무인임을 알았다.

자신을 완벽하게 감출 수 있으니 얼마나 뛰어난 자인가.

절혼마녀가 모른 척하고 돈까지 쥐어준 것은 그가 소림파의 사람이기 때문이리라. 그 사람뿐만이 아니다. 어쩌면 마을 전체가 그 사람과 연관있을 게다.

금연화는 피식 웃었다.

배를 타기 전에 하루 반 거리로 벌어졌다는 말을 들었는데, 그새 잊어버리고 있었다. 조금만 더 침착했다면 천비대가 지른 불이 아니라 그들 스스로 불태워 버렸다는 사실을 깨달았을 텐데.

모든 게 미리 준비된 거다.

동굴에 들어서기 전, 농사꾼과 소립파는 어떤 방식으로든 연락을 주고받았다. 완벽한 탈출 계획을 세워놨다. 빙벽에서 그 일만 없었다면 비조선에는 소립파와 시마도 타고 있으리라.

이제 마을은 불타 사라졌다.

하루 반이면 내일 저녁 무렵, 천비대는 그때서야 마을에 도착할 것이고 재만 남은 마을을 보고는 한숨을 몰아쉴 게다.

물론 자신들이 머물렀던 흔적도 최대한 지워놨겠지. 어쩌면 다른 방향으로 유인해 놨을 수도 있을 테고. 적선서가 계속 쫓아온다면 모든 방도가 백지로 변할 테지만.

"소립파란 사람…… 마도에 몸담지만 않았으면 그 사람과 버금가는 영웅이 되었을 것 같아. 왠지 그런 느낌이 들어."

"흥! 죽어서 관 하나 변변히 쓰지 못한 인간이 무슨 영웅이라고."

금연화는 절혼마녀의 말을 귓가로 흘려버렸다.

하늘이 참 맑다. 뿌연 연기도 아름답게 보인다.

*　　　*　　　*

적선서는 네 발 달린 짐승들 중에서는 가장 빠르다고 할 수 있다. 몸을 비비 틀어야 간신히 빠져나갈 수 있는 암굴도 적선서에게는 너른 들판이나 마찬가지다.

적선서의 몸에 묶인 현음철사(玄陰鐵絲)가 팽팽하게 당겨졌다.

조그마한 쥐에 불과하지만 잡아당기는 힘이 어찌나 강한지 현음철사를 잡고 있는 손이 찢어질 듯 아프다.

이건 천비대가 예상하지 못한 상황이었다.

설마 쫓기는 자들이 시간도 오래 걸리고, 나아가기도 힘든 암굴을 사용하리라고는 생각지 못했다. 무엇보다 암굴이 무척 긴 데 놀랐다. 수시로 밟고 다니던 땅 밑에 이런 동굴이 있었다니.

끊어질 듯 팽팽하던 현음철사가 갑자기 끊어지기라도 한 듯 느슨해졌다.

"안 돼……!"

천비대원은 자신도 모르게 소리를 질렀다.

안 되는 건 그 혼자뿐이다. 그는 내지른 소리를 미처 거두기도 전에 요기로 번들거리는 새빨간 두 눈을 보아야만 했다.

천비대원은 번개같이 손을 놀려 부단히 수련했던 금나수(擒拿手)를 펼쳤다.

쉬익!

조그만 암굴에 매서운 경풍이 일었다.

그의 손은 금방이라도 요기스럽게 반짝거리는 두 눈을 잡을 듯했다. 그러나 새빨간 두 눈은 흔적도 없이 사라져 버렸고, 그는 처절한 비명을 내질렀다.

"크윽! 악! 아아악……!"

항문만을 집중적으로 노린다는 적선서가 입 안으로 들어와 목구멍을 갉아버리고 내장 속으로 들어갔다.

천비대원은 사시나무처럼 바르르 떨다가 축 늘어졌다.

"제길!"

죽은 자 뒤에 있던 천비대원이 신음을 토해냈다.

사각! 사각……!

내장 갉히는 소리가 소름 돋게 만든다.

"당했나!"

아래쪽에서 고함이 들려왔다.

"당했습니다!"

다음 소리는 들려오지 않았다.

적선서가 포악한 성질을 부리기까지는 하루라는 시간이 있다. 하루 동안은 말 잘 듣는 강아지처럼 주인이 시키는 대로 목표물을 쫓아가기에 여념없다.

그런데 동혈에 들어와서는 한 시진 만에 주인을 공격했다.

제 성질대로 달려나가지 못하는 분풀이를 한 것이다. 밖에서는 신법으로 쫓아갈 수 있지만 동혈에서는 그러지 못하니.

이것도 천비대가 예측하지 못한 상황이다.

이제 적선서가 포식을 마칠 때까지 기다려야 한다. 아니면 적선서를 죽이거나. 그 후에도 문제다. 포식을 끝낸 놈은 세 시진가량 정신없이 잘 것이니 추적용으로 사용할 수 없다.

"기다렸다가 적선서를 거둬. 다른 갈래가 나올 때까지 우리 힘으로 뚫고 나간다. 나갈 수는 있겠나!"

"시신을 치울 수가 없습니다!"

조그만 틈이라도 있으면 배로 짓누르면서 건너뛰련만 암굴을 꽉 막고 있으니.

"밀고 나가!"

천비대가 탄생한 이래로 이토록 난감한 경우는 없었다.

第六章

돈독숙(敦獨宿)
—바퀴 밑에서 웅크리고 잔다

1

비조선에는 식수와 식량이 넉넉하게 마련되어 있었다. 뿐만 아니라 질 좋은 술도 두 단지나 놓여 있었다.

"마공을 수련한 사람치고는 괜찮죠?"

"하고 싶은 말이 있을 텐데, 기어이 말 안 할 거야?"

절혼마녀는 술 단지를 열고 주향(酒香)을 맡았다.

"백금주(白檎酒)군. 향기가 달콤한 걸 보니 삼십 년은 족히 넘었어. 새끼가 술 마시는 것 못 봤지? 우리 앞에서 술을 마시지는 않았어도 그 사람, 술도 엄청 셀 거야."

"무슨 말을 안 해요?"

"시마를 공격한 것 말이야. 내가 공격만 안 했어도 그 사람들이 붙어 있었을 것 아냐. 조금만 참았으면 좋았을 걸 하는 표정이 역력해."

"……."

금연화는 침묵했다. 절혼마녀는 술 단지를 들어 백금주를 들이켰다.

"캬아! 오늘 새로운 술 맛을 보네. 백금주에서도 이런 맛이 나는군. 녹혈마공, 어떻게 수련하는지 알아?"

"……."

"사람이 죽으면 섬뜩한 기운을 내뿜어. 일명 사기(死氣). 절향흡기법(絶響吸氣法)으로 사기를 취해 본신진기와 섞는 게 녹혈마공 일단공(一段功)이야. 백 명의 사기를 취하면 산 사람이 죽은 사람처럼 섬뜩한 기운을 뿜어내. 천 명의 사기를 취하면 마주 대하는 것만으로도 공동묘지에 홀로 남겨진 것 같은 느낌이 들고, 만 명의 사기를 취하면 저승사자가 따로 없어."

꿀꺽! 꿀꺽……!

백금주가 목구멍을 타고 흘러들었다.

"크으! 그것까지는 좋아. 죽은 사람에게서 뭔들 못 뽑아내. 한데 이단공(二段功)이 문제야. 산 사람이 저승사자 같다면 누가 곁에 가겠어. 아무도 곁에 오지 않는데 무공이 강하면 뭐 해. 쓸쓸하게 혼자 떠돌다 죽는 거지. 그래서 사기를 안으로 감추는 이단공이 필요한 거야. 이단공이 뭔지 알아? 꼬마

애들. 원양지기(元陽之氣)가 충실한 꼬마 애들을 잡아다가 생기를 뽑아 먹어. 한 명당 칠 주야. 바로 죽이지도 않고 공포에 질린 애들을 조금씩조금씩 죽이는 거야. 그게 사람이야!"

금연화뿐만이 아니라 일령까지 놀란 토끼눈이 되어 절혼마녀를 쳐다봤다.

마공의 수련 방법이 정상 궤도를 많이 이탈한다는 것은 알고 있었지만 이런 방법일 줄은 몰랐다. 아니, 언뜻 들어본 기억이 있는 것 같은데, 시마가 수련한 녹혈마공일 줄은 몰랐다.

"그런데 이상하죠? 시마 말예요. 권수를 건넬 때까지만 해도 곧 죽을 것 같았는데 언제 그랬냐는 듯이 쌩쌩해졌잖아요. 그리고 떠나올 때만 해도 그래요. 소립파는 자기가 없으면 이틀도 못 견딜 거라고 했는데, 중간에 술 먹인 것 빼고 다른 거 하는 건 못 봤거든요."

일령이 고개를 갸우뚱거리며 말했다.

"이단공이 완성되지 않아서 그래. 시마, 그 작자…… 지금쯤 꼬마 애를 잡아다가 꼭 끌어안고 있을걸? 사람이 아냐, 사람이."

"언니."

금연화가 차분하게 말문을 열었다.

"소립파에 대한 생각을 버리던지, 시마를 상관하지 말던지 하나를 선택해야 될 것 같아요."

"그래, 그래야 한다는 건 나도 아는데 도무지 둘 다 포기가 안 돼. 소립파는 너무 쓸 만하고, 시마는 더불어서 살 인간이 아니고. 그런 사람에게 인간이란 말을 쓰는 것조차 역겹거든. 시마를 죽이면 그 사람이 가만있지 않을 텐데. 그래도 정 골라야 한다면 시마를 죽여야겠지? 사내는 또 있으니까."

말을 나누는 가운데도 비조선은 쏜살같이 치달려 나갔다.

오가는 배가 한두 척씩 보였다. 조그만 나룻배를 강가에 대놓고 투망질을 하는 사람도 있었다.

"조금 있으면 장타수(長佗水)와 합류할 거예요."

일령이 말했다.

소립파가 알려준 길은 상상조차 못할 길이다.

단문협으로 가려면 서남쪽으로 가야 하는데 동남쪽으로 가고 있으니, 가면 갈수록 단문협과는 멀어지게 된다.

정상적인 길보다 이백 리나 돌아가는 길.

소립파는 단문협으로 데려가 달라는 말을 들었을 때 이 행로를 떠올렸던 것이다.

"장타수와 합류하는 곳이면 큰 어시장이 있을 거야. 오늘은 내려서 술이나 진탕 마시자고."

"언니, 우리에겐 시간이……."

"전에 내가 한 말 기억해? 소립파와 나는 같은 부류라고 한 말."

"기억해요."

"같은 부류기 때문에 속을 들여다볼 수 있어. 어시장에 가 보면 내 말뜻을 알게 될 거야."

절혼마녀는 남은 술을 아낌없이 마셔 버렸다.

석해진(石海鎭)은 직강과 장타수가 합류하는 곳에 위치한다.

가구 수는 백여 호에 불과하나 오가는 길손들이 많은 관계로 주루와 객잔이 성행한다. 또한 풍부한 어물을 바탕으로 생성된 어시장은 인근 사람들을 끌어모으니 대도읍을 방불케 할 만큼 북적거린다.

배에서 내리자마자 주루부터 찾을 줄 알았던 절혼마녀는 느긋하게 걸어서 석해진 골목골목을 두루 살폈다.

절색의 두 여인은 대번에 사람들의 이목을 사로잡았다.

자하령이 숨어서 따르기에 망정이지, 모습을 드러냈다면 집 안에 틀어박힌 사람들까지 나와서 쳐다볼 형국이다.

"무인인가 봐. 저렇게 예쁜 여자들이 칼을 휘두른다니."

"쩝! 나도 무공이나 배울걸."

"칼로 일어선 사람은 칼로 망한다는 말도 못 들었어? 장강이 물고기 반, 시체 반이래. 그저 가늘고 길게 사는 게 최고야. 아무 소리 말아."

사람들의 수군거림은 두 여인의 귀에 고스란히 들렸다.

"언니, 우리 얼굴을 가리고 다녀야 하는 것 아녜요?"

"그 사람 뱃속은 내가 안다니까."

절혼마녀는 개의치 않고 보라는 듯이 여기저기를 기웃거렸다.

"여기 싸움 잘하는 인간이 있다고 해서 싸움하러 왔는데, 누가 제일 싸움 잘해?"

"어휴! 생선 썩는 냄새. 속이 다 울렁거리네. 이런 냄새들을 맡고 어떻게 살지?"

"어머! 저애들 옷 입은 것 좀 봐. 완전 거지가 따로 없네."

무인의 모습을 완전히 드러낸 채 가는 곳마다 비위에 거슬리는 말을 해대니 주목을 받지 않을 수 없다. 빼어난 미모로 눈길을 사로잡았다가 화가 머리끝까지 치솟게 하니 그녀들을 본 사람이라면 결코 잊지 않을 것이다.

'말도 안 돼. 추적당하는 처지에 일부러 신분을 드러낸다는 게 말이 돼? 적선서를 사용할 필요도 없겠어. 한 시진도 못 돼서 소문이 파다하게 퍼질 테니.'

절혼마녀는 골목들을 두 바퀴째 돌았다.

다닥다닥 붙어 있는 집들, 대로에 있는 집이나 골목에 있는 집이나 주루, 다루, 객잔이라는 표기가 걸려 있다.

주루라는 표기가 걸린 집을 지나갈 때 깜찍하게 생긴 여자아이가 불쑥 튀어나와 길을 막아섰다.

"화아! 언니들 무지 예쁘다. 언니, 이리 들어와요. 우리 집에서 담근 술은 황제도 마신다고요. 얼마나 맛있는데요. 아무리 취해도 한잠 자고 나면 말끔해지는 것 있죠? 값도 싸요. 안주도 푸짐하고요. 예? 이리 들어와요."

금연화가 옅은 웃음을 띠며 말했다.

"애야, 우리는 술 마시러 온 게 아니란다."

여자 아이는 코웃음 쳤다.

"피이! 술 마시러 왔으면서. 백금주 맛을 알았으니 향기만 풍겨도 찾아올 거라고 하던데, 그러지 말고 들어가요. 우리집 백금주는 정말 맛있어요."

'저…… 정말이었어! 그 사람, 우리가 여기로 오기를 바랐어.'

금연화는 절혼마녀를 쳐다봤다.

절혼마녀가 한층 더 요염하게 보이는 이유는 뭘까?

삶은 문어와 백금주.

정녕 어울리지 않는 술과 안주인데 서로 궁합이 잘 맞는지 문어 맛도 술 맛도 입에 척척 달라붙는다.

"아무래도 오늘 취하겠어."

절혼마녀가 연신 백금주를 들이켰다.

금연화는 한 잔도 마시지 않았다. 천비대가 적선서를 앞세우고 금방이라도 들이닥칠 것 같아서 마음만 타 들어갔다.

"훗! 소림파, 소림파. 이상하지? 떠나지 않고 우리 주변을 맴도는 이유가 뭘까? 내 주변은 아닐 것 같고, 일령 때문일까? 아니면 동생 때문에?"

"일면식도 없었던 사람이에요. 단문협까지 데려다 주고 어떤 대가를 요구하겠죠. 이런 식으로라도 도움을 주니 한결 안심이 되고요. 그런데 석해진에 들러야 된다는 건 어떻게 알았어요? 제가 우둔해서인지 뱃속을 읽었다는 말이 영 믿기지 않네요."

"호호호! 뱃속을 읽기는 뭘 읽어. 나도 좀 읽어봤으면 좋겠어. 무슨 생각을 하고 있는지."

"네에? 그럼⋯⋯?"

"뱃전에 쓰여 있더라. 석해진에 머물라고. 호호호! 나도 그 사람처럼 신비한 척 좀 해봤는데, 괜찮았어? 어? 동생, 정말 감쪽같이 속은 거야? 이렇게 순진해서야⋯⋯."

절혼마녀가 삶은 문어를 음미하며 먹었다.

'돈을 노리는 사람은 아니었어.'

금연화도 앞에 놓인 술잔을 들어서 단숨에 털어 넣었다.

처음 술을 마실 때는 속에서 불길이 치솟았는데, 이제는 입 안에 감도는 주향을 느낄 수 있을 정도가 되었다.

무척 달콤하면서 향긋한 술이다.

"대가, 대가. 대가라면 뭘 구할까? 일령을 원할까? 아니야. 여자로 움직일 사람도 아니야. 돈도 아니고 여자도 아니고⋯⋯ 도대체 원하는 게 뭘까?"

"시간이 해결해 주겠죠."

"처음부터 의도적으로 접근했어. 수묘인 따위가 혈귀대주의 묘비를 만들 수 있어? 없어. 혈귀대주를 찾느라 눈에 뒤집힌 여자에게 대주의 묘비를 새기고 있는 사람이 나타났다면 어떻게 될까? 큭큭큭! 사내가 필요한 일이 생겼을 때 제일 먼저 그 사람부터 떠오르겠지. 그 사람이 네 생각을 읽었다면 딱 적당한 위치에 있었던 거야. 의도는 모르겠지만 계획적이었던 것만은 틀림없어."

그런 생각을 안 해본 것은 아니다. 지금도 생각하고 있다. 소립파의 목적이 무엇인지는 모르지만 의도적으로 접근해 왔다고 생각한다. 시마의 정체가 탄로나 제 갈 길로 갔는데도 주변을 맴돌며 보살펴 주는 것이 좋은 예다.

그럴 만한 이유가 없는데.

"여자 때문인가? 자하령은 숨어 사는 귀신들이니 얼굴을 보지 못했을 테고, 그 사람과 언제 만난 적 있어? 동생 미모에 꼭지가 휘까닥 돈 사내들 많잖아. 아냐, 그랬으면 왜 일령에게만 다정하게 말했지? 동생에게 욕심이 있다면 다른 여자는 거들떠보지도 말아야 하는데."

절혼마녀는 술기가 도는지 혀 꼬부라진 소리로 끊임없이 이 소리, 저 소리를 늘어놓았다.

하루 해가 떨어진다.

이 밤…… 여기서 자야 하는 것인가, 밤길을 재촉해 어디론가 가야 하는 것인가. 소림파는 어떤 계획을 갖고 있는 것일까.

일령이 손님처럼 들어와 옆자리에 앉았다.

"어떤 자들이 배를 훔치고 있는데요."

뜻밖의 소리!

"뭐?"

"여자 세 명. 옥봉(玉鳳)님과 동방주님, 그리고 저로 위장한 차림이었어요. 수묘인이 손을 쓴 것 같아서 내버려 두었는데, 잡을까요?"

도무지 소림파의 머릿속을 들여다볼 수 없다.

은밀히 행동해야 할 사람들의 정체를 드러내게 한 것은 무엇이고, 또 숨기려는 것은 무엇인가.

금연화는 꼬마아이가 걸어오는 것을 보며 말했다.

"아니, 내버려 둬. 우린…… 이 방면에서 최고를 만난 것 같아."

꼬마 여자애가 상큼상큼 걸어와 다 먹지도 않은 술과 안주를 치우며 말했다.

"여긴 조그만 마을이라서 볼 것이 없지만 강에서 보는 야경은 정말 멋져요. 보지 않을래요? 배가 준비되어 있는데."

준비된 배는 단정(端艇)이다.

속도와는 거리가 먼 배로 비교적 큰 거룻배다.

'이건 뭐 하는 짓이지? 유람이라도 하라는 건가?'

소립파는 보이지 않지만 항상 곁에 있다. 그가 쉴 시간과 떠날 시간을 조율한다.

"그 사람을 잘못 봤다는 생각이 들어요."

"왜? 욕심이 생겨?"

절혼마녀가 숨기 어린 음성으로 말했다.

금연화는 화려한 등불로 불야성을 이루고 있는 석해진에서 눈길을 떼지 않았다.

"풋! 그런 게 아니라…… 동원된 사람들이 적지 않아요. 물자들도 그렇고. 비조선을 탔을 때도 그렇지만, 이 배만 해도 그래요. 혼자 준비했다고는 볼 수 없잖아요. 그를 돕는 사람이 많은 건지, 거대 문파의 하수인인지……. 이런 생각도 들어요. 남도문에서 대주의 죽음을 이용하기 위해 우릴 끌어들이려는 게 아닌가 하고."

"남도문에서 이 일을 벌였다고? 호호! 우린 그렇게 귀하신 몸들이 아냐."

"듣고 보니 그러네요."

"천한 것들일수록 연결된 줄이 끈끈해. 창기들…… 지렁이처럼 밟으면 콱 터져 버릴 것 같지? 천만에. 창기들도 서로를 보호할 줄 알아. 숨기려고 마음만 먹으면 천비대도 곤혹을 치를걸? 하물며 무림에서 인간 취급도 받지 못하는 마도인들이라면 더욱 끈끈하겠지. 이 정도는 아무것도 아냐. 우리한테는 때려죽일 인간이 시마지만, 마도 무리들에게는 반드시 보호해야 할 인간이기도 해. 그놈은 마도인들의 우상이니까. 시마가 움직였다면 이보다 더한 사람들도 움직일 수 있어."

"그렇군요."

강바람이 머리칼을 쓸고 지나간다.

지렁이도 밟으면 꿈틀거리는데, 마도 무리들이라고 살길을 찾지 않을까. 절혼마녀의 말이 맞을 게다.

"내가 낙화향을 지킬 때…… 가장 염려되는 것이 뭔지 알아? 내 행동 때문에 낙화에게 피해가 가지 않느냐 하는 거야. 항상 그 점이 염려됐어. 언젠가는 내가 감당하지 못할 자를 만날 것 같고, 그때가 되면 나는 물론이고 낙화들까지 개죽음을 당하지 않을까 하는."

"……."

"추적에는 달인들이라는 사람들이 천비대야. 그들이 농사꾼을 내버려 둘 것 같아? 우리가 마을에 머물렀던 흔적을 찾아내지 않을 것 같아? 농사꾼이 우리를 도왔듯이, 우리도 농사꾼을 도와야 해. 소립파, 그 사람은 양쪽 모두 생각하고 있는 거야. 치고 빠지고, 치고 빠지고. 이쪽을 잡으려고 하면 저쪽이 움직이고, 저쪽을 잡으려고 하면 이쪽이 움직이고. 위태위태하지만 효과는 있어."

천비대가 보통 사람들이라면 이해가 가는 말인데…… 불행히도 천비대에게는 양쪽 모두를 잡아챌 능력이 있다. 소립파가 정작 그런 목적으로 정체를 드러내게 한 것이라면 양쪽 모두 위험하다.

"여기 계실래요? 전 들어가서 잠 좀 자야겠어요."

"들어가서 자. 난 저 달이 좋아."

절혼마녀는 술병을 들었다.

*　　　*　　　*

"치 떨리게 만드는군. 계집…… 반드시 내 손으로 죽인다."

그는 잿더미로 변한 마을을 둘러보며 중얼거렸다.

천비일조(天秘一組) 조장(組長), 무림에서는 추혼검수(追魂劍手)로 더 많이 알려진 그에게 목전의 현실은 치욕이었다.

천비대가 소유한 적선서는 모두 열두 마리다. 그는 그중 다섯 마리를 가지고 나왔고, 물웅덩이와 빙굴을 거쳐 오는 동안 다섯 마리를 모두 죽이고 말았다.

남만(南蠻)에서 태어나 더위에 익숙한 적선서가 추위를 견디지 못하고 죽는 것은 당연하다.

무공을 수련한 무인들조차 진기를 가득 끌어올리고도 고전한 극한의 한기인데, 하물며 적선서가 견뎌낼 리 없다.

적선서들은 옥갑(玉匣) 안에서 꽁꽁 얼어 죽었다.

기가 막힐 노릇이다. 금이야 옥이야 정성스레 다루던 적선서가 한낱 추위 따위에 얼어 죽다니.

쉭! 쉭쉭! 쉬익!

마을 곳곳에서 흔적을 찾던 천비대원들이 속속 모여들었다.

"마을이 불탄 것은 어제 낮. 실화(失火)가 아닌 방화입니다. 마을 사람들은 개미새끼 한 마리 남지 않고 사라졌습니다."

"낮, 언제야!"

"정오입니다."

"치욕이군. 반나절을 줄이라고 하명받았는데 오히려 반나절을 늘렸어. 적선서까지 다섯 마리나 죽이고. 자하부의 여우에게 발뒤꿈치를 물린 꼴인가? 아니야, 이 마을도 그렇고…… 그년에게 조력자가 있어. 찾아내라. 어떤 자가 감히 천비대일을 훼방놓는지 찾아내!"

"봉명!"

"이 마을 놈들도 모두 찾아야 돼. 흔적을 찾아라. 한 놈도 놓쳐서는 안 돼! 알았나!"

"봉명!"

추혼검수는 자신이 천비대주가 아닌 것이 통탄스러웠다.

천비대를 모두 움직일 수 있다면 당장 추적대를 편성해서 보냈을 텐데. 추적대를 편성하는 권한은 대주에게만 있으니 이처럼 탄식을 토할 일이 또 어디 있으랴.

"그년들이 사라진 방향은?"

"현재까지 파악된 바로는 다섯 갈래로 갈라졌습니다. 곧 반 시진 내에 한 군데로 좁히겠습니다."

"교란책까지? 확실히 도와주는 작자가 있군. 모두 잡아야 돼! 뿌리까지 캐내야겠어. 어떤 놈들인지."

천비대주의 생각도 같으리라. 전서구를 받는 즉시 추적대가 편성되어 뒤를 쫓으리라. 자신이 할 일은 추적조가 허탕을 치지 않도록 정확한 사실 관계를 파악해서 보고하는 일이다.

천비대원들이 신속히 몸을 놀려 사라졌다.

그들의 칼날 같은 눈초리는 조그만 흔적도 놓치지 않을 것이다. 반 시진이 지나면 자하일봉 금연화가 사라진 방향을 찾아낼 게다. 그녀를 도와준 인간들은 내일 정오 무렵이면 잡아들일 수 있을 것이고.

"대주님께 무슨 말을 올려야 한단 말인가. 이 치욕을 어떻게 보고한단 말인가."

추혼검수는 두 주먹을 으스러져라 움켜잡았다.

천비대는 약속한 시간을 어기지 않았다.

반 각이 채 되기도 전에 대원 한 명이 추혼검수에게 보고를 했다.

"다섯 방향 모두 단문협으로 향하고 있습니다. 가장 빠른 길을 택한 게 두 곳, 험산을 택한 게 두 곳. 한 곳은 직강을 택했는데 이는 돌아가는 길입니다. 저희는 직강 쪽이라고 단정 내렸습니다."

"근거는?"

"마을 마당에서 대패로 깎은 나무 부스러기를 다수 발견했습니다. 나무 종류는 삼나무와 노나무. 부스러기가 떨어진 범위로 추정컨대 삼나무는 비조선을 만드는 데 쓰였고, 노나무로는 노를 만들었습니다. 비조선 한 척과 노 네 개. 자하부 계집들이 이동한 방향은 직강입니다."

"멀리 돌아간단 말이군. 죽기로 작정한 것들이지 않은가."

"비조선이라면 지금쯤 석해진을 통과했을 겁니다. 석해진은 직강과 장타수가 합류하는 곳. 단문협으로 가려면 당연히 사매성(沙買城)으로 방향을 틀어야겠지만 적혈구(邦穴口)로 가서 장강을 거슬러 올라가는 행로도 간과할 수 없습니다."

추혼검수는 생각할 필요도 없다는 듯 즉시 명령을 하달했다.

"석해진에서 갈라진단 말이지. 당장 석해진으로 간다."

그는 부랴부랴 전서를 작성하여 매 발목에 매달았다.

천비대원들은 자신의 판단에 단 한 번도 의구심을 품어본 적이 없다. 흔적을 찾을 때는 수천 가지의 가능성을 열어놓고 탐색한다. 그러나 결정을 내린 후에는 철석같이 믿는다.

천비대원들은 석해진을 향해 치달렸다.

"조장님!"

추혼검수는 자신을 부른 천비대원을 쳐다봤다.

천비대원은 손을 들어 하늘을 가리켰다. 손가락 끝을 좇아 하늘을 보자 날개에 빨간 물감을 들인 매 한 마리가 허공을 선회하고 있다.

"삐이익……!"

추혼검수는 망설임없이 호각을 꺼내 불었다.

매는 즉각 반응했다. 먹이를 노릴 때처럼 벼락같이 내리 꽂히더니 추혼검수의 팔목에 사뿐히 내려앉았다.

추혼검수는 발목에 매달려 있는 전통을 열고 전서를 꺼내 읽었다.

"이, 이건 뭐야?"

'됐어!'가 튀어나와야 할 그의 입에서 엉뚱한 말이 흘러나왔다.

사매성에서부터 적혈구까지 천라지망이 펼쳐졌다. 강뿐만이 아니라 육상 통로도 모두 봉쇄되었다. 자하부 계집들이 빠져나갈 구멍은 그 어디에도 없다.

천비일조의 판단이 십 할 반영된 포위망인가? 아니다. 전서에는 뜻밖의 사건이 기재되어 있다. 절혼마녀와 금연화가 석해진에 모습을 드러낸 사건.

'내가 보낸 전서는 도착하지도 않았을 거야. 빌어먹을! 포위망이 펼쳐진 상태에서 도착하는 전서라면……. 빌어먹을

놈들 때문에 반 각이란 시간만 소모하지 않았어도…….'

그녀들 스스로 모습을 드러냈으니 천비일조가 한 일은 뒷북치는 일밖에 되지 않는다.

"이런 빌어먹을 일이!"

추혼검수는 전서를 와락 구겼다.

천비대의 모든 역량은 천라지망에 집중되어 있다. 천비일조에게도 내일 정오까지는 석해진으로 들어가 퇴로를 봉쇄해야 한다는 명령이 떨어졌다.

추혼검수가 뿌리 뽑고자 했던 일이 엉망으로 변했다. 마을에서 자하부 여인들을 도와주고 교란책까지 감행한 자들을 뿌리 뽑아야 하는데 누가 그들을 추적한단 말인가.

천비대주의 입장을 모르는 바는 아니다.

그녀들을 도와준 마을 사람들은 방자(幇者)에 불과하다.

단문협으로 가고자 하는 자하일봉과 단지 도움만 준 것뿐인 방자와는 우선순위에서 많은 차이가 있다. 자하일봉은 반드시 잡아야 하지만 방자는 잡아도 좋고 놓아주어도 좋은 자들이다.

추혼검수는 본능적으로 불길함을 감지했다.

석해진에서 모습을 드러낼 것이라면 무엇 때문에 교란책을 사용했는가. 겨우 반 각 차이밖에 나지 않을 것을.

'반 각…… 반 각…… 반 각에 중요한 의미가 있나?'

순간, 그의 머릿속에 최악의 상황이 그려졌다.

천비일조가 암굴에서 나오는 시간을 정확히 예측했다면? 자신들이 나오는 시간에 맞춰서 석해진을 들쑤셨다면? 양쪽의 행동을 눈으로 보듯 파악해 내는 자가 있다면?

천비대주는 포위망을 전개하라는 명령과 동시에 천비일조에게도 전서를 띄웠으리라. 그로부터 반 각 후에 도착하는 천비일조의 전서.

천비일조에 대한 신뢰는 여지없이 무너진다.

천비십조 중 천비일조의 능력은 단연 발군이다. 언제 어디서나 추적이 시작되면 천비일조가 앞장섰다. 한데 신뢰가 무너지면 천비일조는 뒤로 물러서게 되고, 다른 조가 앞장서게 된다.

단 한 치의 오차도 없었던 천비대의 추적이 흔들리게 되는 것이다. 물론 아무것도 아닌 미미한 흔들림일 수 있지만, 그런 점까지 계산해서 교란책을 사용한 것이라면 보통 문제가 아니다.

천비대는 남북무림 인사들의 동향을 낱낱이 파악하고 있다.

그중에는 당연히 자하부의 자하일봉도 포함되어 있다. 한데 천비일조를 골탕 먹인 사람이 바로 자하일봉이라면, 그동안 천비대가 파악했던 정보들은 빙산의 일각만 더듬었다는 결과가 된다.

'빨리 가야 돼. 자하일봉, 보통 계집이 아냐!'

"내일 정오까지 석해진에 들어서야 한다. 잠 잘 틈도 없으니 그리 알아!"

추혼검수는 소리를 빽 질렀다.

2

금연화는 긴장이 풀려 깊은 잠에 빠져들었다.

소립파라는 사람은 그가 본색을 드러내기 전까지는 가장 믿을 수 있는 사람이다. 그의 의도는 모르지만 그가 마련해 준 배를 타고 있으니 하선할 때까지는 안전하다고 볼 수 있다.

이상한 말이지만 뒤를 쫓고 있을 천비대도 신경 쓰이지 않는다.

그들을 죽이건, 가로막건, 따돌리건 모두 소립파가 신경 쓸 문제이지 자신들과는 무관하다는 생각이 든다.

금연화는 일령에게 휴식을 충분히 취하라고 말한 후 자신도 죽은 듯이 잠들었다.

'눈을 뜨면 아침이겠지. 어디쯤 가 있을까?'

그런 생각을 하다가 잠이 든 것 같은데…… 방금 전에 눈을 감은 것 같은데…… 그녀는 눈을 번쩍 떴다.

세상은 잠들기 전처럼 조용하다. 강물을 가르며 나아가는 소리만 철썩철썩 들려올 뿐 잠을 방해하는 소리도 없다. 그래도 눈이 떠진다. 묘한 긴장감이 그녀를 깨운다.

"완벽하게 포위됐어요. 빠져나갈 구멍이 보이지 않아요."

일령의 음성이 모습은 보이지 않은 채 들려왔다.

"포위?"

"천비대예요."

"뭣!"

잠이 확 달아났다.

"쉿! 음성을 낮추세요."

금연화는 창문가로 바짝 다가가 밖을 쳐다봤다.

날이 밝아오고 있다. 방금 잠들었다가 깬 것 같은데 누가 떠메가도 모를 정도로 깊은 잠이 들었었나 보다.

밖은 물안개가 짙게 깔려 있어서 한 치 앞도 보이지 않는다.

안력 대신 청각을 높였다.

스스슷! 차차차착……!

물 가르는 소리가 경쾌하게 들려온다. 비조선만이 낼 수 있는 소리다. 단정을 조여오는 비조선의 숫자는 대략 삼십여 척. 포위망이 완벽하게 구축되었다.

'어, 어떻게 이런 일이…… 소림파는 뭘 하고 있었단 말이야.'

이상하다. 그는 이 자리에 있지도 않다. 그가 어떤 일을 할 의무도 없다. 하나 일이 급박해지자 제일 먼저 그가 떠오른다. 속수무책으로 포위망에 걸려든 것이 모두 그의 탓만 같다.

지난밤에 몸을 가눌 수 없을 정도로 취했던 절혼마녀도 깨어나 창가로 다가왔다.

"이건 피할 수 없겠는데."

절혼마녀의 얼굴에 그늘이 드리워졌다. 하나 자신없는 표정은 아니었다.

"어떻게…… 말로 해볼 거야?"

"통하지 않겠죠?"

"눈으로 본 건 아니지만 적선서라는 요물까지 동원했다니까 아무래도 그렇겠지?"

"이 포위망…… 우리를 노린 것일 테고요."

"지금으로서는 그렇다고 봐야 할 거고."

"말은 통하지 않을 것 같네요."

"그럼 치는 거지 뭐. 기습은 두 배의 효과를 올릴 수 있으니…… 일령을 내게 넘겨. 일령과 내가 어떻게든 포위망을 뚫어볼 테니까, 기회를 봐서 빠져나가."

"그럴 수는 없어요. 같이 왔으니 함께……."

"이래서 자하부가 핍박받는 거라니까. 버릴 때는 버릴 줄 알아야 하는데. 날 데려온 건 이럴 때 써먹으려고 한 것 아냐? 여기서 모두 개죽음당할 거면 뭐 하러 나섰어. 단문협에 가.

가서 봐. 어떤 놈들이 혈귀대를 몰살시켰는지. 그리고 꼭 복수해. 동생 무공으로는 꿈같은 일이겠지만…… 어떻게든 해봐."

비조선들이 모습을 드러내기 시작했다.

배 한 척에 대여섯 명이 타고 있으니 어림잡아도 백오십여 명이나 된다. 한 명당 오십여 명씩을 꺼꾸러뜨려야 하는데 천비대의 무공 역시 녹록치 않으니 꿈도 꾸지 못할 일이다.

"일령, 너는 이제부터 나와 함께 죽는 거야. 알았지!"

스스스슥……!

일령이 신속하게 위치를 잡았다. 절혼마녀의 뜻을 짐작하고 기습하기에 가장 좋은 요처를 차지했다.

일검에 한 명, 운이 좋으면 두 명. 그래 봤자 네 명이다. 기습으로 거둘 수 있는 성과는 그게 최고다.

그때, 문이 덜컹 열리며 선원 한 명이 스르륵 스며들어 왔다.

'무공?'

'상당한 신법!'

선원이기에 공격하지는 않았지만 경계심이 자연스럽게 든다.

"돼지 오줌보에 익숙하다 들었습니다만."

'돼지 오줌보? 소림파?'

"시간이 없습니다. 빨리 준비하시기를."

사내는 금연화가 잠을 청하던 침상 밑에서 돼지 오줌보를 꺼내 아무렇게나 휙 던져 주었다.

공기를 불어넣지 않아서 납작하게 짓눌린 것이 흐물흐물거린다.

선원은 돼지 오줌보로 어찌하라는 말도 없이 침상 다리를 잡고 힘껏 잡아당겼다.

그가 여인들을 쳐다봤다.

"이놈의 돼지 오줌보와는 인연이 깊네."

절혼마녀는 돼지 오줌보에 공기를 불어넣은 후 입구를 단단히 봉쇄했다. 그리고 서슴없이 열려진 공간으로 몸을 들이밀었다.

침상 밑에는 몸을 숨길 수 있는 조그만 공간이 마련되어 있었다. 한 명, 몸을 바짝 붙이면 두 명까지는 숨을 수 있는 작은 공간이다.

"거기 밑에."

절혼마녀는 한편으로는 선원의 말을 듣고, 다른 한편으로는 그가 가리킨 쪽을 바라봤다.

그녀가 서 있는 발밑에 또 다른 통로가 있는 듯 문고리가 보인다.

"안으로 들어가면 고리를 걸어야 합니다. 반드시."

'고리를 걸어?

생각할 겨를이 없다. 지금 이 순간 천비대는 접선을 시도하고 있을 게다.

절혼마녀는 급히 문고리를 잡아당겼다. 뻥 뚫려진 공간, 한 사람이 간신히 기어 들어갈 만한 공간이 입을 쩍 벌리며 드러났다.

'소림파…… 대장부는 아닐 거야. 암굴도 그렇고 여기도 그렇고 좀 넓은 곳을 준비해 놓으면 오죽 좋아.'

절혼마녀는 망설임없이 구멍 안으로 몸을 들이밀었다.

쉭! 쉬익!

금연화와 일령이 일순간에 빨려 들어왔다.

절혼마녀는 모두 들어선 것을 확인한 후에 문고리를 잡아당겨 뚜껑을 닫았다.

사위가 칠흑같이 어두워졌다. 바로 옆에 금연화와 일령이 서 있지만 느낌만 있을 뿐 모습은 보이지 않는다.

'걸으라고 했는데……'

손을 들어 뚜껑 주변을 더듬어봤다.

무엇인가 손에 잡힌다.

'가죽 같은데 왜 이렇게 미끈거려?'

다른 손까지 필요하다. 한 손은 가죽을 잡았으니 걸 만한 곳이 어디 있는지 찾아야 한다. 고리를 건다? 그럼 가죽 반대편에 걸 만한 곳이 있을 텐데……

다른 손은 불룩 튀어나온 곳을 여러 곳 찾아냈다.

미끈거리는 가죽을 끌어당겨 차곡차곡 튀어나온 곳에 채

워 넣었다.

가죽에는 단추를 잠글 때처럼 고리가 만들어져 있어서 걸기는 어렵지 않았다.

후두두둑……! 후두둑……!

뚜껑 위로 무엇인가 떨어져 내렸다.

짐작컨대 그녀들이 위치한 곳은 배 밑바닥일 것 같다. 딛고 있는 나무를 부수면 바로 강물 속으로 빠질 게다.

여인들은 청각을 바짝 곤두세워 위쪽에서 벌어지고 있는 일을 탐지하려고 애썼다.

끼이익! 끄으으윽……!

무엇인가 긁히는 소리가 났다. 선원이 그랬던 것처럼 침상이 끌리는 소리다.

'천비대가 돌아갔나?'

아니다. 뒤이어 들리는 소리가 그녀들의 바람을 산산조각 냈다.

"아이고! 소인들이 죽으려고 거짓을 아뢰겠습니까. 수적(水賊) 놈들이 눈에 불을 켜고 있으니 이런 방도라도 강구해야지 별수있습니까요. 이건 저희의 목숨입죠. 무인님들이야 재물을 돌같이 보시니까 별일이야 없겠습죠?"

"들어내라!"

"예? 아니, 왜……? 아이고! 안 됩니다요. 이건 저희 목숨입

니다요.":

차앙!

"헉! 돼…… 됐습니다요. 가, 가, 가져가십쇼. 모, 모, 목숨만……."

"조용히 해라. 들어내!"

스륵! 촤라락!

위의 상황이 일목요연하게 정리되었다.

'우리가 들어섰던 공간을 무엇으로 채운 듯한데…… 들어낸단 말이지. 그럼 문고리도 눈에 띌 테고…… 차라리 기습하느니만 못하잖아. 이건 굴에 갇힌 생쥐 꼴이니.'

절혼마녀의 눈이 독광으로 번뜩이며 삭사를 꺼내려고 할 때, 금연화가 소곤거리는 목소리로 말했다.

"돼지 오줌보를 줄 때는 물과 연관있는 거 아녜요? 여기서 물을 찾을 곳은 바닥밖에 없는데, 바닥에 뭔가 있을 것 같은데요?"

"어서 빨리 찾아보자."

미세한 움직임이 어둠을 흔들었다.

"여기 뭔가 있어요."

일령이 모깃소리만한 음성으로 말했다.

"어! 여기도 뭔가 있는데?"

절혼마녀도 불룩 튀어나온 것을 찾아냈다.

"여기도……."

금연화도 같은 소리를 했다.

문고리 같은 것, 위에서 끌어 올리도록 되어 있는 것.

스륵! 촤아악!

위에서 들리는 소리는 급속히 가까워졌다.

"모두 잡아당겨 봐!"

실과 허를 뒤섞어놓은 것인지, 아니면 안배와는 전혀 다른 장치인지 모르지만 차분히 분간해 낼 시간이 없다.

세 여인은 일시에 고리를 잡아당겼다. 그리고 벌어진 일!

츄욱! 촤아아……!

바닥을 통해 손가락 굵기의 물줄기가 분수처럼 솟구쳤다.

물소리는 거의 들리지 않았다. 워낙 작은 구멍이다 보니 쏟아져 들어오는 물의 양도 많지가 않다.

"더 있을 거야. 더 찾아봐. 찾는 족족 열고."

절혼마녀는 말을 마치자마자 바닥을 더듬었다.

"거기는 안 됩니다요. 거기를 열면 배가 가라앉습니다요. 비, 비상용 탈출구. 탈출구입니다요. 제발 거기만은……."

무인들은 듣지 않았다. 약재를 꺼내고 빈자리에 들어선 무인은 수상쩍은 고리를 발견했고, 힘껏 잡아당겼다.

부욱!

나무 아래쪽에서 무엇인가 찢어지는 소리가 들리더니 뚜껑이 활짝 열렸고, 차디찬 강물이 걷잡을 수 없이 치솟았다.

"엇!"

무인은 깜짝 놀라 황급히 되닫았다. 하지만 강물은 뚜껑 틈 사이로 쉴 새 없이 스며들어 금방 가슴 높이까지 차올랐다.

탁! 쉬익!

무인은 바닥을 박차고 솟구쳐 올랐다.

"밑바닥입니다. 바닥에서 무엇인가 찢어졌는데……."

"뭔가?"

무인이 선주(船主)를 노려보며 말했다.

"말했잖습니까? 비상용 탈출구라굽쇼. 바닥에는 물이 스며 들지 말라고 상어 가죽을 대봤습죠. 그걸 찢어버리셨으 니…… 지금 배를 수리하지 않으면 가라앉고 맙니다요. 제발 배라도 수리하게 해주십쇼."

"수리해라."

선주는 말이 떨어지기 무섭게 선원을 다그쳤다.

"빨리, 빨리! 배가 가라앉는단 말이야! 빨리 움직여!"

무인들은 침중해졌다.

뚜껑 밑에다 대놓은 가죽이 멀쩡했다면…… 누가 위에서 열고 내려가지는 않았다는 말이 된다. 비상용 탈출구는 있지 만 탈출한 사람은 없는 것이다.

"귀신이 곡할 노릇이군. 가자!"

무인들은 나타날 때와 마찬가지로 쾌속하게 사라졌다.

"푸웁! 후우!"

그녀들은 거친 숨을 몰아쉬며 한 명씩 뱃전으로 올라왔다.

그녀들이 다 올라온 후 선원 몇 명이 강물 속이나 다름없는 배 밑바닥으로 뛰어들었다.

그들이 뚫린 밑창을 잘 막았는지 배를 집어삼킬 듯 솟구치던 물줄기가 뚝 멎었다.

"눈치채셨겠지만 천비대가 다녀갔습죠. 제 눈으로 확인한 다음에야 믿는 족속들이라서…… 저희 배는 얼마 가지 못합죠. 워낙 영악한 놈들이라 금방 눈치채고 다시 올 겁니다요."

선주를 유심히 관찰했다.

아무리 봐도 평범하다. 선원들 중에는 무공을 수련한 것으로 보이는 자가 몇 명 있기는 한데, 선주는 전혀 티가 나지 않는다. 소림파처럼. 아니면 정말 무공을 수련하지 않은 평범한 사람이거나.

"조금 있으면 절벽 바위가 나오는데, 거기까지만 안내합죠. 마차가 준비되어 있으니 편히 쉬면서 가실 수 있을 겁니다요."

"마차라고 했어요?"

금연화가 아미를 상큼 추켜올리며 물었다.

"마차도 팔두마차입죠. 안락하고 폭신한 침상도 준비되어 있고……."

"무슨 수작이지?"

"예, 예? 수, 수작이라뇨?"

"정말 기분 이상해지네. 석해진에서는 우리로 가장한 여자들이 비조선을 탈취하여 사라졌어. 그때는 천비대의 이목을 따돌리는 것이라고 생각했는데…… 아니었어. 오히려 천비대의 이목을 끌어당기려는 거였어. 그렇지 않고서야 이렇게 족집게처럼 포위당할 리 없지."

"무, 무슨 말씀을 하시는지……."

"말을 듣는 게 아니었어. 내가 잘못 판단한 거야. 우린 석해진에서 내리지 말았어야 했어. 적선서인가 뭔가 하는 요물도 너희가 지어낸 말 아냐?"

"그럴 리가요. 천비대는 분명 적선서를 열두 마리 가지고 있습죠. 그중 다섯 마리를 천비일조가 소유했고. 잘은 모르겠지만 나머지 일곱 마리도 곧 배달될 것이라는 정보가 있었습죠만."

"뭐야! 일부러 알리고 숨겨주고. 이제는 팔두마차로 이목을 한껏 끌어당기겠다 이거지. 적선서가 뒤쫓아온다면서 잔뜩 겁을 주고는 또 숨겨주겠지? 무슨 수작이야. 뭐 하는 짓거린지 똑바로 말하지 않으면 한 놈도 살아나지 못할 줄 알아."

"화를 누르시고. 저희 배웅이 섭섭하셨다면 원하시는 대로 가셔도 좋습죠. 이 배를 내놓으시라고 하시면 드릴 용의도 있습죠. 비조선을 원하시면 비조선을, 말을 원하시면 말을. 말씀대로 해드릴 용의가 있습죠."

"동생, 내가 말을 할게. 화 좀 가라앉혀. 이봐요, 사람이 일을 할 때는 이유가 있는 법이에요. 제가 생각해도 번잡한 일들이 사태를 더욱 어렵게 만든다고 생각되는데, 이유가 있나요?"

절혼마녀가 차분한 어조로 물었다.

"여기서 그분 말씀을. 그분 왈(曰), 장강은 이쪽이든 저쪽이든 넘을 수 없는 철옹성이다. 평시에도 항상 천라지망이 펼쳐져 있는 곳이다. 하나 천비대의 추적을 뿌리치고 단문협에 들려면 장강을 넘는 수밖에 없다."

"또 구슬리는 건가요?"

"말씀을 끝까지. 헤헤, 철옹성을 어떻게 넘을 것인가? 굳건한 제방도 미세한 균열로 무너지듯 흠집을 내야만 한다. 밀고 당기고, 밀고 당기고. 잡힐 듯하면서도 잡히지 않는 거리를 유지해야 한다. 그런 상태에서 장강까지 가면 원래 펼쳐져 있는 천라지망과 천비대가 펼친 천라지망이 충돌하며 균열이 생긴다. 전 여기까지만 말씀을 들었습죠."

"그 사람 뭐죠?"

"예?"

"그 사람이 무슨 집단의 우두머리라도 되나요?"

"무슨 말씀을."

선주는 가당치도 않다는 듯 손사래를 쳤다.

"무림 쪽 일은 잘 모르지만 그분이 어느 집단을 만들었다는 이야기는 금시초문입죠. 아! 우리 때문에 그런 생각이 들 만도 합죠만…… 헤헤, 요즘 세상은 돈이면 귀신도 부릴 수 있습죠. 하룻밤 동안 조금 수고하고 조금 연극하면 배 한 척을 양도받기로 했는데, 그만하면 천비대가 아니라 북검문주가 와도 거짓을 아뢸 수 있습죠. 헤헤."

절혼마녀는 더 이상 추궁하지 않았다.

의혹이 완전히 풀린 것은 아니지만 소립파가 나쁜 행동을 한 것은 없지 않은가. 번잡스럽고 마음이 조마조마하지만 피할 길은 항시 마련해 주었고.

그냥 믿어보자는 생각이 들었다.

동원된 많은 사람들이 단순히 돈 때문에 움직였다고는 생각되지 않는다. 물론 돈도 쓰였다. 하지만 돈 이외의 것 때문에 움직였을 공산이 훨씬 크다.

혹, 강성한 무력에 눌려 지하로 숨어든 사람들, 마인들이 서로를 돕고 있는 것은 아닌지.

소립파가 어느 집단의 우두머리일 가능성은 몹시 낮다. 마공을 수련한 마인들은 뭉치면 죽고 흩어져야 산다. 두 사람만 뭉쳐 다녀도 당장 북검문이나 남도문의 주목을 받게 되고, 추살당하는 게 현실이다.

"절벽 바위라는 건 어디쯤에 있는 거죠?"

절혼마녀가 몸에 붙은 물기를 털어내며 말했다.

第七章

환공연(還空然)
―돌아와 향을 피우다

1

　부모가 눈앞에서 죽어도 눈썹 한 올 깜짝이지 않는 사람이라면 참으로 냉혹하다 할 수 있다. 끔찍이 사랑했던 처가 간살을 당해도 차를 마시듯 담담한 표정을 유지했다면 지독한 자라고 말할 수 있다. 자식들의 비통한 울부짖음을 분기없는 얼굴로 마주할 수 있다면 인간의 감정이 말살되었다고 할 것이다.

　천수공자(千手公子) 석녕(石寧)이 그런 사람이다.

　북검문은 그에게 천비대주라는 직위를 주었다.

　그는 감정을 죽인 것으로도 모자라서 혼까지 잃어버렸다. 그가 살아 있는 것은 명령을 이행하기 위함이다. 그가 사는 목적은 명령을 받기 위해서다.

그런 그도 왕으로 군림할 때가 있다. 자신이 명령을 받드는 도구에 불과하듯이 수하들도 그러기를 원했다. 거역하거나 무능력한 자는 결단코 용서하지 않았다.

그가 의자에 앉아 손마디 관절을 두둑 소리 나게 꺾었다.

"대주, 저희는⋯⋯."

"추혼."

나직한 음성이 울리자 추혼검수는 말을 뚝 그쳤다.

"적선서는?"

"보고⋯⋯ 드린 바와 같이."

"넌 손발이 죽었는데도 용케 서 있군."

"용서를!"

쒜엑!

장검이 시퍼런 한광을 토해내며 허공을 갈랐다.

피분수가 솟구쳤다. 추혼검수의 왼팔이 싹둑 잘려 나가 바닥에 나뒹굴었다.

추혼검수는 지혈할 생각도 하지 않고 피가 묻은 검을 가슴으로 당기며 검례를 취했다.

"물러서."

나직한 음성은 너무 고요해서 동요라는 것을 모르는 듯했다.

추혼검수는 한 발 뒤로 물러섰다.

'끝났군.'

추혼검수는 자신의 운명을 예감했다.

물러서라는 말은 조장으로서의 직위를 박탈하겠다는 뜻이다. 다른 조장들과 어깨를 나란히 할 자격이 없다는 뜻이다. 이런 경우, 추적이 끝나 북검문에 돌아가면 천랑대로 내침을 당한다. 지금까지 단 한 명도 예외가 없었다.

"석해진에서부터 금파(金巴)까지 강을 봉쇄해. 그 정도는 할 수 있겠지? 자신없으면 말하고."

"존명!"

추혼검수는 다시 한 번 검례를 취해 보인 후 뒤돌아섰다.

"옥면."

나직한 음성은 육조장 옥면검수(玉面劍手)에게 향해졌다.

"조처를 받듭니다."

옥면검수의 음성도 추혼검수만큼이나 침통했다.

"현재 위치는?"

"......"

"모르나?"

"반 각 내로 보고드리겠습니다."

"파암, 네가 맡아."

"존명!"

이조장 파암검수(破巖劍手)가 포권지례(抱拳之禮)를 취했다.

"적선서 일곱 마리를 준다. 끝내."

"존명!"

"옥면, 넌 기회가 한 번 있었지?"

"⋯⋯."

"눈앞에 있는 것도 보지 못하는 눈을 뭐 하러 달고 다니나."

옥면검수는 손가락을 들어 위 눈꺼풀 속에 푹 찔러 넣었다.

피가 튀었다. 손가락은 눈 속을 파고든 다음에도 몇 번을 꿈틀거렸고, 기어이 눈알을 뽑아내고야 말았다.

"보고도 보지 못한 눈, 바칩니다."

"물러서."

옥면검수는 한 발 뒤로 물러섰다.

"석해진에서부터 점안(點鞍)까지 육로를 봉쇄해. 또 보지 못할 것 같으면 말하고."

"존명!"

옥면검수는 명을 받자마자 추혼검수처럼 뒤돌아섰다.

천수공자는 패배자를 누구보다도 보기 싫어한다. 얼굴을 맞대고 마주 서 있는 것조차 역겨워한다.

"말해봐."

천수공자의 눈길이 팔조장 분섬검수(分閃劍手)에게 향해졌다.

분섬검수는 즉시 입을 열었다.

"수묘총감의 자취를 잡아내지 못했습니다. 칠백마흔두 가지의 추적법을 사용해 봤습니다만, 어느 것에도 걸려들지 않았습니다."

"……"

"수묘인에 대한 정보도 찾지 못했습니다. 인상착의조차 확보하지 못한 상태입니다."

"사나흘이면 충분하다며?"

"죄송합니다."

"천비대가 영 말이 아니군. 이건 분섬 잘못이라고 할 수 없겠지. 놈들이 영악한 거야. 오랜만에 신경이 곤두서. 괜찮은 놈들과 부딪친 것 같아서 소름이 돋아. 분섬, 손 떼고 천라지망에 합류해."

"존명!"

"요명, 자하부 계집들과 부딪친 자들, 모두 잡아들여. 눈길만 마주친 자도 빠짐없이."

"존명!"

삼조장 요명검수(窈冥劍手)가 잔인한 미소를 배어 물며 명을 받들었다.

하루라도 피를 보지 않으면 좀이 쑤시는 인간, 그래서 추적보다는 추살을 더 좋아하는 인간이 명을 받았다. 여차하면 죽여도 좋다는 무언의 암시다.

요명검수의 손길이라면 절반가량은 초주검되어 끌려올 것

이고, 절반쯤은 죽은 시신이 되어 가둬질 것이다.

"모두들 제자리로 돌아가. 담당 구역을 통과했다는 소식이 들리지 않기를 바란다. 파암 선에서 끝나겠지만…… 어쩐지 기분이 좋지 않아. 파암이 연락하면 곧바로 천라지망을 좁히도록 해. 명심하도록. 천비대 십조가 총동원된 예는 단 한 번도 없었다는 것을. 오늘은 천비대 역사에 오점이 남는 날이야. 절정고수를 상대하는 것도 아니고 하찮은 계집들 때문에. 가봐."

쉬익! 쉭……!

열 명의 사내는 눈 깜짝할 사이에 사라졌다.

천수공자는 모두가 사라진 후에도 의자에서 일어나지 않았다.

"어떻게 보나."

그의 말이 끝나자마자 천장에서 다섯 명이 뚝 떨어져 내렸다.

하나같이 기도가 날카로워 한 자루의 검을 연상시키는 사내들이다. 그 속에서 유독 한 사내만이 문약했다. 바람이 불면 훅 날아가 버릴 듯 가냘파서 무인들 사이에 있을 사람으로는 보이지 않았다. 의복도 서생(書生)이 즐겨 입는 유삼(儒衫), 병기를 지니지 않았지만 설혹 지녔어도 무인으로 생각할 사람은 없을 것 같다.

"임기응변이 아니라 잘 짜여진 계획이죠."

문약한 사내가 말했다.

천비대 조장들과는 달리 천비대주를 어렵게 여기는 말투가 아니었다. 그렇다고 무시하지도 않았다. 상대를 존중하면서도 자신도 존중하는 특이한 말투였다.

"근거는?"

"적선서를 몰살시킨다는 게 쉬운 건 아닙니다. 딱 하나, 극한의 한빙지지(寒氷之地)만이 가능한데 딱 그곳으로 끌고 갔어요. 우연의 일치처럼 보이지만 절대 아니죠. 처음부터 적선서를 염두에 두고 들어갔던 거예요."

"머리가 뛰어난 놈이란 뜻이군."

"권수를 감쪽같이 넘었어요. 동혈까지 가는 데 하루를 따돌렸고, 직강 사건, 석해진 사건. 재미있는 자라고 생각지 않으시는지. 천재를 우롱할 만한 자인 것만은 틀림없죠."

"만박선생(萬博先生), 놈과 그대를 비교하면?"

만박선생이라고 불린 자, 문약한 서생은 눈웃음만 흘릴 뿐 대답하지 않았다.

"후후! 비교할 대상이 아니란 건가? 자하일봉이 어떻게 그런 자를 알게 됐는지 모르겠어. 자하부에 틀어박혀 문밖 출입을 일절 하지 않던 계집인데 말이야."

"아는 것이야 쉽죠. 금연화가 수묘인을 찾은 것이 아니라 수묘인이 금연화를 찾았다면 더 쉽죠."

"놈이 자하일봉을 찾았다?"

"무엇 때문에? 이 부분이 모호한데, 아무래도 혈귀대주와 모종의 연관이 있지 않을까요?"

"혈귀대주와 연관있다…… 잡아보면 알겠지. 그래, 보자…… 놈은 흔적조차 남기지 않고 사라졌어. 용모조차 파악되지 않은 상태고. 그렇다고 놔둘 수는 없고. 어떻게 잡을까?"

"놀리시는군요. 이미 수중에 쥐고 계시면서. 대주께서 나섰다면 자하부 여자들쯤이야 벌써 잡았을 거 같은데요? 그자가 대주의 마음까지 고려해서 중간에 빠진 거라면…… 후후후! 전 정말 괜찮은 자를 만난 거고요."

천비대에는 천비대주만이 아는 고정 간자(間者)들이 있다. 그들은 중원 전역에 분포되어 있으며, 어떠한 경우에도 신분을 드러내지 않는다. 설혹 북검문이 멸문하는 경우가 생기더라도.

그들이 하는 일은 무림 인사 동향 파악과 정보 전달이다.

그들은 밤낮으로 눈을 밝히고 있고, 외부인의 출입은 무인 여하를 떠나서 철저히 감시한다.

한마디로 사람을 만나는 일이 생긴다면 벌써 천비대의 이목에 걸려들었다고 봐도 좋다.

이들은 나무처럼 한 자리에 뿌리를 내리고 있기 때문에 '목서(木鼠)'라고 불린다.

세상 사람들이 전혀 알지 못하는 천비대의 뿌리인 셈이다.

자하부 세 여인의 동향은 석해진에 들어서면서부터 파악하고 있었다. 그들이 누구를 만났고, 어디로 갔는지 소상히 파악하고 있다. 그럼에도 천비대를 계속 움직이고 있는 것은 주막에서부터 종적이 끊어진 자, 수묘인을 찾아내기 위함이다.

그자는 신경이 쓰인다.

천비대주만이 접할 수 있는 비밀 정보망에도 걸려들지 않고, 천비십조의 추적에서도 빠져나갔다. 수묘인뿐만이 아니다. 세 계집을 도와주었던 마을 사람들도 흔적없이 사라졌다. 수묘총감이 사라진 것처럼.

석해진에서 계집들을 도와주었던 주루의 꼬마 계집과 배를 태워준 선원들의 뒤를 밟고 있지만 그들이 누구와 연결되어 있는지 알아내기는 쉽지 않을 것 같다.

이건 예감이다.

천비대조차 파악하지 못했던 거대 조직망이 존재했다니 놀랍지 않은가.

수묘인을 잡아야 한다. 아무래도 이번 일의 핵심에는 수묘인이 있을 것 같다. 그를 잡으면 감자 캐듯이 줄줄이 엮일 인간들이 수백 명은 넘을 것 같다.

북무림에서 이런 일이 벌어지다니.

자하부 계집이 단문협에 가는 일도 막아야겠지만 수묘인을 잡는 일도 그것 못지않게 중요하다.

천수공자는 의자 깊숙이 몸을 묻었다.

"재미있나 보군."

"천비대주의 행동을 낱낱이 예측하는 인물. 당연히 재미있죠. 그건 천비대를 잘 알고 있다는 말이니까요."

"내가 염려하는 것은 만에 하나 놓칠 경우야."

"그럴 일은 없을 겁니다. 강을 타고 내려왔으니 단문협에서는 더욱 멀어진 셈. 이런 경우는 딱 하나뿐이죠. 다시 육지로 올라와 천비대의 추적을 받을 일이 있나요? 그냥 강을 타고 내려가 장강을 넘으면 남무림. 남무림 사람들은 자하부 계집을 모를 터이고. 가는 길을 알고 있으니 길목을 차단하는 것쯤이야."

"장강을 넘는단 말이군. 확실히 대담한 발상이야."

"충고를 드려도 될지."

"해봐."

"추혼, 옥면에게 한 번 더 기회를 주시기를. 분섬도 정보 파악에 실패해서 불안해할 텐데, 그에게도 기회를 주셨으면 하는 바람인데…… 역시 무리한 충고였나요?"

"이유는?"

"이대로라면 파암도 실패할 가능성이 높다라는 것이 제 판단입니다만."

"적선서 일곱 마리로도 안 된다고 보나?"

"대주께서는 된다고 생각해서 주셨는지."

"후후후! 능구렁이가 따로 없군. 적선서 다섯 마리를 간단히 얼려 죽인 놈인데 앉아서 당하지는 않겠지. 다섯 마리에 대한 대응책이 있다면 일곱 마리도 대응책을 마련해 놨을 테고. 그런데…… 이유가 그것뿐인가?"

"또 있습니다만. 천비십조 중에서 사조가 빠져나간 천라지망은 아무래도 여유가 없어서. 수묘인이 모습을 드러낼 시기가 장강 근처에 도착할 무렵일 것 같은데, 천비대가 펼친 천라지망과 장강 수비 무인들의 영역이 겹쳐지면 혼란은 필연이고."

"음……! 그렇겠군."

"단문협으로 가니 뒤로 빠지지는 않을 것. 차라리 후방을 완전히 열어버리고 반원 형태로 천라지망을 구축하심이 좋을 듯하군요. 추혼, 옥면, 분섬. 모르긴 몰라도 눈에 불을 켤 겁니다."

"아까 한 말은 나도 동감한다. 놈이 혈귀대주와 연관있을 거라는 추측. 아마도 놈은 내 행동까지도 염두에 두었을 거야. 다시 말해서 그대는 심심하지 않은 상대를 만났다는 뜻이겠지."

"저보고 개입하라는 말씀이신지."

"개입해 줘야겠어."

만박선생과 함께 있던 네 사내의 눈가에 이채가 번뜩였다.

"송구한 말씀이나 닭 잡는 데 너무 큰 칼을 쓰신 것 아닌지."

"그렇게 생각해?"

천비대주가 만박선생에게 물었다.

"천비대의 이목을 가리고 근 오십여 명이나 되는 사람을 움직였다는 건 보통 능력이 아니죠. 그만한 능력이라면 오십 명이 아니라 오백 명도 움직일 수 있을 것. 당금 무림에 그만한 능력을 가진 사람이 누가 있을까요?"

"후후! 맞아. 아무리 천비대라고 하지만 무지렁이들까지 감시할 수는 없는 법이지. 무공도 변변치 않은 자들이 천비대의 추적을 뿌리치고 감쪽같이 사라졌어. 객잔에서 권수에 북검문이 진 치고 있다는 사실을 말해준 놈들, 직강에서 배를 마련해 준 놈들, 그들 중 단 한 명도 잡지 못했어."

천수공자가 눈가에 독광을 떠올리며 말했다.

"천비대의 능력이 떨어진 건 아니죠. 지피지기(知彼知己)면 백전불태(百戰不殆)라. 천비대를 잘 알고 있다면 가능한 일이에요. 천비대가 무공도 변변치 않은 자들을 잡지 못한 건, 추적의 고리가 끊어진 것. 이건 그들 중에 은신 추적의 달인이 존재한다는 뜻이죠. 사라진 자들을 어디에서도 찾을 수 없다는 건 그들이 사람 사는 마을에 얼씬하지 않았기 때문인데, 그렇다면 목서의 존재도 드러난 건가요? 더욱 주목할 점은 이 모든 게 한 사람 머리에서 생각되고 주도되었다는 거죠. 전 그자가 수묘인이라고 생각해요."

"할 말 있나?"

천수공자가 네 사내를 쳐다봤다.

네 사내는 아무 말도 하지 못했다.

"파암이 실패하면 적선서를 거둬가게. 내가 앞을 막을 테니 자네는 뒤를 몰아."

"당연한 말씀."

만박선생은 웃었다.

2

웬만한 사람들은 이두마차를 사용한다. 돈 많은 부호나 명망있는 사람들은 사두마차를 애용한다. 팔두마차는 장상(將相)이나 일개 성(城)을 뒤흔드는 대부호가 아니면 타지 못한다.

절혼마녀는 팔두마차를 한 번도 타보지 못했다. 금연화의 경우에도 비슷하다. 자하부에서 사용하는 마차는 사두다. 팔두마차는 한두 번 얻어 타본 적이 있지만 쉽게 탈 수 있는 마차는 아니다.

서 있는 것만으로도 사람들의 이목을 단숨에 끌어당기는 팔두마차가 절벽 바위 위에서 대기하고 있었다.

"건장한 놈들이네."

절혼마녀가 말의 갈기를 쓰다듬으며 말했다.

역동하는 근육을 탐스럽게 드러낸 말 여덟 필은 누가 봐도 쉽게 찾아볼 수 없는 명마다.

마차도 컸다. 웬만한 집 한 채를 고스란히 얹어놓은 듯 화려함과 묵중함이 혀를 내두르게 만들었다.

"확실해졌네요. 수묘인이 아니란 건."

"아직도 수묘인 타령이야?"

절혼마녀가 쓰게 웃으며 마차에 올랐다.

그런데…… 막 마차에 발을 올려놓으려던 절혼마녀의 행동이 뚝 멎었다. 시간이 정지된 것처럼, 세상이 멈춘 것처럼.

"다, 당신……!"

절혼마녀의 행동에서 이상함을 느끼지 않는다면 말이 안 된다.

금연화는 어깨 너머로 마차 안을 들여다봤다.

"엇! 너, 너……!"

금연화도 말문이 막혔다. 할 말은 많은데 머릿속이 텅 비어 아무 말도 떠오르지 않았다.

마차 안에서 묵직한 음성이 들려왔다.

"초면도 아니고…… 타지 그래."

소립파, 그였다.

두두두두두……!

팔두마차는 힘차게 질주했다.

마차는 쏜살같이 치달려 나갔다. 너무 커서 과연 움직일 수 있을까 하는 의문을 기우로 돌리려는 듯.

안은 겉모습처럼 화려했다.

앉아서 다과를 즐길 수 있는 탁자와 의자가 구비되어 있고, 뒤쪽으로는 따로 문이 설치되어 있다.

앞뒤 두 칸으로 분리되어 있는 마차다.

"안에 경장(輕裝)을 준비해 놨는데 갈아입지."

"자상하기도 하시지. 이제는 여자 옷까지 준비해 준다 이거야?"

절혼마녀가 툴툴거렸다. 하나 그녀의 음성이 많이 밝아진 것으로 보아서 소립파의 등장이 싫지는 않은 것 같았다.

"모두 갈아입어. 이유가 궁금하면 역지사지(易地思之)를 해 보고. 신분의 귀천을 따지는 사람들인가? 아니면 결벽증 같은 것이 있거나."

"그렇지는 않아. 왜 묻는 거지?"

소립파의 물음이 금연화를 지적한 것 같아서 대답도 그녀가 했다.

"시간이 없어서. 안에 욕탕을 준비해 놨는데, 옷 갈아입기 전에 목욕을 하도록 해. 서둘수록 좋으니까 모두 함께 들어가. 발끝부터 머리끝까지 물을 적시되, 최소한 일 다경은 머물러."

"냄새를 지우려는 거야?"

소립파는 감정없는 얼굴로 고개를 끄덕였다.

"시마는 어디 있어? 그 영감이 안 보이네?"

"큰 도움이 될 사람인데…… 서로 감정이 좋지 않으니 떼어놓고 왔다. 마공을 수련한 것이 그렇게 큰 죄인가? 도움을 주려는 사람까지 죽이려고 할 만큼?"

"안 되겠네. 잘해보려고 했는데."

절혼마녀가 고개를 살래살래 흔들었다. 그러더니 느닷없이 앙칼진 음성이 터져 나왔다.

"너, 이 새끼! 녹혈마공이 어떤 건지나 알고 하는 소리야! 그런 작자와는 같이 호흡한 것조차 역겨워. 알아들어!"

소립파는 절혼마녀를 뚫어지게 쳐다봤다. 그러더니 가볍게 고개를 두어 번 내저은 후 말을 꺼냈다.

"설명할 필요는 느끼지 못하겠다. 가는 길이 너무 다르니……. 그냥 잠자코 따라오던가 아니면 여기서 헤어지자. 장담하건대 여기서 흩어지면 한 시진도 되지 않아서 병기를 휘둘러야 될 거야."

"이러는 목적이 뭐지? 돈 때문은 아닐 테고 솔직히 말해주겠어?"

금연화가 물었다.

"분명한 건 단문협까지 데려다 준다는 거야. 약속한 거니까. 그리고 거기서 우린 헤어진다. 서로 완전한 남남이 되는 거지. 됐나?"

"혹시…… 그 사람하고 연관있어?"

"……."

"혈귀대주. 도움을 받았다거나, 숨겨놓은 사람이라거나."

소립파는 피식 웃었다.

완전한 부정이다. 하기는 정파의 태두로 부각된 북검문에서도 가장 치열한 전투조였던 혈귀대의 대주가 마공을 수련한 자들과 인연을 맺었을 리 없다.

혈귀대주에게 마인은 척살의 대상일 뿐이다.

"화내서 미안해. 당신 말대로 도와주려는 건데. 하지만 나도 하나만 물어. 당신…… 도대체 어떤 무공을 수련한 거야? 내 무공도 약하지 않다고 생각하는데, 도저히 기감을 살필 수 없어. 그렇게 강한 거야?"

천변만화, 절혼마녀는 언제 화내고 언제 막말을 했나 싶게 부드러운 여인으로 되돌아왔다.

소립파는 고개를 살래살래 흔들었다.

"거짓말 말고 말해봐. 어떤 마공을…… 아니다. 여러 소리할 것 없고, 당신이 시마 제자라고 해도 어쩌지 않을 테니까 말해봐. 녹혈마공을 수련했다고 해도 가만있을게. 당신 무공 정도면 우리 같은 건 겁낼 필요도 없잖아."

"난 무인이 아니다."

"풋!"

절혼마녀는 비웃음을 토해냈다.

소립파는 절혼마녀를 물끄러미 쳐다보다가 손목을 내밀었다.

절혼마녀도 소립파를 쳐다봤다. 얼굴을 쳐다보다가 손목으로 시선을 주었다가……. 그러다 생각을 굳혔는지 네 손가락으로 완맥을 지그시 누르고 눈을 감았다.

"으음……!"

절혼마녀의 입에서 신음 소리가 새어 나왔다.

"이제는 믿겠나?"

"겨, 경맥이 이렇게 굳어 있으면……."

"움직이는 데는 이상없으니까 이상한 눈으로 쳐다보지 마. 그럼 대화는 이것으로 충분한 것 같고. 목욕이나 하지 그래."

절혼마녀는 소립파를 물끄러미 쳐다보다가 몸을 일으켰다.

"언니, 도대체 어떤 상태예요?"

"……."

"언니!"

"응…… 응?"

"무슨 생각을 하기에…… 도대체 어떤 상태예요? 저 사람."

"훗! 경맥이 육십 노인처럼 굳어 있었어."

"유, 육십 노인?"

"무공을 수련하지 않은 사람이라면 경맥이 굳어가는 건 필연인데…… 너무 굳어 있었어."

"선천적이라는 말이네요?"

"이상한 건…… 무공도 수련하지 않은 사람인데, 내가 꼼짝 못했다는 거야. 권수에서 있었던 일, 기억나?"

"환희마소."

"환희마소인지 뭔지는 모르지만 꼼짝할 수 없었어. 또 있어. 동굴에서 그 수공. 우리보다 훨씬 뛰어나지 않았어? 분명히 무공을 수련한 사람의 몸놀림이었는데. 등을 가격한 것도…… 타격은 없었지만 진기를 조절한 흔적이 역력했고…… 아니, 무공을 수련하지 않은 사람이 그렇게 찬물에서 우리조차 견디기 힘든 압력을 견뎌내고 도움까지 줬다는 게 믿어져?"

"마령음도 있었잖아요. 언니와 시마가 싸우려고 할 때, 일갈을 내질러 진기를 무력화시킨. 그럼 그것도 마령음이 아니란 거예요?"

"몰라…… 저 사람, 도대체가 수수께끼 아닌 게 없네."

절혼마녀는 욕탕 속으로 머리를 푹 집어넣었다.

탕에서는 은은한 향기가 풍겼다.

욕탕 바닥에는 이름 모를 풀이 잔뜩 깔려 있는데, 풀에서 배어 나온 향기인 것 같다.

물빛마저 짙은 갈색으로 변색시킨 풀.

냄새를 없애는 목적이 아니라 단순히 목욕을 할 때 사용해도 좋을 풀이다.

여인들은 소립파가 말한 대로 일 다경가량 탕에서 머물렀다. 그리고 소립파가 준비해 놨다는 옷을 입고자 했다.

"이, 이 사람…… 언제 날 안아보기라도 한 거야."

소립파가 준비해 놓은 것은 경장뿐만이 아니다. 고의(袴衣)를 비롯해서 유조(乳罩)까지 완벽하게 준비되어 있었다. 그것도 크기까지 딱 맞으니 기가 막힐 노릇이지 않은가.

석해진에서처럼 낯모르는 여인들이 마차를 탔다.

그녀들은 미리 약조라도 해놓은 듯 거침없이 안으로 들어와 옷을 훌훌 벗었다.

"누가 금 소저예요?"

"나."

"옷 벗어놓은 건 어디 있어요?"

"저기."

말을 건넨 여인은 금연화가 차곡차곡 개어놓은 옷을 입었다.

여인들이 가장 껄끄러워하는 것 중에 하나가 남이 입었던 속옷을 입는 것이다.

낯선 여인들은 개의치 않았다. 속옷부터 입기 시작해서 무복까지 눈 깜짝할 사이에 주워 입었다.

"어느 분이 절혼마녀……."

"나야. 저기 있어. 내 걸 입으려고?"

"일령이세요? 옷은……."

"저예요. 저기 있어요."

놀랍게도 마차에 탄 여인들의 체형은 세 여인과 똑같았다.

"확실히 이건 단순한 일이 아냐. 저 사람…… 뭘 하는 사람인지는 몰라도 무서운 사람인 것만은 틀림없어."

절혼마녀가 뒷모습만 봐서는 자신과 한 치도 틀림없는 여인을 쳐다보며 말했다.

"이런 마차를 준비한 것도 그렇고…… 하는 일도 그렇고…… 됐어요. 내가 저 사람을 불렀든, 저 사람이 내게 왔든 상관없어요. 단문협까지만 가면 되니까요."

금연화는 호기심을 접은 듯했다.

낯선 여인들이 팔두마차를 타고 사라졌다.

금연화 일행은 중도에서 내려 뿌연 먼지를 일으키며 멀어져 가는 마차를 멀뚱멀뚱 쳐다봤다.

"걱정 마. 저 여자들…… 무사할 테니까."

"당신이 그렇다면 그런 거겠지."

절혼마녀도 이제는 소림파를 경계하지 않았다.

"우린 배를 타야 해."

"또?"

"적혈구에서 장강을 건너야 하니까."

"그 말, 빈말이 아니었어?"

"가지. 일 다경 정도만 걸으면 돼."

소립파가 먼저 걷기 시작했다.

준비된 배는 예상했던 대로 비조선이다. 하나 세 여인은 배에 선뜻 올라서지 못했다.

노를 잡고 있는 노인들의 모습이 심상치 않다.

우선 뼈만 남은 몰골이 거부감을 일으킨다. 웬만큼 마른 사람도 살은 있기 마련인데, 이건 아예 뼈에 가죽만 씌워놓은 것 같다. 팔다리만 앙상한 것이 아니라 몸도, 얼굴도 가죽만 덧씌워져 있다.

"호, 혹시…… 고루쌍마(骷髏雙魔)?"

"크크크! 계집애가 안목이 넓군."

"이십 년 만에 모습을 보였는데 알아보는 인간이 있다니. 하긴 이 몰골로는 천 년이 지나도 알아보겠지. 크크크!"

'이, 이 인간들이!'

'맙소사! 이런 괴물들이!'

지금과 같은 상황이 아니었다면 금연화도 검을 뽑았을 게다.

고루쌍마…… 이들은 인간 세상에 존재해서는 안 되는 대흉인(大凶人)들이니까.

"타지."

소림파가 먼저 배에 올랐다.

第八章

풍로교(風露交)
—바람과 이슬이 엇갈리다

1

　고루쌍마의 비쩍 마른 팔에서 엄청난 괴력이 쏟아져 나왔
다.

　노가 강물에 잠겼다가 모습을 드러낼 때마다 비조선은 삼
사 장씩 쑥쑥 밀려 나갔다.

　일령은 도움이 될까 하는 심정에서 남은 한 단의 노를 잡으
려다가 핀잔만 얻어먹었다.

　"속도를 맞출 수 있으면 잡고 아니면 집어치워!"

　일령으로서는 엄두가 나지 않았다. 더군다나 고루쌍마는
내력이 무궁무진한지 한시도 쉬지 않고 노를 저어댔다.

　팟! 쓰으윽! 팟! 쓰으윽⋯⋯!

말을 타고 달린다고 해도 이보다 빠를 수 있을까?

주위 경물이 순식간에 휙휙 바뀌었다.

소립파의 모습은 도살장에 선 도부처럼 비정함이 줄줄이 흘러나온다. 밑으로 착 가라앉은 기운, 숨을 쉴 수가 없다. 초상승 고수가 내뿜는 기도에 주눅이 들어 사지가 떨린다고 해야 하나?

'환희마소, 마령음에 이어서 이제는 눈빛인가? 이건 뭐야? 눈빛 하나로 만 기(萬氣)를 제압한다는 만공심안(滿空心眼)이야? 무공도 모른다는 사람이 전설을 총동원하는 건가?'

절혼마녀는 술 마실 생각을 하지 못했다. 금연화도 묵묵히 주위 경관만 쳐다보았다. 일령은 금방이라도 검을 뽑을 듯이 팽팽한 긴장 속에서 숨을 죽였다.

"화광(火光)!"

소립파가 꽉 다문 입을 열었다.

고루쌍마가 배를 멈췄다. 그리고 품에서 작은 연통(煙筒)을 꺼내 허공으로 추켜올렸다.

푹! 슈우욱! 파앗! 펑펑펑……!

허공에 오색 불꽃이 피어났다. 순간,

스스슥……! 팟! 쓰으윽……!

양쪽 강변에서 비조선들이 나타나는가 싶더니 순식간에 다가와 주위를 에워쌌다.

"조금만 더 가지."

고루쌍마가 노를 잡고 힘껏 젓기 시작했다.

'이자들…… 수부(水夫)도 보통 수부가 아냐.'

절혼마녀는 찬탄을 금치 못했다. 많은 어부들을 보아왔지만 눈앞에 있는 사람들처럼 능숙하게 노를 젓는 사람들은 본 적이 없다.

비조선 십여 척에는 각기 다섯 명에서 일곱 명까지 타고 있다. 그러나 노를 잡은 사람은 네 명뿐, 그럼에도 내력을 가미시켜 무서운 속도로 치달리는 고루쌍마를 무난하게 따라왔다.

소립파는 비조선의 흐름을 천천히 둘러본 후 금연화에게 시선을 고정시켰다.

"싸움이 있을 거야. 철통같은 장강 경비를 흔적없이 뚫을 수 있는 사람은 아무도 없어. 기왕 싸울 것이면 육지보다는 강이 낫겠지."

'육지나 강이나 뭐가 다르다고.'

금연화는 언제부터인가 체념을 담담하게 받아들였다.

'이자들은 전부 마인…… 마인들이 힘을 길렀어. 그렇다고 해도 북무림을 장악한 북검문과 정면으로 충돌할 정도는 아닐 텐데…….'

절혼마녀도 암울한 눈빛으로 수부들을 쳐다봤다.

어찌 되었든 이제 두 번 다시 북무림을 밟기는 틀렸다. 싸움이 벌어지고 마공이 드러나는 순간 배에 타고 있던 사람들은 모두 한 무리로 간주될 것이며, 무림공적이 되어 추살령을 받을 것이다.

소림파가 말을 이었다.

"확인된 정보에 의하면 천랑대가 단문협을 장악하고 있다더군."

"처, 천랑대가!"

"단문협까지 가는 일도 험난하지만 막상 가도 단문협에서 뭘 알아낼 수는 없을 거야."

천비대는 추적 전문이다. 반면에 천랑대는 전투 전문이다. 북무림을 통틀어 가장 강한 전투 집단이 천랑대다. 혈귀대가 천랑대에서 파생된 것만 봐도 알 수 있지 않은가.

천랑대가 단문협을 장악했다면…… 뚫고 들어갈 엄두가 나지 않는다. 도대체 단문협에서 무슨 일이 있었기에 천랑대까지 동원되었는가. 무엇 때문에 그토록 철저히 보안을 유지하려고 하는가.

"그들이 하는 일은 흔적을 지우는 거야. 지금 이 순간에도 혈귀대의 흔적이 말끔히 지워지고 있겠지. 어째? 그래도 가겠나?"

"……."

금연화는 말을 하지 못했다.

천랑대가 흔적을 지우고 있다면 단문협에 가도 찾을 건 아무것도 없다. 단문협 근처까지는 갈 수 있겠지만 앞뒤가 꽉 막힌 단문협 안으로 들어서는 것은 하늘의 별 따기다.

"가겠다고 하면 들여보내 줄 수 있다."

"저, 정말?"

금연화는 자신도 모르게 반색하고 말았다. 천 길 나락으로 떨어지던 절망감 속에서 한줄기 광명을 본 기분이었다.

"가지 않고 무슨 일이 있었는지 알아봐 달라면 그것도 알아봐 줄 수 있고."

"……."

"후자 같으면 너희는…… 지금이라도 자하부로 돌아가는 게 좋겠지. 천비대와 부딪친 적이 없으니까. 돌아가면 북검문도 시비를 걸지 못할 거야. 자하부의 명망이 낮은 건 아니지."

"우린……."

"더 들어."

금연화는 입을 다물었다.

소립파의 눈동자가 호랑이처럼 잿빛으로 변했다. 온몸이 사슬에 묶인 것처럼 옴짝달싹 못하게 만들었다. 무인도 아닌 사람에게 이런 일을 당한다면 어떻게 설명해야 하나.

"북무림 검첨(劍尖)이라고 불리던 혈귀대가 당한 일이야. 천랑(天狼) 사대(四隊) 중에 삼대가 단문협에 모여 있어. 자그마치 육백 명이야. 그들이 단문협을 샅샅이 뒤지며 흔적을 제거하는 중이야. 싸움이라면 이골 난 자들이 싸움 흔적을 제거

하는 중이란 말이야."

숨이 막혔다.

사태는 생각했던 것보다 훨씬 크다. 아무래도 한두 명이 간여한 사건이 아니라 북검문, 남도문 양쪽 무림이 전부 간여된 것 같다. 말만 들어도 복수는 엄두를 낼 수 없다. 혈귀대주가 어떻게 죽었는지 파악할 수 없을 것이라는 불안감이 든다.

"다시 한 번 권유하는데…… 돌아가."

금연화는 소림파를 노려봤다. 분노를 폭발시켜야 하는데 터뜨릴 곳이 없어서 안으로 삭히는 사람처럼 두 눈 가득히 화염을 담고 이를 악물며 노려봤다.

"전에…… 죽음을 아느냐고 물었지?"

울분을 간신히 억누르며 마디마디를 끊어 뱉듯이 새어 나온 말이다.

"……"

"이까짓 게 죽음을 아는 거야?"

누가 말릴 사이도 없었다. 금연화는 눈 깜짝할 사이에 단검을 뽑아 팔목에 푹 찔러 넣었다.

"아씨!"

일령이 다급히 달려들려고 했지만 절혼마녀에게 가로막혔다.

한 번쯤은 넘어야 할 고비다. 혈귀대주의 복수를 생각했다면, 그리고 상황이 상상 이상으로 힘겹다면 영혼은 염라대왕에게 맡기고 육신만 떠돌아야 한다.

금연화의 팔목에서 핏물이 줄줄 흘러내렸다.

"이까짓 게 죽음이라면…… 그래서 가가의 복수만 할 수 있다면 얼마든지 죽어줄 수 있어!"

금연화는 단숨에 단검을 그어 올렸다.

쫘아악!

살갗이 찢어지며 핏물이 개울이 되어 흘러내렸다.

"후후! 요령이 없군. 잘못하면 뼈 다쳐."

"뭐야? 지금 그걸 말이라고 해! 누가 마인이 아니랄까 봐 사람 가슴을 찢어놓고 즐기는 거야!"

"네 가슴을 찢어놓은 적이 없다. 즐긴 적도 없어. 현실을 말해준 것뿐이야."

"뭐든지 해줄 수 있다고 했지? 단문협에도 데려다 줄 수 있고, 무슨 일이 있었는지 알아봐 줄 수 있다고."

소립파는 한동안 말이 없었다. 아까와 같은 잿빛 눈동자로 온몸을 칭칭 감아올 뿐이다.

'발가벗겨진 기분이야. 속을 다 들여다보는 것 같아.'

절혼마녀는 자신을 향한 눈길이 아닌데도 부르르 몸을 떨었다.

금연화는 그런 눈길을 똑바로 쳐다보며 또박또박 말했다.

"다 해줘. 전부 다. 단문협에도 데려다 주고, 무슨 일이 있었는지도 알아봐 줘. 한낱 수묘인 따위가 하는 말이라면 믿지 않겠지만 소립파가 한 말이니 믿어. 도와줘. 영혼이라도 줄 테니까."

소립파는 침묵했다. 깊은 생각에 잠겨서 좀처럼 대화에 응하지 않았다. 목석이 되어버려서 두 번 다시 말을 할 것 같지 않았다. 그러나 그는 말했다.

"혈귀대주는 죽었다."

"되짚어주지 않아도 알아."

"무엇 때문에 복수를 하려는 거지?"

"뭐라고?"

"죽은 사람은 죽은 사람일 뿐인데, 무엇 때문에 복수를 하려는지 물었다."

"너 같은 마두는 모를 거야. 사랑이 뭔지. 사랑이란 것 해봤어?"

"좋아. 가자. 그만하면 됐어."

소립파는 길었던 침묵과는 달리 너무 쉽게 말했다.

그는 비로소 금연화에게서 시선을 거뒀다. 그리고 팔짱을 끼며 눈을 감았다.

"더 말해."

"……"

"너…… 돈 때문이 아냐. 말해. 왜 이런 일을 하는 거야! 왜 내게 접근한 거야! 네 목적이 뭐야!"

"……"

"말햇!"

소립파가 감은 눈을 뜨지 않은 채 나직이 말했다.

"널 보기 위해서."

"뭐라고?"

금연화는 뜻밖의 말에 잘못 듣지 않았나 싶어서 되물었다. 그녀뿐만이 아니라 절혼마녀도 일령도 놀란 눈으로 소립파를 쳐다봤다.

"널 보기 위해서."

소립파는 그녀들이 잘못 듣지 않았다는 것을 확인시켜 주었다.

"그, 그게 무슨 말……?"

"한 놈이 있었다. 아주 지겨운 놈이. 놈에게는 야망이 있었어. 북검문은 야망을 불사를 수 있는 최적지였고. 그래서 그 놈은 북검문으로 갔다."

'혈귀대주!'

'혀, 혈귀대주에게 놈이라니! 이 사람은……'

농담으로 한 말이 아니다. 소립파는 진지하다.

"그, 그 사람과는……"

금연화는 음성까지 떨렸다.

"놈이 지독히도 사랑한 여자가 어떤 여자인지 보고 싶었다. 사랑할 만한 가치가 있는 여자인지 알고 싶었어. 놈이 이 세상을 살다 간 보람이 하나라도 있었는지."

　　　　　*　　　*　　　*

　꽈르릉…… 꽝!

　세상을 뒤흔든 천둥소리에 이어 송곳 같은 벼락이 산 정상에 내리꽂혔다.

　"비가 오겠군."

　말이 끝나기 무섭게 장대같이 굵은 빗줄기가 쏟아 붓기 시작했다.

　후드득! 후둑……!

　빗방울에 두들겨 맞은 나뭇잎이 휘청거렸다. 바위는 수십만 개의 화살에 난타를 당하는 듯 요란한 소리를 냈다.

　"술도 떨어졌고, 비도 오고…… 이젠 가야겠다."

　"그래, 가라."

　"같이 가자."

　"후후! 그 말, 한 번만 더 하면 꼭 백 번째야. 난 됐어. 이렇게 사는 게 좋아."

　"고집불통 하고는……."

　사내는 술독을 들어 입 안에 들이부었다.

　술은 예전에 떨어졌다. 하나 사위를 분간할 수 없게 쏟아져 내리는 빗줄기가 빈 독을 채워 마실 것은 있었다.

　사내는 술독을 멀리 던져 버린 후 검을 들고 일어섰다.

"당분간 못 올 거다."

"못 오는 거야, 안 오는 거야?"

"둘 다. 못 오는 것이기도 하고, 안 오는 것이기도 하고. 내 친걸음이니 바쁘게 살아야지."

"그래, 넌 잘할 수 있을 거다."

"후후! 미친놈. 고양이가 쥐 걱정해 주는 격이잖아."

사내는 툴툴거리며 웃었다.

"분명히 후회할 거야. 지금 같이 안 가면."

"……."

"먼 훗날, 그때나 보자. 환갑쯤 되었을 때. 누가 열심히 살았는지, 누가 보람되게 살았는지. 마지막으로 한 번만 더……."

"그만 가라. 갈 길도 먼데."

사내는 먹구름으로 가득 덮인 하늘을 쳐다봤다.

대낮인데도 한밤처럼 어둡다. 세상이 우울한 마음을 알아주는 듯 빛을 죽이고 있다.

한마디라도 더? 무슨 말을……

사내는 아무 말도 하지 않고 걸어가기 시작했다.

＊　　　＊　　　＊

"못 들었어. 벗이 있다는 말은. 한 번도, 한 번도 듣지 못했어.”

“그놈은 타고난 무골(武骨). 남들이 일 년 동안 수련할 것을 한 달이면 해치웠지. 반면에 난 일초반식(一招半式)도 펼치지 못하는 처지. 가는 길이 달랐어.”

“그래도…… 혈귀대주가 같이 가자고 할 정도면 뛰어난 면이 있었을 텐데…….”

절혼마녀는 자신이 낄 자리가 아니라고 생각하면서도 대화에 끼어들었다.

“없어. 그런 것.”

‘있어. 틀림없이.’

세 여인은 동시에 같은 생각을 했다.

“처음부터 네게 접근할 생각은 없었다. 놈이 가는 마지막 길을 지켜주고자 했는데 네가 나타난 거야. 후후! 단문협에는 나도 가야 하는데, 너도 가려고 하더군.”

“어쩐지 수묘인이 삼칠제를 따질 때부터 이상하다 생각했는데…….”

일령이 자신도 모르게 말을 꺼냈다가 황급히 입을 다물었다.

“잠시 고민했어. 나 혼자라면 세상천지 어디를 떠돌아도 잡을 사람이 없지만 너와 같이 가면 일이 벌어지지. 지금과 같은 일. 그래서 하루 이틀 지켜봤지. 후후! 천방지축 아가씨가 겁 모르고 나서는 모습이라니. 죽는 걸 내버려 둘 수는 없잖아. 놈이 슬퍼할 테니까."

소립파가 눈을 떴다. 그리고 자신의 위치와 주위에 따르는 비조선들의 위치를 확인했다.

"데려다 준다. 단문협까지. 무슨 일이 있었는지도 알아봐 주고. 천하의 무골이 어떻게 죽었는지 나도 궁금하니까. 하나 복수까지는 같이 해주지 못해. 내게는 그럴 힘도 능력도 없 어."

소립파가 일령을 보고 고갯짓을 했다.

일령은 화들짝 정신이 들어 급히 금연화의 상처를 보살폈 다.

"무엇보다도 복수를 하려면 두 가지 조건이 구비되어야 해. 하나는 분노. 분노를 넘어선 증오면 더욱 좋고. 분노든 증 오든 터뜨릴 대상이 반드시 있어야 하는데, 아마 찾기가 무척 힘들 거야."

"찾아야지."

금연화는 들끓던 분노를 차분히 가라앉았다.

그 점이 더 무섭다. 열기가 냉기로 바뀐 게 아닐까 싶다.

"두 번째는 희망이야. 복수할 희망. 희망이 있나? 혈귀대를 죽일 정도고, 천랑대가 삼대나 동원될 정도라면 평생을 바쳐 도 복수 끝자락조차 못 잡을 거야. 희망이 없는 거지. 상황이 이런데도 복수 생각만 하다가는 정신병자 되기 십상이야."

"됐어. 그건 네 마음대로 해. 네가 무얼 하든 내가 간섭할 필요 없고, 마찬가지로 내가 뭘 하든 간섭하지 마. 네 말대로 단문협까지만 데려다 줘. 그럼 끝나.”

소립파는 고개를 끄덕였다.

“싸움이 벌어지면 몸조심해. 직접 손을 쓸 일은 없겠지만 싸움터라는 곳이 원래 흉험한 곳이니까. 순식간에 뚫고 나간다. 잠시라도 머뭇거리면 꼬리가 잡혀.”

“반 각 여유밖에 없다는 말이지?”

절혼마녀가 생글생글 웃으며 말했다.

“처음부터 그랬어. 천비대는 항상 주위를 맴돌았어. 천비대주가 진정으로 잡고자 했다면 진작 잡혔다는 말이야. 천비대주가 손을 쓰지 않은 것은 나를 잡고자 해서지. 그만한 호기심을 일으켜 놨거든. 지금쯤 놈은 내 존재를 알아차렸을 거야. 여기 합류한 사실도. 후후! 발칵 뒤집어졌겠군. 놈들이 준비하고 쳐 나오는 시간, 그리고 우리가 한발 앞서 나가는 시간 차, 그 시간이 반 각이야. 반 각이란 시간 차는 항상 존재해 왔고, 앞으로도 존재할 거야.”

‘알겠어. 혈귀대주가 왜 이 사람에게 같이 가자고 했는지. 이 사람은 병가(兵家)의 맥(脈)을 이었어. 무공은 몰라도 지략만은 혈귀대주가 인정할 만큼 뛰어나. 무공을 몰라? 무공을 모르는 사람이 미소로, 눈길로, 소리로 무인을 꼼짝 못하게 만들어? 혹여 누구한테 이런 말을 하면 미쳤다고 할 거야. 말을 말아야지.’

절혼마녀는 소립파를 보면서 생긋 웃었다.

2

일견하기에도 오십여 척은 훨씬 넘어 보이는 비조선이 앞을 가로막았다.

넓은 강이 순식간에 샛강이나 된 듯이 좁아 보이는 순간이다.

"진수(振手)."

말이 끝나기 무섭게 주위 비조선에 타고 있던 자들이 노를 놓고 강물 속으로 뛰어들었다.

잠수한 것은 아니다. 그들은 머리만 내놓고 둥둥 떠서 비조선을 붙잡았다.

"파쇄(破碎)."

촤아아악……!

비조선이 허공을 가르는 화살처럼 쏘아져 나갔다.

"저, 저건 옥쇄(玉碎)!"

절혼마녀가 깜짝 놀라 소리쳤다.

쏘아져 나가는 비조선에는 물속에 뛰어든 자들이 주렁주렁 매달려 있다. 아니, 그들이 유영을 하여 비조선을 밀고 있다. 배를 타고 강을 헤쳐 가는 것이 아니라 배를 떠받들고 가는 모습이다.

쐐에에엑! 쐐에에엑……!

하늘 높이 메뚜기 떼가 새카맣게 솟구쳤다. 수백은 족히 될
것은 같은 화살 세례다.

쐐에에엑……! 파악! 파파팍……!

비조선은 순식간에 벌집이 되었다.

하늘로 솟아오른 화살 중 단지 일 할만 격중된 결과가 그렇
다. 나머지 화살들은 강으로 떨어졌다. 처음부터 물속에 있는
사람들을 겨냥해서 쏘아진 화살이다.

다행히도 물속에 있는 자들은 무사했다. 그들은 화살이 정
점에 이르렀다가 떨어질 시기를 정확히 짐작해 냈다. 화살이
아래를 향해 방향을 꺾을 때, 그들은 이미 잠수하여 비조선
밑으로 몸을 숨긴 후였다.

쏴아아아……!

비조선은 화살 세례를 당하면서도 힘차게 나아갔다.

"적탄(赤彈)."

고루쌍마 중 한 명이 재빨리 화통을 꺼내 하늘로 쏘아 올렸
다.

파아앗! 파악……!

힘차게 솟아올라 간 화탄은 허공에서 현란한 불꽃을 일궈
냈다.

신호를 받았음인가. 비조선들은 사전에 목표를 정해놨던

듯 좌우로 쫘악 갈라지며 한층 속도를 높여 돌진했다.

"아아……."

일령이 나직한 신음을 토해내며 차마 볼 수 없다는 듯 눈을 감아버렸다.

겨우 열 척으로 오십 척이 넘는 배와 승부를 벌이려는 것은 계란으로 바위를 깨려는 것과 같다. 저들은 배 위로 올라서기도 전에 도륙당할 것이 뻔하다.

이상한 것은 소립파다.

저들이 장렬하게 산화하며 길을 열어준다면 그 틈을 놓쳐서는 안 되는데, 소립파는 움직일 생각을 하지 않고 있다.

"착시(錯視)."

소립파가 이해할 수 없는 명을 내렸다.

고루쌍마는 뱃전에 있던 소북을 들어 두들겨 댔다.

둥둥둥둥……!

북소리는 사방으로 퍼져 갔다. 흙 속에도, 물속에도, 하늘에도 묵직하면서도 뚜렷한 북소리가 가득 담겼다.

화와악……!

강안에서 불길이 일어난 것은 그때다. 강안에서 시작된 불길은 허공으로 솟구쳐 하늘까지 덮어버렸다.

"화시(火矢)!"

상대도 계속 화살을 쏘아대기는 했지만 불길을 머금은 불화살에 비하면 어린애 수준에 불과했다.

'도대체 얼마나 많은 사람들이 동원된 거야!'

세 여인은 놀라 벌어진 입을 다물지 못했다.

북검문 문도인지, 북무림 문인들인지 모를 사람들이 쏘아대는 화살은 한 번에 이백여 개. 반면에 강안에서 쏘아지는 불화살은 천여 개.

압도적인 차이가 난다.

물속에서 비조선을 이고 가던 사람들은 결사적으로 움직였다. 죽음을 모르는 사람들처럼. 강안에서 불화살이 솟구칠 무렵, 그들은 상대와의 간격을 십여 장으로 좁히고 있었다.

비조선은 충돌이라도 하려는 듯 거세게 돌진했다.

불화살은 적아(敵我)를 구분하지 않았다. 길을 가로막은 무인들에게도 쏘아졌지만 이쪽 사람들도 무차별적으로 겨냥당했다.

꽈앙!

비조선 한 척이 거센 폭음과 함께 폭발했다.

'화약까지! 이건 무인의 싸움이 아냐. 전쟁이야!'

꽈앙! 쾅! 꽈앙……!

십여 척의 비조선은 선후를 다투며 폭발했다. 상대와의 간격이 일이 장으로 좁혀졌을 때였다.

"가."

고루쌍마는 그 말을 기다렸다는 듯 힘차게 노를 저었다.

수면은 거센 폭풍우가 휩쓸고 지나간 듯 처참했다.

산산조각으로 부서진 배들, 팔다리가 끊어진 채 둥둥 떠 있는 시신들, 되살아날 가망이 없는 상처를 입고도 살려고 발버둥 치는 무인들.

'장강을 지키는 무인들이야! 그럼 장강 근처란 소린데……엇! 저들은 천비대!'

금연화는 둥둥 떠 있는 사람들 속에서 눈에 익은 요대(腰帶)를 발견해 냈다. 검은색 바탕에 흰 호랑이가 그려진 요대를 차고 있다면 틀림없이 천비대원이다.

장강 무인과 천비대원이 뒤섞여 있다.

싸움은 아직 끝난 게 아니다. 수면에 떠오른 사람들은 전투 능력을 상실한 사람들이다. 그리고 그들의 숫자는 넉넉히 셈해도 오십여 명이 채 안 된다.

다른 사람들은 어디에 있나?

물속이다. 살아남은 사람들은 물속에서 치열한 접전을 벌이고 있다. 세상에 위명이 쩌렁 울리는 북무림 무인들과 이름이나 별호가 전혀 알려지지 않은 사람들 간의 싸움이다.

소립파는 고루쌍마가 내려놓은 소북을 들어 두들겼다.

둥둥둥! 둥둥! 둥둥둥! 둥둥!

북소리에 일정한 음률이 실렸다. 너무 단조로워서 음률이라기보다는 신호라는 편이 옳을 게다.

사아아악……!

물속에 있는 자들이 썰물처럼 빠져나갔다. 배를 타고 있어서 물속 광경을 볼 수는 없지만, 떠난다는 느낌만은 분명히 든다.

확실히 보통 수부들이 아니다. 북무림 무인들과 천비대의 무공은 쉽게 입에 올릴 것이 아닌데, 수부들의 수공 앞에서 쩔쩔맨다. 물속이 아니라 땅에서라면 상황이 정반대가 되었겠지만.

강변에서 불화살을 쏘아대던 자들도 철수한다.

그들 모습은 육안으로 확인된다.

한쪽에 백여 명씩, 이백여 명.

"겨, 겨우 저 정도로⋯⋯."

일령은 인원이 의외로 적은 것에 놀랐다.

"연환노(連環弩)야. 일시에 다섯 대까지 쏘아낼 수 있어."

절혼마녀가 담담히 말했다. 하나 그렇게 말하는 절혼마녀 자신도 속으로는 무척 놀라고 있었다.

수중 전투를 감행한 자들이 오십여 명이다. 거기에 강변에 있는 자들을 더하면 이백오십여 명이나 된다. 그들의 수공이나 궁술은 예사롭지 않다.

이 정도라면 문파 이름을 걸 수도 있지 않은가.

"아까는 무슨 말인지 이해하지 못했는데, 지금은 이해되네. 천비대주는 지금 상황을 예측했을 거야. 상당한 잠재력을 지닌 집단이, 그것도 천비대가 알지 못하는 집단이 존재한다는걸. 호호호! 대주가 욕심을 부렸네. 우리만 잡을 것이지. 이 사람들까지 한꺼번에 잡으려다 뒷덜미를 채였어."

여기저기서 수중전을 벌이던 무인들이 모습을 드러냈다.

거의 대부분이 북무림 무인들이었지만, 일부 천비대원의 모습도 비쳤다.

그들은 닭 쫓던 개 지붕 쳐다본다는 격으로 멀어져 가는 비조선을 멀거니 지켜볼 수밖에 없었다.

"반 각이라는 말을 허투루 들었군. 싸움은 지금부터 본격적으로 시작되었는데."

소립파가 찬물을 끼얹었다.

*   *   *

"대단한 자군. 허를 찔렸어. 수묘인…… 상소(上所)에서 합류할 줄 알았는데 오달(悟達)이라. 한발 앞지르는군."

"파암검수에게서 적선서를 거둬왔습니다. 계집들이 입던 옷은 길가에 흩어져 있었고, 팔두마차는 텅 빈 채 발견되었습니다."

시체가 말하는 듯 정이라고는 조금도 담겨져 있지 않은 음성이었다. 너무 인간미가 없어서 마치 날 선 검을 대하는 듯했다.

만박선생과 함께 천비대주 앞에 모습을 드러냈던 네 명의 사내, 그들이다.

"마부와 여자는 사라졌겠지? 천비이조는 아무런 단서도 찾아내지 못했을 테고."

"그렇습니다."

"후후! 적선서에 대한 대비책이 이거였나? 양동책(兩動策)이라니. 수묘인과 머리 싸움을 하게 될 줄은 미처 몰랐네. 그나저나…… 제팔역(第八域)을 지키는 문파가 청호방(靑虎幇)인가?"

문약한 서생은 바람결에 묻어오는 혈향(血香)을 음미했다.

"그렇습니다."

"청호방이 많이 컸군. 천비대 조장의 말은 무엇보다 우선해야 하는데 자존심을 따지다니. 이번 일은 파암검수의 잘못이 아냐. 파암검수가 명령권을 가지고 지휘했다면 수묘인까지 잡을 수 있는 호기(好機)였는데 아쉽군."

"천비대주께서 말씀하신 게 이거였군요. 천라지망이 중첩되면 해가 된다는."

"파암에게는 삼첨진(三尖陣)이 있었어. 수전(水戰)에서 화살은 강력한 무기이지만 정예 무인들이 펼치는 삼첨진보다는 못하지. 수묘인이 사용한 방법이래야 불화살에 화약이 고작이었는데…… 아쉽군, 아쉬워. 쯔쯔쯧!"

"놈들은 적혈구를 향해서 신나게 가고 있을 것, 지금이라도 움직이셔야 합니다."

"아니. 그자들은 상소에 머물 거야. 찢어졌던 그물이 복구

된 것을 눈치채지 못할 자가 아냐. 한 박자 늦추겠지. 지금은 바로 상소로 가야 돼. 잠사검귀(潛死劍鬼)는?"

"즉각 움직일 수 있습니다. 한데, 상소가 확실하신지……?"

"목이라도 걸까?"

"황감한 말씀. 너무 단정적인 말씀이라서……."

"상소에서 수상쩍은 움직임이 있었어. 그래서 난 수묘인이 상소에서 합류할 것이라고 생각했는데, 허를 찔렸어. 일부러 움직임을 드러낸 거야. 천비대가 실패해도 괜찮다는 마음이 들게끔. 솔직히 난 수묘인이 머릴 썼으니 파암 정도로는 잡기 힘들 것이라고 생각했거든. 수묘인이 나타날 곳은 상소. 거기서부터 나의 싸움이라고 생각했는데…… 멋지게 속아 넘어간 거지."

"그렇다면 상소에 들르지 않을 가능성도……."

"아니. 그렇기 때문에 들러. 우리가 들르지 않을 것이라고 생각하기 때문에. 그자라면 이대로 적혈구를 간다는 건 섶을 지고 불속에 뛰어드는 꼴이란 걸 누구보다도 잘 알고 있을 테니 틀림없이 중간에서 옆길로 샐 거야. 지금 당장은 차라리 육지로 가는 것이 계속 가는 것보다 나은 상황이니까. 그렇다고 육로를 선택하지는 않겠지. 그건 여우를 피하자고 호랑이 굴로 들어가는 우행(愚行)이니까. 결국 중간에서 잠시 머무는 방법을 택하겠지. 그곳이 상소. 천비대주는 적혈구에 계신가?"

"예, 적혈구에 당도하셨다는 전서를 받았습니다."

"그럼 안심이군. 전서를 보내. 적혈구를 완벽하게 봉쇄하시도록. 궁극적으로 그자가 탈출할 통로는 강이 확실하니까. 이번처럼 청호방이 날뛰어서는 곤란하겠지?"

"상소에서 잡을 게 아니었습니까?"

"궁극적인 탈출로는 강이 될 거라고 말했는데 두 번씩 말하게 하는군. 그자가 죽을 걸 빤히 알면서 잠사검귀를 상대할 것 같아? 잠사검귀는 그자를 강으로 내치는 역할만 할 거야. 나도 좋아. 강에서 패했으니 강에서 설욕해야지."

"청호방과 천비대를 합하면 천 명이 넘습니다. 차라리 천비대만 나서는 것이……."

"부족해. 이건 무공이나 인원수 싸움이 아냐. 찰나의 틈을 노리는 머리 싸움이지. 천비대주께 전해. 양쪽 강안에 인위산고(因爲山高:산이 높아서), 소이안야불능일출(所以雁也不能溢出:기러기도 넘지 못한다)이라는 금문혼진(禁門混陣)을 펼치고, 장강과 합류하는 곳에는 밀적산진(密迹山陣)을 네 겹으로 깔아놓아야 한다고. 천비십조도 가담해야 할 것이고."

"그렇게까지!"

"그자를 과대평가한다고 생각해? 조금도 넘치지 않아."

"금문혼진과 밀적산진을 펼치려면 시간이 필요합니다."

"서둘 건 없어. 내일 아침까지만 완성되면 되니까. 그자가 강으로 도주하면 우리는 뒤를 봉쇄해야 돼. 난검진(亂劍陣)이 딱 적당하겠어. 수련은 잘되어 있지?"

"걱정 마십시오. 눈 감고도 펼칠 수 있습니다. 금문혼진, 밀적산진, 난검진. 공기마저 가둘 수 있겠군요."

"가두는 건 중요하지 않아. 잡는 게 중요하지."

만박선생은 숨을 깊숙이 들이마셨다.

*   *   *

상소(上所).

고루쌍마는 적혈구를 지척에 둔 작은 마을에서 배를 멈췄다.

이대로 반 시진만 내달리면 적혈구다.

장타수와 장강이 합류하는 곳으로 이만 오천 리 장강을 끼고 발달된 주요 도읍이 목전에 있다.

"반 각밖에 시간이 없다면서 왜 멈춰?"

금연화가 직강 마을처럼 몇 호 되지 않는 촌락을 훑어보며 말했다.

"이대로 가면 살아날 길이 없다. 방금 전에는 장강 수비 무인들과 천비대 간에 명령 체제가 수립되지 않아서 일사불란한 대응을 못했지만, 적혈구는 사정이 달라. 완벽한 포위망이 구축되어 있을 테니 어쭙잖은 공격은 통하지 않아."

"훗! 본 듯이 말하네."

절혼마녀가 생글생글 웃으며 말했다.

"여기서부터 걸어가려고? 걸어가면 더 위험할 텐데."

금연화는 절혼마녀의 말을 귓가로 흘리며 물었다.

"배를 탄다. 그전에 할 일이 있지."

소립파는 마을을 향해 성큼성큼 걸어갔다.

"정말 고루쌍마 맞아요?"

절혼마녀는 소립파와 일정한 거리를 유지하며 걸었다. 고
루쌍마가 소립파의 뒤를 바짝 따르지 않도록 유의하면서. 고
루쌍마는 소립파의 수하로 생각되는 사람, 그들과 말을 하다
보면 소립파에 대해서 조금 더 알게 될 것이다.

"흐흐흐! 계집…… 왜? 안겨보고 싶냐?"

"호호호! 전 창기예요. 몰랐어요? 가격만 맞으면 누구 품인
들 못 안길까."

"관둬라, 관둬. 독초를 모르고 먹는 놈도 병신이지만, 알면
서도 먹는 놈은 더 병신이야."

"제가 독초란 말씀이신데…… 왜 그렇죠? 전 돈밖에 원하
는 게 없는데."

"절혼마녀가 돈밖에 모르는 여자라면 세상이 뒤집어지
지."

절혼마녀의 눈빛이 반짝 빛났다.

그녀는 어떻게든 고루쌍마의 흥심을 끌어내 보려고 노력했다. 세상에 악명을 널리 떨친 고루쌍마라면 이 정도의 입질에도 게거품을 물고 달려들 것이라 생각했다.

고루쌍마는 일절 흥심을 드러내지 않았다.

이건 뭔가? 낙화향 동방을 찾은 손님들 중에서도 점잖은 편에 속하지 않은가.

창기라는 점도 밝혔다. 돈만 주면 안을 수 있다고까지 말했다. 그래도 욕념을 일으키지 않는다. 절혼마녀라는 명성 따위는 고루쌍마를 위협하지 못한다.

지극히 절제된 자제심. 그렇다. 바로 그것이다.

'시마도 그랬어. 그렇게 같이 있으면서도 마두다운 모습을 한 번도 보지 못했어. 내가 공격하기 전까지는.'

마두는 흥심을 숨기지 못하는 법인데, 이런 현상은 어떻게 해석해야 하나.

절혼마녀는 궁금했던 점을 물었다.

"문파 이름이 뭐죠?"

"문파? 뭔 문파?"

"이제는 좋든 싫든 한 배를 탔잖아요. 이젠 우리도 북무림에는 발을 들여놓기 힘들게 됐는데, 그만한 것쯤은 말해줄 수 있지 않나요?"

"글쎄, 뭔 문파냐니까!"

"고루쌍마께서 몸담고 있는 문파요."

"우리가 몸을 담아? 썩을 년, 보자보자 하니까 우릴 개떡같이 보네. 세상에 어떤 놈이 우릴 거둬. 우리가 거둔다고 거둬질 놈들이야!"

'아닌가? 아냐, 이 정도 인원이 동원될 정도라면 체계적인 명령 계통이 있어야 돼. 분명히 문파를 형성하고 있어.'

고루쌍마가 바짝 다가서며 말했다.

"계집아, 솔직히 말해봐. 알고 싶은 게 뭐야? 이런 몰골이 좋아서 찰떡같이 붙어 있을 리는 없고. 뭐야? 말해봐."

"저 사람요. 소립파. 저 사람이 선배들을 거둔 게 아닌가요?"

"크크크!"

"낄낄! 낄낄낄!"

고루쌍마는 배꼽을 잡고 웃었다.

"그래서…… 그래서…… 낄낄! 낄낄낄! 그래서 그런 걸 물은 거냐? 문파 명이 뭐냐고?"

"그래요."

"저놈이 문주고 우린 졸개고? 크크크!"

'저놈? 이게 도대체……'

소립파는 고루쌍마에게 하대를 했다. 고루쌍마는 하대를 당연한 듯이 받아들였고, 명령대로 행동했다.

그럼 이들이 무슨 관계란 말인가.

고루쌍마가 궁금증을 속 시원히 풀어주었다.

"우린 저놈한테 큰 은혜를 입었어. 우릴 죽이려고 달려드는 놈들이 한둘이어야지. 삼십 년 전만 해도 봄날이었는데…… 무림이 북무림과 남무림으로 양분된 후에도 한동안은 잘 피해 다녔는데, 몰골이 이렇다 보니 눈에도 자주 띄고…… 개떡 같은 놈들이 달려드는 거야."

"죽다 살았지. 저놈이 아니었으면 영락없이 황천길로 들어섰을 거야. 완전히 걸레가 됐었으니까."

"그럼 보은 차원에서……?"

"마도인으로 낙인찍혔어도 신의는 있어. 너무 고마워서 어떤 일이든 딱 한 번 도와준다고 했는데, 저놈이 그걸 써먹은 거야. 빌어먹을 놈. 하필이면 저승길에 동행하자는 건 뭐야."

"시마도 그런가요?"

"시마뿐이야? 저놈에게 목숨을 건진 작자가 백은 넘지?"

"백이 뭐야? 아까 못 봤어? 족히 이백은 되어 보이던데."

'그럼 이들은 아무것도 모르고……'

살다 보니 이런 일도 있구나 싶다. 아무것도 모르는 사람들이 배를 젓고, 화통을 쏘아 올리고…… 또 아무것도 모르는 사람들이 신호에 따라 불화살을 쏘아대고. 그런 일들이 아귀가 맞아떨어져 오 대 일의 열세를, 그것도 정예 무인들과의 싸움을 이겨낼 수 있다니.

"말씀을 들어보니 심한 상처를 입었을 때 구함을 받은 것 같은데, 그럼 저 사람이 의원인가요?"

"의원? 크크크! 의원은 무슨 의원. 두통에도 술을 먹이고 배가 갈라져 창자가 튀어나와도 술만 먹이는데 그게 의원인가? 크크크!"

절혼마녀는 고루쌍마의 말을 들으며 눈빛을 반짝였다.

'그랬어! 시마에게도 술만 먹였어. 그럼 그때 시마도……'

第九章

불능당(不能墻)
─막을 수 없다

1

세 여인은 소립파를 뒤쫓아서 중원 어느 곳에서나 흔히 볼 수 있는 조그만 마을로 들어섰다. 순간,

스스스…… 파아아……!

마을 곳곳에서 무형의 살기가 송곳처럼 파고들었다.

"평범한 마을은 아니네."

"주루 하나, 집 한 채, 그리고 동방. 지불한 대가가 만만치 않지만 더 큰 걸 얻었네요. 고마워요."

"호호호! 뭐가 고마워?"

"동방에 기울인 심혈이 어떤 건지 잘 아는데, 그걸 내놓으셨잖아요."

"누가 그래? 내놨다고?"

"예?"

"맞아. 지금은 내놨지. 그러니 되찾아야지."

"예에?"

"저 사람, 내 거라고 그랬지? 지금부터 본격적으로 시도해 볼 생각이야. 성공하면 동방도 되찾고, 동생이 준 주루와 집도 내 것이 되고. 호호호! 오히려 내가 고마워해야 되잖아. 안 그래?"

"그, 그런가요? 호호호!"

절혼마녀와 금연화는 전신을 살기 앞에 드러낸 채 마음 편히 웃고 떠들었다.

소립파는 어떤지 몰라도 고루쌍마 정도라면 폐부를 찢어 놓을 것 같은 살기를 감지하지 못할 리 없다. 그들이 태연히 걷고 있다는 것은 해가 되지 않는다는 것을 뜻하니 심력을 소모시킬 필요가 없다.

언제부터인가 이런 식이 되었다.

본인의 감각이나 기감으로 판단하지 않고 소립파의 행동에 따라서 반응하게 되었다. 상대가 적이어서 기습이라도 가해오는 날에는 무방비 상태로 당할 수밖에 없는데, 조금도 불안하지 않다.

소립파는 마을 한가운데 있는 허름한 집으로 들어섰다.

세 여인은 소립파를 따라 들어서려다 우뚝 멈춰 섰다.

느낌이 이상하다. 왠지 집 안으로 한 걸음만 내디디면 당장 목이 잘려 나갈 것 같은 느낌이다.

허름한 토담집은 볼품없다. 사십여 평 정도 되는 마당도 아무 이상 없다. 오래전부터 사용되지 않은 돼지 축사가 정면에 있고, 그 옆에는 닭장과 토끼장이 있다.

어디를 살펴봐도 보통 시골집에 불과하다.

'살수가 숨어 있어!'

'무서운 자! 일검필살(一劍必殺). 단 일 초에 승부가 판가름 나.'

절혼마녀와 금연화는 진기를 끌어올렸다.

일령은 어느새 사라지고 보이지 않는다. 그녀의 장기인 은신술을 펼쳐서 어딘가에 숨어 있을 게다. 누군가가 공격을 가해온다면 그녀의 검부터 물리쳐야 되리라.

소립파가 태연히 마당을 가로질러 가 토방에 앉았다.

"긴장하지 말고 들어와."

타닥! 타닥!

마당 한가운데 피워놓은 모닥불이 기세 좋게 타올랐다.

'시마……'

절혼마녀는 아무 일도 없었던 듯 태연히 불기를 쪼이고 있는 시마를 착잡한 심정으로 쳐다봤다.

녹혈마공을 수련한 자는 인세에서 사라져야 할 마두. 그러나 그는 도와주려고 온 사람. 자신들은 도움을 받아야 할 입장. 어찌해야 하나. 삭사를 사용해도 이기리란 보장이 없는데…… 그래도 건곤일척(乾坤一擲)의 싸움을 벌여야 하나, 눈 찔끔 감고 참아야 하나.

"시마는 본 적이 있으니 소개할 필요 없고."

땅바닥에 비스듬히 누워 게슴츠레한 눈길로 모닥불을 쳐다보던 소립파가 묵직한 침묵을 깼다.

"이 친구는 마도(魔刀)라고 해. 한때는 도광불승참(刀光不僧斬)이라고 불린 적도 있지."

소립파가 턱짓으로 팔짱 사이에 도 한 자루를 끌어안고 있는 중년인을 가리키며 말했다.

"도광불승참 양작사(楊作師)!"

절혼마녀는 태연할 수 없었다. 너무 놀라 봉목이 한껏 부릅 떠졌다.

도 한 자루를 끌어안고 중원이 좁다며 활개 치던 자다. 절정무인들을 찾아다니며 백이십칠 회의 비무를 벌였고, 똑같은 수의 시신을 남겼다.

그에게 따라붙는 별호는 많다. 그의 도법을 깰 자가 없다고 하여 무적도(無敵刀)라는 말을 들었고, 무슨 연유에서인지 승려는 베지 않는다고 하여 도광불승참이라고도 불렸다.

그가 무림공적이 되어 쫓기게 된 것은 무당파(武當派) 장로인 화암(和巖) 진인(眞人)을 죽이면서부터다.

화암 진인이 죽으면서 남긴 말은 '혈염도(血染刀)'였다.

절대 감각을 유지시키기 위해 하루에 한 명씩은 꼭 죽인다. 살을 베고 뼈를 가르는, 피가 튀는 느낌을 전신 감각과 도에 전달시켜 줘야 한다. 악마의 도법이다.

그는 추살령을 받았지만 죽지 않았다. 한동안은 추살자들을 상대하여 숱한 죽음을 만들어냈다. 나중에는 죽이는 것도 귀찮아졌는지 홀연히 종적을 감춰 버렸다.

정사마(正邪魔)를 통틀어 가장 강한 자 중에 한 명으로 꼽히는 사람이 눈앞에 있는 중년인인가!

집 안으로 들어서기 전에 모골을 송연하게 만들었던 살기도 양작사의 작품이리라.

"저기 죽검(竹劍)을 든 친구는 수검(獸劍)이야. 자칭 무적검(無敵劍)이라고 떠들다가 마도에게 한 칼 맞았지."

세 여인은 죽검을 옆에 놓고 있는 자, 이십대 후반의 외눈박이 검사를 쳐다봤다.

조용히 불길을 응시하는 눈길이 평온한 바다처럼 착 가라앉아 있다. 호흡 소리는 아예 들리지도 않는다. 또한 소립파처럼 아무런 기운이 흘러나오지 않는다.

'상당한 고수야. 어디서 이런 자들이 튀어나온 거야!'

이런 자들이 집 안에 있었으니 숨이 막힐 수밖에. 금방이라도 검이 틀어박힐 것 같은 위기감을 느낄 수밖에.

"돼지를 굽는 꼬마는 혈유(血流)야. 빠르기로만 따지면 당금 무림에서 몇 손가락 안에 들어가."

"헤헤! 몇 손가락이라니, 무슨 섭섭한 말씀을. 당연히 이거지."

꼬마는 아니다. 단지 키가 꼬마처럼 작을 뿐이다. 모닥불에 바짝 붙어서 통돼지를 굽고 있던 작은 사내가 엄지손가락을 추켜올렸다.

소립파의 말은 과장되지 않았으리라.

마도, 수검, 혈유, 시마.

이들은 각기 한 문파를 상대할 수 있는 무서운 자들이다. 웬만한 문파의 문주쯤은 일합에 꺼꾸러뜨릴 수 있는 거력(巨力)이다.

'이 사람들만 도와준다면…….'

금연화는 꿈도 꾸지 못할 생각을 했다. 아니다. 꿈만은 아니다. 소립파는 혈귀대주의 벗이지 않나. 이런 힘이 있으니 당연히 복수를 해주는 것이 도리이지 않은가.

"동방주."

소립파가 절혼마녀를 불렀다.

"당신 결정만 남았어. 단언컨대 장강을 넘으려면 이 친구들의 도움이 필요해. 도움을 받는다면 당신 역시…… 세상에서 말하는, 결코 살려둬서는 안 될 인간 속에 포함되는 거고. 어떤 선택이든 상관없어. 여기서 드잡이질을 벌일 건 아니니까. 같이 가느냐, 헤어지느냐만 선택하면 되는 거야."

절혼마녀는 아랫입술을 잘근 깨물었다. 눈빛은 반대로 강렬하게 빛났다.

"마도…… 나도 마도인이 되는 거네. 날…… 보호해 줄 수 있어?"

'언니가!'

금연화는 어리둥절한 표정으로 절혼마녀를 쳐다봤다. 남한테 보호해 달라 말라 말할 사람이 아닌데.

"여기 있는 사람들 중 보호해 달라는 사람은 아무도 없다. 같이 모여 있으니 돼지고기라도 구워 먹는 거고, 흩어지면 남남이 되는 거야. 누가 누구의 가슴에 검을 꽂을지도 모르고."

"그런 걸 말하는 게 아냐. 네가 날 보호해 줄 수 있냐고 묻는 거야."

"역시 위험한 여자."

소립파가 손을 내밀자 혈유가 고개를 살래살래 흔들었다.

"아직 안 구워졌어. 조금 더 기다려야 돼. 이거 맛있게 구워지려면 두세 시진은 구워야 돼."

"대답 안 해줄 거야?"

절혼마녀가 배시시 웃으며 물었다.

"보호라면 다른 사람을 골라. 난 힘이 없어."

소립파는 팔베개를 하고 누워 밤하늘을 올려다봤다.

절혼마녀도 더 이상 치근거리지 않았다. 그러나 그녀의 얼굴에 떠오른 미소는 더 더욱 요염해져만 갔다.

"쥐새끼들이 몰려오는군."

돼지고기를 안주 삼아 독한 화주를 들이키던 마도가 말했다.

"쥐새끼는 쥐새끼인데 큰 놈들이야. 천비대가 이렇게 강했나? 목숨을 장담할 수 없겠는걸."

고기를 뜯어 먹던 수검이 말을 받았다.

"잠사검귀라고 지옥 수련을 거친 놈들이 있지. 아마 그놈들일 거야. 떼거리로 몰려오는 걸 보니 총출동한 것 같은데? 빌어먹을! 재수도 더럽게 없지. 저놈 덕에 목숨을 건지긴 했는데 하필이면 북검문 일에 끼어들게 됐으니. 재수없는 놈은 뒤로 넘어져도 코가 깨진다더니, 하필이면 내가 아플 때 혈귀대주가 돼질 게 뭐야."

시마가 금연화를 힐끔 쳐다보며 말했다.

그의 눈은 옅은 녹광을 뿜어내기 시작했다.

세 여인은 고개를 갸웃거렸다. 잠사검귀? 그런 자들도 있었나? 처음 들어보는 말이다. 혈귀대주의 연인이었던 금연화조차도 잠사검귀라는 말은 들어본 적이 없다.

시마는 지금 무슨 소리를 하고 있는 것인가.

"피차일반, 마도만 아니었으면 나도 이런 자리에 있지 않았지."

수검이 마도를 노려보며 말했다.

"이번에는 심장을 갈라줄 수 있는데."

마도도 지지 않았다.

"운 좋게 한 칼 먹인 것 가지고 기고만장하기는. 후후! 네 수는 다 읽었어. 이번에는 내 차례야. 머리통이 떨어지고 싶나?"

"자신있으면 언제든."

"지금 할까?"

"좋지."

파라랑……! 스스슷!

마도와 수검 사이에 미증유의 기류가 흘렀다.

'농담이 아냐. 정말 싸우려고 해.'

금연화는 숨을 멈췄다.

마도는 술병을 내려놓지 않았다. 수검은 죽검을 잡지 않았다. 그러나 두 사람에게 병기를 잡고 잡지 않고는 중요하지 않다. 두 사람이 몸을 움직이는 순간 생사가 판가름나는 일촉즉발의 상황이라는 것은 누가 봐도 알 수 있다.

기이한 것은 소립파의 태도다.

그는 두 사람이 싸우건 말건 자신과는 상관없다는 듯 편히 누워서 밤하늘만 올려다봤다.

혈유와 시마의 태도도 같다.

시마가 수검과 마도에게는 눈길도 주지 않은 채 소립파에게 말했다.

"어떻게…… 깨줘?"

"아니. 괜히 주목받을 필요 없어. 잠사검귀는 무시할 수 없는 자들이야. 쓸어버리기도 힘들지만 그렇다고 해도 소득에 비해 대가가 너무 커. 남무림과 북무림은 철천지원수 간이지만 마도인에 대한 정보는 서로 공유해. 이 땅은 그들의 땅이야. 마도인이 설 자리는 없지. 저들을 치면 발붙이고 살기 힘들어. 그냥 피한다."

"흐흐흐! 내 말이 그 말. 그럼 도망가야지? 자, 도망갈 준비나 하자고. 장강 건너는 건 포기하는 거지? 보나마나 적혈구 부근에 쫙 깔려 있을 텐데, 호구로 머릴 들이밀 필욘 없잖아."

"혈유. 적선서가 일곱 마리 있어. 그것들을 처리해."

"헤헤헤! 그 정도야. 그럼 그걸로 난 빼주는 거지?"

"……."

"끄응! 야! 너 약값 너무 비싸게 받아 처먹는 것 아냐!"

"자시 말(子時末)에 떠날 거야. 그때까지 적선서를 처리한 후에 강가로 와. 참고로…… 잠사검귀는 모두 백이십 명. 삼십 명씩 하나의 검진을 형성한 채 움직인다. 철벽구망진(鐵壁九網陣). 포위되면 살아나기 힘들어."

"철벽…… 구망진? 그건 또 뭐야?"

"만박선생이라는 자가 있어. 이름은 사마건위(司馬建偉). 공명(孔明)의 현신이라는데, 사마중달(司馬仲達)의 후손이야. 사공명 주생중달(死孔明 走生仲達)이라는 말에 나오는 바로 그중달. 웃기는 이야기지. 중달의 후손이 공명의 현신이라는 말을 들으니."

"대가리가 엄청 좋은 놈인가 보네."

"잠사검귀는 만박선생이 손수 양성한 수하들이야. 시마 말처럼 지옥 수련을 거친 자들이고, 온갖 검진에 능통해. 그중에서도 철벽구망진은 단연 으뜸이야. 간단하게 생각하면 돼. 마도나 수검 같은 친구와 전력으로 붙는다. 짜릿하지?"

"그…… 그 정도야?"

"적선서만 처리한다면 간단한데 잠사검귀가 있으니…… 이번 일을 해낼 수 있는 사람은 혈유밖에 없어."

"빌어먹을! 호랑이 앞에 토끼를 들이밀면서 하는 소리 하곤."

키 작은 사내가 툴툴거리며 일어섰다.

"동방주, 혈유와 함께 가."

"나, 나도?"

"절체향초(絶體香草)의 효과는 한 시진밖에 지속되지 않아. 적선서가 따라붙는 건 당연하지. 미끼가 필요해."

팔두마차에서 몸 냄새를 제거시켜 준 풀이 절체향초인가? 효력이 한 시진밖에 지속되지 않는다면…… 자신들과 대체해서 마차에 탔던 세 여인은 잡혔을망정 죽지는 않았으리라. 다행이다. 마음 한 켠이 묵직했는데.

"동생, 동생 때문에 내가 이런 대접을 받잖아. 동방에 있었으면 지금도 공포의 화신이 되어 있을 텐데, 겨우 미끼 취급이나 받고. 호호호! 정말 하늘 밖에 하늘이 있었네."

절혼마녀가 배시시 웃으며 일어섰다.

"그 미끼, 제가 하면 안 되나요?"

일령이 급히 절혼마녀를 따라 일어서며 말했다.

"그냥 있어. 나를 지목했으니……."

절혼마녀가 말을 꺼내자마자 소립파가 가로챘다.

"사람마다 체향이 다르지. 동방주의 체향은 율금향. 적선서가 가장 좋아하는 향이야. 일령이 미끼로 나서면 한두 마리는 일령을 쫓겠지만 다른 놈들은 동방주를 쫓아와. 동방주가 미끼가 되면 일곱 마리 모두 달려들지. 동방주가 제일 맞아."

소립파가 벌떡 일어나 앉았다.

"이게 좋다는 소리야, 나쁘다는 소리야?"

"좋다는 소리는 아닌 것 같네요."

금연화가 절혼마녀를 보며 미안한 표정으로 웃었다.

"웃지 마. 어쩌면 목숨을 내놓을지도 모르니까 심각하게 받아들여. 신법이 딸린다면 백중백 죽게 될 거야."

세 여인은 숨을 멈췄다.

소립파는 거짓을 말한 적이 없다. 그가 그렇다면…… 상당히 위험한 일이다. 단순히 미끼 노릇을 하는 것인데도.

소립파가 마도, 수검을 보며 말했다.

"붙고 올 텐가, 아니면 지금 움직일까?"

마도가 천천히 손을 움직여 술병을 입에 댔다. 그제야 수검도 들고 있던 고기를 모닥불에 던져 버렸다.

2

"헤헤, 여자. 여자가 가진 신법은 뭐야?"

혈유는 절혼마녀와 동행하게 된 게 기분 좋은지 실실 웃어가며 말을 걸어왔다.

"너 몇 살이니?"

"엥?"

"나 스물아홉이야. 누님이라고 불러."

"에엥? 여자야, 여자야. 이 몸은 서른넷이라네. 시퍼렇게 어린놈으로 보아주니 기분 좋기는 한데, 누님이라고 부를 수는 없는걸."

'서, 서른넷?'

절혼마녀는 혈유를 다시 쳐다봤다.

겨우 스물 대여섯 정도로밖에 보이지 않는데.

그녀가 사람을 잘못 본다는 것은 있을 수 없는 일인데 그런 일이 생겼다. 성인군자라는 사람부터 파락호까지 온갖 종류의 사람들과 몸을 섞으며 살아왔으니 사람 보는 눈만은 정확하다고 생각했는데.

정확히 본 것도 있다. 혈유의 나이는 잘못 짚었을망정 성격
은 제대로 봤다. 혈유는 자유분방하여 구속됨이 없지만 정을
준 사람에게는 한없이 양보하는 사람이다.

절혼마녀는 편하게 말했다.

"그래? 그럼 친구 하면 되겠네."

"엥? 그건 무슨 셈법이야?"

"넌 나보다 나이가 많고, 난 너보다 키가 크잖아."

절혼마녀의 양 볼에 보조개가 깊이 패였다.

혈유는 기가 막힌 표정으로 절혼마녀를 쳐다보다가 머리
를 살래살래 흔들며 고개를 돌려 버렸다.

"넌 요물이야, 요물. 빌어먹을! 쳐다보기만 해도 숨이 막히
니. 너 창기였던 것 맞아? 이놈저놈 아무나 끌어안고 나뒹구
는."

듣기 싫은 말, 하나 사심없이 한 말이기에 담담하게 받아들
였다.

"맞아."

"여자야, 나 너 안고 싶다."

"낙화향으로 돈 갖고 찾아와."

"휴우! 여자야, 너 왜 그러니?"

"뭘?"

"아까 보니까 마야(魔爺)에게 꼬리치던데, 마야가 그렇게

넘어갈 인간이 아니거든. 키키! 마야 고놈, 생각 밖으로 단순해. 좋으면 좋고, 싫으면 싫고 딱 부려져. 좋은 놈이야. 아! 그놈 앞에서는 마야라는 소리, 꺼내지 마. 인상 박박 쓰거든."

'그 사람이 마야?'

처음으로 들었다. 사람들이 그를 뭐라고 부르는지.

마야(魔爺)라면, 마인들의 아버지라는 소린데…… 무엇 무엇의 아버지라면 존경과 흠모의 대상인데…… 마야라고 부르면서 이놈, 저놈 하는 경우는 또 뭔가?

확실히 마인들의 세계는 이해하지 못할 구석이 많다.

절혼마녀는 생긋 웃으며 말했다.

"그 사람에게 정이 깊은가 봐?"

혈유가 절혼마녀를 쳐다봤다.

"계집이 예쁘기는 더럽게 예쁘네. 휴우! 며칠 전에만 만났어도 꼴까닥 해치웠을 텐데. 여자야, 마야에게 마음이 있걸랑 창기에서 벗어나. 고루쌍마에게 돈만 주면 안길 수 있다고 했다며? 여자야, 여자야. 그런 말 함부로 하는 것 아냐. 마야를 마음에 담지 말던지, 말과 행동을 조심하던지."

'이 사람, 마야를 진심으로 좋아해. 마야를 마음에 담았다는 사실만으로도 날 보호하려고 해.'

"알았어. 말조심할게."

혈유는 절혼마녀를 쳐다보며 침을 꿀꺽 삼켰다.

"정말 아깝단 말이야. 동방이란 곳에 너 같은 여자 또 없니?"

"왜 없어. 많지."

"아냐. 없어, 없어. 너 같은 여자는······."

혈유가 말을 하다 말고 고슴도치처럼 가시를 세웠다.

그의 눈이 빠르게 좌우를 훑는다. 온몸이 긴장으로 뒤덮이고 맥박이 급속하게 가라앉는다.

"여자야, 네가 펼칠 수 있는 신법 중에 가장 빠른 신법이 뭐야?"

장난이 아니다. 지금까지 느긋하던 말투와는 사뭇 다르다.

"낙일비사(落日飛射)."

"쳇! 겨우 현현신법(玄玄身法)?"

'현현신법이 겨우?'

혈유의 눈동자가 빠르게 움직였다. 좌우, 상하로 빠르게 빙글빙글 움직인다. 사람의 눈동자가 이렇게도 움직일 수 있구나 싶을 정도로.

"안 되겠어. 같이 움직이려고 했는데······ 여자야, 저 나무 위로 올라가. 속으로 백을 헤아린 다음에 낙일비사를 펼쳐서 최대한 빨리 강으로 달려가. 뒤에서 어떤 일이 벌어지더라도 뒤돌아보면 안 돼. 돌아볼 틈도 없단 말이야. 알았지?"

"아, 알았어."

"빨리! 빨리 올라가!"

절혼마녀는 혈유가 가리킨 나무 위로 신형을 쏘아 올렸다.

'하나, 둘, 셋······.'

백이라는 숫자는 가동되었다. 그러면서 그녀의 눈은 혈유에게 고정되었다.

쉬익!

혈유가 신법을 펼쳤다. 눈앞에서 무엇인가 번쩍인다 싶은 순간, 그의 모습은 사라져 버렸다.

'맙소사! 저런 신법이!'

너무 경악한 나머지 숫자의 헤아림을 깜빡 놓쳐 버렸다. 그러나 그녀 역시 절혼마녀라는 별호를 들을 정도로 무공이 높은 여인, 금방 정신을 수습하고 다시 수를 헤아렸다.

'여, 열하나, 열둘……'

파아앗! 꿰엑!

날카로운 섬광이 어둠을 뒤흔드는 순간, 돼지 먹따는 소리와 비슷한 소리가 야공을 갈랐다.

'이게 적선서?'

꿰엑! 꿰에엑!

소름이 오싹 돋는 끔찍한 소리는 연이어 터져 나왔다.

혈유는 보이지 않는다. 잠사검귀라는 사람들도 보이지 않는다. 오직 아수라가 울부짖는 듯한 소리만 쩌렁쩌렁 울려온다.

'일흔일곱, 일흔여덟……'

꿰에엑!

그녀가 여든을 헤아릴 무렵, 네 번째 괴음이 들렸다.

'여든아홉, 아흔, 아흔하나…….'

꿰엑! 창! 창창창……!

아흔하나에서는 다섯 번째 울부짖음과 병장기 부딪치는 소리가 콩 볶듯이 들려왔다.

'적어도 십여 명.'

철벽구망진은 서른 명이 한꺼번에 움직인다고 했다. 그런데 절혼마녀가 판단하기에 합공을 펼치는 인원은 십여 명이다. 하나같이 상상을 초월하는 쾌공의 소유자들로 추측된다.

'아흔아홉, 백!'

그녀는 망설임없이 신형을 튕겨냈다.

지금과 같은 상황에서는 촌각의 망설임이 생사를 가른다. 적선서가 다섯 마리밖에 제거되지 않았고, 혈유의 처지도 모르지만 몸을 뺄 시기라는 것은 안다.

쉬이익!

그녀는 바람을 가르며 쏘아져 갔다.

꿰엑!

'여섯 마리! 한 마리만 더!'

순간, 그녀는 뒷머리가 서늘해졌다. 알 수 없는 경기가 다가온다. 제대로 대응하지 않으면 죽을 것이라는 느낌이 든다.

'뒤돌아보지 마! 달려! 있는 힘껏 달려!'

환청인가? 혈유의 고함 소리가 귓전에 쟁쟁 울렸다.

절혼마녀는 입술을 꽉 깨물고 진기를 극성으로 끌어올렸

다. 그리고 죽을힘을 다해 앞으로 치달렸다.

까앙! 깡깡깡! 뻐걱! 파앗!

등 뒤에서 치열한 접전이 벌어졌다. 소리만 들어도 병기에 실린 힘을 짐작할 수 있다. 공격과 방어의 처절함이 느껴진다.

스슷! 스윽!

갑자기 기분 나쁜 느낌과 함께 종아리가 묵직해졌다. 무엇인가가 종아리를 타고 빠르게 움직여 허벅지까지 기어올라왔다.

'적선서!'

아무 생각도 나지 않는다. 소립파가 말한 항문을 꿰뚫고 들어가서 내장을 갉아먹는다는 소리만 웅웅거린다.

'이, 이걸 어떻게…….'

절혼마녀는 당황했다. 손을 뻗어서 떼어내야 하는데 움직임이 너무 빠르다. 놈의 발톱은 무척 날카로워서 칼로 찍는 듯한 아픔을 주었다. 하나 그런 것에는 신경도 돌아가지 않는다.

놈이 방향을 틀어 엉덩이에 달라붙었다. 그때,

파앗! 꿰에엑!

엉덩이로 면도(緬刀)의 예기(銳氣)가 스며들었다. 그와 동시에 그녀를 궁지로 몰아넣었던 묵직한 놈은 괴성을 지르며 나가떨어졌다.

솜털까지 쭈뼛 곤두선다. 멀리서 듣던 괴성과 몸에 달라붙어서 내지른 괴성은 천지 차이다.

무엇인가 기분 나쁜 것이 뒷다리를 타고 주르륵 흘러내리는 것을 뒤늦게야 깨달았다.

적선서의 피거나, 내장이거나.

그런 것도 신경 쓸 겨를이 없다.

창창! 차앙! 파아앗! 스스슷!

그녀의 앞은 인간 세상이되, 그녀의 등 뒤는 지옥이었다. 날카로운 쇠붙이는 끊임없이 격렬하게 부딪쳤다. 호흡 한 올만 흐뜨러지면 여지없이 난자당할 것이라는 불길함이 머릿속을 휘저었다.

어디를 어떻게 치달렸는지 모른다. 마을을 언제 벗어났고, 논인지 밭인지도 모를 곳을 어떻게 지나쳐 왔는지도 모른다.

눈앞에 너른 강이 나타나고 눈에 익은 비조선이 보일 때에서야 약속 장소에 다가왔음을 알았다.

휘익!

그녀는 생각할 겨를도 없이 배에 올라탔다. 그리고 그제야 뒤를 돌아봤다. 배에 누가 있는지, 어떤 표정을 짓고 있는지 살필 겨를도 없었다.

스으으윽······!

배는 혈유를 태우지 않은 채 쏜살같이 나아갔다.

"자, 잠깐! 아직 혈유가······."

그녀는 급히 뒤돌아보며 말했다. 그러다 배에 드러누워 숨을 헐떡이고 있는 혈유를 발견했다.

"어, 언제……!"

혈유는 무사하지 못했다. 언제 어디를 어떻게 당했는지 온몸이 피투성이다.

혈유 옆에는 소립파가 있다. 그가 혈을 짚어 지혈을 시키고 금창약(金瘡藥)을 발라준다.

"여, 여자가…… 더럽게 느려서……."

"후후! 여기 느리지 않은 사람이 있나. 모두 느리지. 축하해. 이걸로 열 고개는 넘었어."

"빌어먹을! 쓸 만한 놈에게 넘길 줄 알았는데…… 저런 풋내기들에게 열 고개를 넘길 줄이야. 아무래도 한 십 년은 더 수련해야 될까 봐."

소립파는 시마에게 했던 것처럼 혈유를 끌어안고 술을 먹였다.

무슨 술일까? 어떤 병이든 말끔히 낫게 해주는 술이.

혈유는 혼곤한 잠 속으로 빠져들었다.

혈유를 재운 소립파는 절혼마녀에게 다가왔다.

"뒤돌아서 누워."

"난 괜찮아."

"괜찮지 않아. 적선서 발톱에는 독이 있어. 곰도 마비시키는 극독이지. 적선서가 내장을 파먹지 않아도 동태처럼 딱딱하게 굳어져서 죽어가. 발톱에 긁히는 순간 끝났다고 봐야지. 다시 봐야겠는데? 내공이 정순하지 않으면 이만큼 달려올 수도 없거든."

소립파가 싱긋 웃었다.

그를 만난 후 처음으로 보는 싱그러운 웃음이다.

사람을 비웃는 듯 피식거리는 웃음은 몇 번 보았지만 좋은 기분으로 웃어주는 건 처음이다.

'무슨 남자가 이런 웃음을…… 호, 혼이 빨려드는 것 같아. 환희마소…… 정말 환희마소인가?'

절혼마녀는 마음이 편안해졌다.

소립파가 옆에 있다는 것만으로 세상 모든 것을 얻은 기분이 되었다. 방금 전까지 숨이 턱에 닿을 만큼 급하게 뛰어왔다는 사실도 망각했다.

그녀는 뒤로 돌아누웠다.

그의 손길이 종아리부터 엉덩이까지 낱낱이 누빈다. 손길이 닿을 때마다 짜릿한 전율이 전신을 관통한다. 몸과 정신이 붕 뜬다. 허공에 부유하는 느낌이다.

'다, 당신…… 아……!'

절혼마녀는 끝이 보이지 않는 행복 속으로 추락했다.

"열 고개 넘었다는 말이 무슨 말이에요?"

일령이 노를 젓고 있는 고루쌍마에게 물었다.

"죽을 고비를 열 번 넘겼다는 말이지."

"그래요? 참 대단한 사람이네요. 그럼 이전에도 아홉 번이나 죽을 고비를 넘겼다는 말이잖아요. 보통 한두 번 넘기기도 힘든데."

"여섯 번이야."

"네?"

"저놈은 여섯 번 죽을 고비를 넘겼어. 이번 싸움에서 네 번이나 큰 걸 얻어맞았다는 말이지. 제길! 암울해지는구먼. 단문협에 도착하면 뒤도 안 돌아보고 숨어야겠어."

금연화와 일령은 할 말을 잃었다.

절혼마녀는 앞만 보고 달려오는 바람에 혈유의 신위를 보지 못했지만 그녀들은 두 눈으로 똑똑히 보았다.

혈유는 비조라는 표현이 무색할 만큼 빨랐다. 세상에 이토록 빠른 사람도 있구나 하는 느낌이 절로 들었다. 그러면 그런 사람을 네 번씩이나 죽음으로 몰아넣은 천비대는 어떤 사람들인가.

북검문도 아니다. 북검문 산하의 천비대다.

천비대가 이토록 무서웠나? 천비대가 이럴진대 전투의 달인들인 천랑대와 천검대는 어떻겠나.

단문협에는 천랑대가 있다. 그들을 뚫고 들어갈 수 있을까? 마도, 수검, 혈유, 시마를 보고 일말의 가능성이 있다고 생각했는데 착각이었나.

고루쌍마가 가는 한숨과 함께 이야기했다.

"절혼마녀가 마음에 들었나 보지? 죽자 사자 보호하게. 자식…… 제 죽는 것 모르고. 제 몸만 빼냈으면…… 제까짓 놈들이 어떻게 혈유를 쳐. 마도, 수검도 잡지 못한 혈유인데."

"크크! 아직도 혈유를 모르는군. 저놈이 제 좋아서 계집을 보호한 줄 알아. 그게 다……."

고루쌍마는 소립파를 힐끔 쳐다보고는 말문을 닫아버렸다.

*　　　*　　　*

"놀랍군. 놀라워. 잠사검주(潛死劍主)가 넷에다 잠사검귀가 백이십. 그러고도 강으로 몰아내는 데 그쳤으니."

만박선생은 멀어져 가는 비조선을 바라보며 희미하게 웃었다.

"저보다 두 배는 빠른 자였습니다. 일 대 일로 겨뤘다면 제가 당했을 것. 무명소졸(無名小卒)이 아닙니다. 짐작 가는 자라도 있으신지……?"

"세상은 넓고 기인이사는 많은데 나라고 모두 알 수 있나. 이쪽 피해는 어떻지?"

"잠사검귀 다섯이 당했습니다."

"전부 즉사?"

"네."

"호오! 그 정도면 얌전히 보냈을 리는 없고, 저쪽은 어떤가?"

"신의(神醫)가 없다면 죽을 겁니다."

"음……! 천비대주와 버금가는 자군."

"대주님과요? 그렇게까지는 보지 않았습니다만."

"후후! 천비대주와 철벽구망진 네 개가 어울린다면 어떨까? 양패구상(兩敗俱傷)이 아닐지. 잠사검주는 그자가 여자를 보호했다는 사실을 잊었군. 그자는 자신의 무공을 마음껏 펼치지 못했어. 그런데도 잠사검귀 다섯 명을 잠재웠다는 건…… 대주님과 버금가는 자야."

"하마터면 우리가 큰코다칠 뻔했군요."

"앗! 적선서!"

갑자기 만박선생의 얼굴에 놀라움이 떠올랐다.

"적선서가 몇 마리나 남았지?"

"모두 죽었습니다."

"모두?"

"예."

"아차차차! 이런, 이런, 이런. 또 당했네. 하하하! 이거 재미있는 사람인걸."

"무슨 말씀이신지……?"

"그자가 상소에 머무른 것은 나보고 찾아오라는 뜻이었어.

북검문에 대해서 소상히 알고 있는 자군. 나란 사람이 있는 것도 알고 있었어. 잠사검귀의 존재도 알고 있었고. 그자는 여기서 적선서를 몰살시킬 계획을 세운 거야."

네 사내는 믿을 수 없다는 표정을 떠올렸다.

잠사검귀의 존재는 극비 중에 극비다. 북무림 무인들은 아는 사람이 없고, 북검문에서도 몇몇 수장만이 알고 있다. 한데 이름도 들어보지 못한 자가 알고 있다니, 가능한 말인가.

정녕 믿을 수 없는 말이나, 그 말을 한 사람이 만박선생이기 때문에 믿을 수밖에 없다.

"도주하는 것으로도 부족해서 역으로 친단 말이지. 하하하! 좋아, 좋아. 가만…… 이는 강으로 빠져나가지 않고 육지를 통해 적혈구로 들어가겠다는 심산인데. 하하하! 이걸 어쩌나. 천비대주가 애써서 마련한 모든 것들이 허탕이 되고 말았으니."

만박선생은 눈을 반쯤 감았다.

상대의 숨통을 틀어막았다 싶을 때 떠올리는 버릇이다.

"가자. 적혈구만 봉쇄하면 끝나. 하하하!"

만박선생의 웃음소리가 더욱 낭랑해졌다.

第十章

대도박(大賭博)
―큰 도박

1

고루쌍마는 강줄기가 꺾이자마자 급히 배를 강가에 댔다.

굽이진 곳에는 절벽 바위처럼 암벽이 툭 튀어나와 있어서 상류 쪽을 볼 수 없는 지형이다.

"잘 수 있을 때 푹 자둬. 언제 바빠질지 모르니까."

이해하려고 해도 도저히 이해할 수가 없다.

혈유에게 죽음의 고비를 네 번이나 안겨준 적이 코앞에 있다. 강으로 도주한 것을 그자들도 보았을 테니 틀림없이 뒤따라올 것이다. 죽어라고 도주해도 모자랄 판이 아닌가. 겨우 사십여 장쯤 이동한 다음에 쉰다는 생각은 도무지 이해가 되지 않는다.

마도가 축 늘어진 혈유를 안아 들고 일어섰다.

수검도, 시마도, 고루쌍마도…… 어느 한 사람 토를 달지 않고 일어선다.

그들이 간 곳은 강에서 이십여 보밖에 떨어지지 않은 초지(草地). 온갖 잡초가 무성하나 키 낮은 풀들밖에 없어서 토끼 한 마리 숨을 수 없는 곳이다.

마도는 그곳에 혈유를 내려놓고 자신도 벌렁 드러누웠다.

모두 같은 행동을 취했다. 몸 눕히기 좋은 곳을 찾아 거리낌없이 누웠다. 그리고 정신없이 잠에 빠져들었다.

풀밭을 벗어난 사람도 있다.

고루쌍마는 사람들이 모두 내리자 배에 구멍을 뚫어 물속에 가라앉힌 후 어슬렁거리며 초지를 빠져나갔다.

"제길! 젊은 놈들은 퍼자고, 늙은이들은 밤이슬 맞고."

"크크! 그러기에 이놈아, 한눈을 팔기는 왜 팔아. 네놈이 고루음공(骷髏陰功)만 십성으로 올려놨어도 이런 푸대접은 당하지 않잖아. 칠성이 뭐야, 칠성이."

"그래서 네놈은 고루양공(骷髏陽功)을 팔성까지밖에 연성하지 못했냐? 주둥이만 까져 가지고는."

"다 늙은 놈한테 주둥이가 뭐야 주둥이가. 하여간 못 배운 놈은……."

고루쌍마의 티격태격거리는 소리가 점점 멀어졌다.

금연화는 가부좌를 틀고 앉아 운기조식(運氣調息)에 몰두했다.

이들을 만나면서 배운 점이 많다.

자신이란 존재가 얼마나 작았던가. 우물 안 개구리가 넓은 세상을 보지 못하고 자족했으니 돌이켜 보면 한심하기 짝이 없다.

한때는 후기지수(後起之秀)라고 생각한 적도 있다.

중원에 산재한 수많은 문파 중에 그래도 이름이 알려진 문파만 이천여 개. 그들이 배출하는 인재는 한 문파에 두 명씩만 잡아도 사천여 명이나 된다. 구대문파(九大門派)나 오대세가(五大勢家)의 경우에는 뛰어난 자가 열 손가락을 후딱 넘어서니, 사천 명이라는 숫자는 그야말로 최소한으로 적게 잡은 수다.

금연화는 자신이 어느 위치에 있는지 신경 쓰지 않았다. 무의미한 숫자놀이에 불과하니까. 하나 후기지수들 중에서 다섯 손가락 안에 들 것이라는 믿음만은 확고했다.

넓은 세상을 보지 못했다.

그만큼의 후기지수가 있다면 그들을 양성한 고수도 그만큼은 있다.

이들은 어떤가. 마인이라고는 하지만 오직 앞만 보고 달린다. 자기가 천하제일이라는 믿음을 가지고 있다. 자신보다 강한 상대와도 거리낌없이 부딪친다.

삼행필유아사(三行必有我師)라.

세 명이 길을 가면 그중에 반드시 나의 스승이 있다고 했던가.

이들은 마인이기에 앞서 스승이다. 무공 중진에 매진하라고 채찍질하는 사부다.

자신의 무공이 이들 중 한 명과 동수만 이뤘어도 단문협에 가는 일이 어렵지 않았으리라. 복수도 자신만만하게 시작했을 게다. 비록 중도에서 꺾이는 한이 있더라도 시작할 때만은 망설임이나 두려움 같은 것이 없었을 것이다.

이들이라면 그랬을 것 같기에.

지금부터라도 쉬지 않고 수련해야 한다. 무공이란 것이 며칠 만에 일취월장(日就月將)할 수는 없지만 몸 상태만이라도 최고로 만들어놔야 한다.

금연화는 날이 밝을 때까지 운공조식을 거듭했다.

사방이 환하게 밝아올 무렵, 고루쌍마가 터덜거리며 걸어왔다.

"준비 끝."

"크크크! 그 새끼들 단단히 독 올랐나 봐. 적혈구에 새까맣게 깔려 있더라고. 골목마다 그놈들 없는 곳이 없어. 휘유! 천비대 천라지망이 무섭다더니 빈말이 아니더라니까. 깜빡했으면 우리도 들통날 뻔했지 뭐야. 새끼들이 얼마나 눈깔에 힘주고 있던지."

두 사람의 말은 상반되었다.

한 사람은 준비가 끝났다고 했고, 한 사람은 힘이 빠지는 말만 골라서 했다.

소립파는 고루쌍마가 아침거리로 가져온 떡을 잘게 씹어 먹으며 물었다.

"강을 봉쇄한 것은 청호방과 천비대일 텐데?"

"완전히 족집게라니까. 맞아. 천비대가 강심에서 밀적산진인가 뭔가 하는 것을 펼쳐 놓았고, 청호방이 강안을 맡았어. 그놈들이 펼친 게 금문…… 뭐라고 했는데."

"금문혼진."

"맞아. 금문혼진. 나는 새도 빠져나갈 수 없다지 아마?"

"밀적산진과 금문혼진이라면 그만한 자부심을 가질 만해."

"그럼 돌아가는 게 어때?"

"왜? 뒤가 빈 것 같아서?"

"사실 비었지 뭐."

"후후후! 천비대의 눈은 하늘에도 있다. 잊어버렸어?"

"제길! 우라질 놈들!"

고루쌍마가 털썩 주저앉아 떡을 한 움큼 베어 물었다.

소립파는 떡 한 조각을 다 먹은 후 절혼마녀에게 다가왔다.

"상처는 어때?"

"고마워. 다 나은 것 같아."

"나와 같이 있는 동안에는 어중간한 말은 사용하지 마. 판단에 오류가 생기니까. 확신이 서지 않으면 다 낫지 않은 거야. 운공조식으로 몸 상태를 살피고 이야기해 줘."

"낫지 않았으면 술 먹이게?"

절혼마녀는 혀를 반쯤 내밀며 말했다.

귀여운 모습이다. 꽉 끌어안고 싶은 충동이 인다. 하나 소립파는 무표정으로 일관했다.

그는 혈유에게 갔다.

"어때?"

"하루 더 쉬어야 돼."

세 여인은 혈유의 말을 듣고 깜짝 놀랐다.

혈유를 사경에 빠뜨린 상처는 네 군데다.

가슴에서 복부로 그어 내려진 검흔 하나. 등 뒤를 뚫고 들어와 배 앞쪽까지 삐져나온 검흔 하나. 왼쪽 어깨에서 오른쪽 어깨까지 가로지른 검흔 하나. 왼쪽 옆구리를 파고들어 늑골을 갈라 버린 검흔 하나.

어느 하나만 해도 몇 달은 요양해야 될 중상이다.

그런데 뭐? 하루만 더 쉬겠다고?

소립파는 혈유를 끌어안고 술을 먹였다.

"그래. 하루 더 쉬어."

맙소사! 그럼 오늘 당장 움직이게 하려고 했단 말인가? 중

태인 사람을 겨우 하루 쉬게 하면서 큰 인심이나 쓰는 척 말하다니.

"이놈의 술은 너무 써서……."

혈유는 인상을 찡그리면서도 술을 받아 마셨다.

절혼마녀는 운공조식을 해보지도 않고 급히 말했다.

"나, 난 다 나았어."

마도와 수검은 들것을 들고 산책이라도 하는 듯 유유자적 걸어갔다.

혈유는 술을 먹은 후부터 혼곤한 잠에 빠져 깨어나지 않았다. 자신이 들것에 실려 가는 줄도 모르고 있을 게다.

길을 안내하는 자는 고루쌍마다. 그들은 십여 장을 앞서 나가며 주위를 살폈다.

"우, 우리…… 뒤로 물러섰다가 하루나 이틀쯤 쉬어 가면 안 돼요?"

일령이 소립파에게 다가와 하기 힘든 말을 꺼낸다는 듯 어렵게 말했다.

"안 돼."

소립파의 대답은 단호했다.

"적혈구로는 못 들어가잖아요. 강으로도 갈 수 없고요. 반면에 우리가 왔던 길은 텅 비어 있는데……."

금연화나 절혼마녀도 같은 생각이다. 하나 그녀들은 일을 벌인 입장이기 때문에 소립파의 강행군을 말릴 명분이 없었다. 일령이 그런 점을 눈치채고 대신 나선 것이다.

소립파는 금연화를 힐끗 쳐다본 후 설명하듯 차분하게 말했다.

"지금 적혈구로 들어가고 있잖아. 그리고 뒤는 비어 있지 않아. 천비대의 눈은 하늘에도 있다고 말했는데, 못 들어봤어?"

"못 들었어요."

"도대체 자하부는…… 그놈다운 짓이군. 자신은 야망을 추구하면서도 꿈이 큰 여자는 싫어했지. 자기는 밖에서 일을 찾고, 여자는 안에서 행복을 찾고. 후후후!"

금연화는 혈귀대주를 떠올렸다.

그는 편안한 걸 좋아했다. 조용한 곳을 즐겨 찾았고, 꽃 한 송이에 활짝 웃는 자신을 보고 기뻐했다. 요란하고 사치스러운 것보다 검박한 것을 사랑한 사람이다. 무공이 높은 여자보다는 조그만 것에 기뻐하는 여자를 좋아했다.

'가가…… 당신은 정말 어떤 일에 휘말린 거야. 무슨 일을 겪은 거냐고! 어떡해. 뭘 해야 하는데 앞이 깜깜하잖아. 나보고 어쩌라고 그렇게 가버린 거야.'

혈귀대주를 생각하자 눈물이 왈칵 솟구쳤다.

소립파의 음성이 멀리서 들리는 듯 아련하게 들려왔다.

"천비대에는 적선서 말고도 또 다른 영물이 있어. 비응(飛

鷹). 평소에는 전서를 주고받는 데 사용하지만, 지금과 같은 상황에서는 천비대의 눈 역할을 해. 이른바 천목(天目)이야."

천목…… 혈귀대주에게 들은 적이 있다. 자신과는 상관없는 일 같아서 듣는 즉시 잊어버리고 말았는데.

비웅은 사람을 식별할 수 있도록 조련받았다. 비웅을 하늘에 띄워놓으면 사람을 발견하는 즉시 '꾸욱!' 하는 소리를 내지른다. 당연히 비웅 뒤에는 소리를 확인하는 천비대원이 있다. 그들은 천비대 중에서도 가장 신법이 빠른 자들로 구성되었다. 천비십조 중 제일 마지막 조인 십조다.

천비십조장 한 명과 천비십조원 이십 명, 그리고 비웅 스무 마리가 천목이다.

"비웅이 발견하면 천비십조원이 확인해. 찾는 자가 맞으면 즉시 천비대 전원이 몰려들어. 천비십조원을 죽여도 비웅이 끝까지 따라붙지. 비웅까지 죽여 버리면 방원 십 리에 걸쳐서 천라지망이 전개돼. 독 안에 든 쥐가 되는 건 마찬가지야. 그럴 바에는 준비된 쪽으로 가는 게 낫지."

"그러네요."

일령이 힘없이 말했다.

"또 하나, 중요한 사실을 잊었어."

"뭘요?"

"지금도 단문협에서는 흔적이 제거되고 있어. 지금까지 돌아온 것은 천비대의 추적을 피하기 위해 불가피한 선택이었지만 여기서 더 돌아갈 수는 없는 거야."

"그래요. 미안해요. 괜히 귀찮게 해서."

소립파는 괜찮다는 듯 일령의 어깨를 토닥거렸다.

고루쌍마가 안내한 곳은 적혈구 인근에 위치한 공동묘지다.

조그마한 야산에 나무라고는 하나하나 꼽을 수 있을 정도로 드물고 온통 누런 봉분으로 뒤덮여 있다.

고루쌍마는 익숙한 솜씨로 석대를 잡아 들어올렸다.

석대 밑으로 사람 한 명이 걸어 들어갈 만한 공간이 입을 쩍 벌린 채 드러났다.

시마가 제일 먼저 어두컴컴한 묘지 속으로 걸어 들어갔다. 그 뒤를 마도와 수검이 따랐고, 세 여인이 뒤따라 들어섰다.

한 사람이 편히 걸을 수 있을 만큼 잘 닦여진 통로였다. 밑으로 내려가는 길은 돌계단이고, 앞서 간 시마가 밝혀놓았는지 통로 군데군데 횃불이 밝혀져 있다.

그륵! 그륵……!

통로 입구에서 무거운 것을 끌어당기는 소리가 들렸다.

고루쌍마가 묘지 안으로 들어선 후 안쪽에서 석대를 제자리로 옮겨놓는 소리인 듯.

돌계단은 십여 장이나 밑으로 내려간 후에 일직선으로 곧게 뚫려 있었다.

저벅! 저벅! 저벅……!

여러 사람이 내딛는 발걸음 소리만이 불협화음을 이루며 귓전을 울렸다.

한참을 걸었다. 끝도 없는 암굴을 걷고 또 걸었다.

이 굴은 어디까지 뚫려 있는 것일까? 적혈구까지 뚫려 있으면 좋을 텐데. 굴을 나서는 즉시 배를 타고 장강을 건널 수 있다면.

그러나저러나 대단한 건축술이다.

처음에는 어두워서 잘 몰랐는데, 긴장도 했고, 앞서 가는 사람을 따라가느라고 신경을 쓰지 않았는데, 통로가 사방으로 갈라져 있다. 시마가 안내하는 길은 이리 휘고, 저리 꼬부라져서 통로를 아는 사람이 아니면 길을 잃기 십상이다.

이런 지하 세계를 건설한 사람은 누구일까?

물자도 적지 않게 들었을 터이고, 동원된 사람도 한두 명이 아닐 텐데 어떻게 천비대의 이목을 속이고 이런 공사를 할 수 있었을까?

앞서 가던 시마가 우뚝 멈춰 섰다.

똑똑! 똑! 똑똑똑! 똑똑똑똑똑!

두 번, 한 번, 세 번, 다섯 번.

시마가 석문을 두들기자 '그르릉' 하는 묵중한 소리와 함께 벽 한쪽이 힘들게 열렸다.

열린 벽 바깥쪽에는 사람들이 기다리고 있었다.

먼저 몸이 날렵하게 생긴 사람들이 일행과 엇갈려 나오며 말했다.

"어느 길로 오셨습니까?"

"칠로(七路)."

"알겠습니다. 뒤는 걱정 마시고 푹 쉬십시오."

그들은 큰 유등(油燈)을 밝혀 통로를 환하게 비췄다. 그리고 일행이 걸어온 길을 더듬어 나갔다. 시마가 밝혀놓은 횃불을 끄고, 새로운 홰로 갈아놓으면서.

바깥쪽에서 기다린 또 한 사람, 화려한 비단옷을 입고 얼굴에도 기름기가 자르르 흐르는 사람이 허리를 굽히며 말했다.

"고생 많으셨습니다. 어서 오시지요."

세 여인은 목욕다운 목욕을 하고 옷도 새 옷으로 갈아입었다.

안내된 방이 무척 호화롭다. 걸려 있는 그림은 명가의 숨결이 묻어 나온다. 하다못해 물잔 하나만 해도 시중에서는 흔히볼 수 없는 명기(名器)다.

"이 사람들, 대단한 사람들이잖아?"

절혼마녀가 창가에 서서 바깥 풍경을 바라보고 있는 금연화에게 다가왔다.

그녀는 방금 목욕을 끝냈는지 머리칼에 싱싱한 물기가 묻어 있었다.

오층 누각에서 바라보니 적혈구가 한눈에 들어온다. 오가는 배들도 손에 잡힐 듯 가깝게 보이고, 끝도 없이 펼쳐진 장강은 장엄하다.

아래층에서 들려오는 가무음곡(歌舞音曲)이 귀를 어지럽힌다. 술에 취해 흥청거리는 사람들의 목청이 한껏 드높다. 술 냄새, 음식 냄새만 아니라면, 그리고 왁자지껄 떠들어대는 사람들만 아니라면 몇 달이라도 있고 싶은 곳인데.

도읍 곳곳에 잠사검귀들이 쫙 깔려 있다. 하나, 정작 당사자들은 적혈구 한복판에서 경관을 감상하고 있으니, 나중에라도 천비대가 이런 사실을 알게 되면 복창이 터져 죽으리라.

"언니."

"왜?"

"그 사람, 꼭 잡아."

"호호호! 동생이 그런 말 하지 않아도……."

"꼭 잡아서 가가의 복수를 하게 해줘. 미안해. 미안해, 언니."

금연화는 창틀을 으스러지게 움켜잡았다.

울지 않는다고 했다. 다시는 울지 않는다고. 그렇기에 울수가 없다.

절혼마녀가 뒤에서 팔을 돌려 금연화를 껴안았다.

"어려울 줄은 알았잖아. 난 동생보다 경험도 많고, 그래서 앞이 보이지 않는 길이란 걸 알고 있었어. 그런데 왜 동생을 따라나선 줄 알아? 아무것도 부러울 것이 없는 여자, 사내에게 몸을 내주지 않은 여자. 그런 여자 중에 나보고 언니라고 부른 건 동생이 처음이야. 넌 내 동생이야. 알지? 힘내. 우리 힘내자."

날씨는 아주 쾌청했다.

2

적혈구에서 제일 큰 기루인 낙선루(樂仙樓)는 낮과 밤이 따로 없다. 벌건 대낮에도 술 취한 사람들이 비틀거리고, 만물이 숨을 죽이는 오밤중에도 풍악 소리가 질펀하게 늘어진다.

낙선루는 하루 십이 시진 쉬지 않고 운영된다.

출입하는 사람은 철저하게 선별된다. 대부호이거나 이름난 명사가 아니면 문턱조차 밟지 못한다.

예외는 있다. 장강 제팔역을 담당하고 있는 청호방 무인들이나, 북무림 패주인 북검문 무인들은 신분 여하를 막론하고 수시로 출입이 가능하다.

천비대주와 만박선생은 낙선루 제삼각(第三閣)에서 마주 앉았다.

기녀도 없다. 가무도 없다. 소채 서너 개와 술병 하나, 잔 두 개가 고작인 조촐한 술상을 앞에 놓고 그마저도 즐길 생각을 하지 않았다.

"놈들이 또 사라졌어. 목서에 걸리지도 않았고, 천목도 무용지물. 지금까지처럼 감쪽같이 사라졌는데, 그럼 놓쳤다고 봐야 하는 건가?"

"……."

만박선생은 침묵했다.

"파암과 청호방 쓰레기들이 벌인 수전이 마지막 기회였던 건 아니겠지? 한낱 수묘인 따위에게 천비대가 농락당한 꼴이라니."

"그자들은 아직 배를 타지 않았어요."

"후후! 지금 그런 말이 입에서 나오나?"

"배를 타지 않은 것은 사실이죠. 뒤로 빠지지 않은 것도 사실이에요. 천목에 걸리지 않고 뒤로 빠질 정도라면 앞으로도 나갈 수 있는 것이니 굳이 물러설 이유가 없겠죠."

"후후후! 추혼의 팔을 잘랐다. 옥면의 눈을 뽑았어. 그러면 난 무엇을 내놓아야 하지?"

"아직은 아무것도 내놓지 마세요. 여기 분명한 두 가지 사실이 있죠. 그럼 그자들은 어디 있을까요? 여기. 여기예요. 그자들은 틀림없이 적혈구로 스며들었어요."

"자넨 확신을 잘하는 편이군."

"확실하니 말하는 거예요."

"그럼 잠사검귀들이 장님이라는 소리군."

"지나친 말씀."

만박선생은 술병을 들어 천비대주의 잔을 채웠다.

"우선 한 잔 드시고."

천수공자는 만박선생을 뚫어지게 바라보면서 술잔을 들어 마셨다. 술을 마시는 동안에도 그의 눈길은 만박선생을 직시했다.

"앓는 소리는 할 필요가 없겠군. 후후후!"

"그렇죠. 그자들은 아직 수중에 있으니. 자, 이야기를 시작해 볼까요? 상소에서 잠사검귀 다섯이 요절했죠. 아이들의 몸을 살펴보니 놀랍게도 사인(死因)이 똑같더군요. 수전(手箭)에 한 치의 오차도 없이 사혈(死穴)을 꿰뚫렸어요."

"수전? 수전을 사용하는 사람은 드문데…… 혹시!"

만박선생은 고개를 끄덕였다.

"수전의 종류는 헤아릴 수 없지만 목전(木箭)을 사용하는 사람은 한 명뿐이죠."

"독수전(禿手箭)…… 그럼 묵검(墨劍)도 봤겠군?"

"잠사검귀들 중에 병기를 부딪친 자는 모두 서른한 명. 모두 이가 빠져 있더군요."

"혈유…… 놈이 살아 있었군."

"자하일봉이 혈유와 같이 있다? 재미있는 그림이 그려지지 않나요?"

"후후후! 마도란 말이지. 후후후! 하하하하!"

만박선생은 천비대주의 잔을 또 채웠다.

"한 잔 더."

천비대주는 단숨에 들이켰다.

"자하일봉이 혈유에게 손을 내밀었다면 천비대가 낭패를 겪은 것도 당연하죠. 목서, 천목이 무력해진 것도 이해가 되고. 생각나는 자가 없으신지."

"낭패를 겪은 게 당연해? 그럴 수 있는 놈이 있단 말이지. 마도에서. 음⋯⋯! 기억이 날 듯 말 듯하군. 그놈 이름이 뭐였지? 생쥐 같은 놈 말이야."

"언장은마(黿腸隱魔)였죠."

"그래, 언장은마. 두더지 창자 속에도 숨을 수 있는 놈. 그렇군. 그놈이 꼬리를 잘랐다면 아무 흔적도 남지 않지."

"혈유에 언장은마. 벌써 두 명이 걸려들었어요. 이것도 분명한 사실이죠. 자, 또 한 명 짚어볼까요? 그자들, 참 대단했어요. 비조선쯤이야 마련하기 쉽지만 무슨 돈이 있어서 팔두마차를 사용했을까요? 단정도 비싼 편이고. 비싼 것보다는 구하기가 쉽지 않죠. 또 있어요. 우리가 겪은 것만 해도 직강에서 한 번, 상소에서 한 번. 그자들은 두 번이나 마을을 통째로 들어 엎었어요. 대주님은 그만한 돈이 있으신지."

"금적금노(金積金奴)를 말하는 건가?"

"아마도 그럴 것으로."

"후후후! 지옥에 떨어졌던 놈들이 기를 쓰고 되살아났군. 남무림과 싸움을 오래하니까 날이 풀린 것으로 착각한 모양이야. 이제 땅 밑에서 기어나온다 이거지."

"혈유, 언장은마, 금적금노는 놓쳐도 반드시 잡아야 될 자가 있죠."

"반드시 잡아야 될 자라…… 누군가?"

만박선생은 대답하지 않고 웃는 얼굴로 천비대주를 쳐다봤다.

"내 얼굴에 뭐라도 묻었나?"

만박선생은 술병을 들어 자신의 잔을 채웠다.

"전 단지 생각으로 추려낼 뿐이죠. 이러이러한 일이 있으니 이런 자들이 있겠구나 하고. 하지만 천비대의 경우에는 장기간에 걸쳐서 축적된 정보란 게 있죠. 대주님, 저한테 숨기셔서 뭐 하시려고요."

만박선생은 잔을 들어 조금씩 음미하며 마셨다.

"하하하! 하하하하! 과연 만박선생이야. 막강한 정보력을 지녔다는 천비대가 그대 머리를 당하지 못하는군. 하하하!"

천비대주는 대소를 터뜨렸다. 그러나 웃음을 그친 후의 얼굴은 어느 때보다 냉정해져 있었다.

"금적금노에 대한 단서는 잡고 있었어. 혈유나 언장은마에 대해서는 전혀 몰랐고. 자! 자네부터 말해봐. 어떤 자를 잡아야 되는지."

"그렇게 말씀하시면. 혈유란 자는 자유분방해서 한곳에 잡아둘 수 없는 자. 언장은마는 사람이 모인 곳에는 얼씬도 하지 않는 자. 금적금노는 동전 한 닢에도 벌벌 떠는 자. 마도인들이란 대체로 이렇죠. 성격들이 괴팍해서 뭉치려야 뭉칠 수 없는 족속들이에요. 그러나 단 한 사람. 이들을 뭉치게 할 수 있는 자가 있어요."

"그가 누군가?"

"혈유를 낳은 아버지는 혈유를 움직일 수 있죠. 언장은마를 낳은 아버지도 언장은마를 움직일 수 있고, 금적금노도 아버지의 말에는 돈을 내놓아야 되죠."

천비대주는 눈을 지그시 감았다.

어림 반 푼어치도 없는 소리다. 혈유는 부모라도 얽매어놓을 수 없는 자다. 언장은마는 부모까지도 피해 다니는 자이고, 금적금노는 돈을 위해서라면 오히려 부모를 팔아먹을 자다.

만박선생이 말한 아버지란 상징적인 존재다.

─마인도 친아비에게는 성질을 내지 못하지.

성질을 부릴 수 없는 자, 시키는 대로 따라 해야만 하는 자,

마인이 아니라 마인들을 움직이게 만드는 자, 그자가 마인의 아버지다.

만박선생이 결론을 말했다.

"꼭 잡아야 할 자. 그자는 마야죠."

천비대주는 무엇을 생각하는지 한참 동안이나 눈을 감고 침묵했다.

만박선생이 술병을 반이나 비웠을 때 천비대주가 눈을 떴다.

"오래전부터 한 인간을 주목해 왔어. 시마라고 들어보았나?"

"녹혈마공을 익혔다는?"

"맞아. 천비대가 시마를 찾아냈는데, 그때 놈은 녹혈마공의 부작용으로 무공이 전폐된 상태였지. 우린 놈을 놓아줬어."

"차시환혼(借尸還魂)이군요."

"놈을 풀어주면 도와줄 자를 찾아갈 것이고, 한두 놈쯤 잡아 족칠 수 있지."

"그런데요?"

"놈이 찾아간 자는 의원이야."

"의원이라…… 녹혈마공의 부작용이 의술로 고칠 수 있나요? 시기(尸氣)가 골수까지 파고들어 전신이 썩어 들어가는 일밖에 남은 게 없을 텐데요?"

"그때부터 우린 놈을 주목했어. 그게 삼 년 전이야. 시마는 얼마 전까지만 해도 살아 있었고."

"호오! 대단하군요. 반년이면 한 줌 고름이 되는데 삼 년씩이나. 한데 얼마 전까지 살아 있었다는 말씀은?"

"행방불명되었지. 두 놈 다. 묘하게도 혈귀대주의 죽음과 동시에 그놈들도 사라졌어."

"그렇군요. 대주님과 저의 생각을 합하면 그자가 수묘인이며, 마야일 가능성이 높군요."

두 사람은 잠시 말을 중단하고 술 한 잔씩을 들이켰다.

만박선생이 술잔을 내려놓았을 때 천비대주가 입을 열었다.

"왜 자넬 이곳으로 데려왔는지 아나?"

만박선생의 눈가에 웃음이 맺혔다.

"금적금노."

"짐작했군. 그래, 이곳 낙선루는 금적금노가 가진 서른다섯 개 기루 중에 하나야. 놈들이 감쪽같이 사라졌다면 찾을 길이 없을 테고, 그래서 이곳을 주시하라고 했지. 어떻게든 연락을 취할 테니. 그런데…… 하하하! 뭘 봤는지 아나? 자하일봉. 자하일봉이 오층 누각에서 모습을 드러내더군. 창가에 서서 경치를 감상하는 거야. 하하하! 철부지도 그런 철부지가 있을까."

"흐음!"

"아까 자네가 말했지. 자하일봉과 혈유를 연계시키니 그림이 그려지더라고. 지금도 그림이 그려지나?"

"자하일봉만 잡으면 대주님의 위명은 회복되죠. 천비대가 나선 목적은 달성되니까요. 그런데 모험을 하시려는 건가요?"

"놈들이 약을 올렸으니까 이쪽에서는 뿌리를 뽑아줘야지."

"두 가지가 있어요."

만박선생은 눈꺼풀을 반쯤 내리감았다. 먹이를 찾아낸 포식자의 버릇이다.

"첫째, 자하일봉을 당장 잡는다. 이건 위험 부담이 전혀 없죠. 그러나 선택권을 넘겨준다는 단점도 있죠. 천비대의 손에서 빼내갈 것인가, 손 털고 물러갈 것인가. 그자들의 목적이 크면 클수록 빼내갈 가능성이 높아지는데…… 그럴 만한 일이 있을까요?"

"두 번째는?"

"자하일봉과 혈유는 잡을 수 있지만 금적금노는 잡을 수 없는 방법이죠. 금적금노는 인맥이 넓죠. 아는 사람이 많다는 것은 힘이 되고. 그를 잡으려면 명분이 있어야 하는데, 자하일봉이 이곳을 벗어나게 되면 아무래도."

"금적금노는 드러난 자. 잡을 기회는 많아. 그자는 그냥 잡아서는 안 돼. 그자가 숨겨놓은 누만금을 찾아내는 게 순서야. 정 안 되면 쥐도 새도 모르게 죽여 버리는 수도 있고."

"그러하시면…… 아직 강을 건너지 않았다는 점에 주목해야죠. 강을 건널 때 낚아채면…… 눈엣가시인 자하부까지 옭아맬 수 있죠."

"자하부주…… 이제는 끝인가. 하하하!"

"잡지 못하면 낭패죠. 다행이랄까요? 기회는 한 번 더 있어요."

"단문협."

"그렇죠. 그들이 가는 곳은 단문협. 장강을 건넜더라도 단문협으로 가려면 다시 건너와야 하는데, 그때도 놓칠까요?"

천비대주는 생각할 필요도 없다는 듯 말했다.

"후자로 하지."

*   *   *

모두 떠날 준비를 끝냈다.

넓은 탁자에 둘러앉아 차를 마시고 있지만 입을 여는 사람은 한 명도 없다.

목숨을 건 도박.

피를 뿌리게 될는지, 그냥 떠날 수 있을 것인지.

그들은 한 사람을 기다렸다. 그리고 그토록 기다렸던 사람,

낙선루의 주인이 활짝 웃으며 들어설 때에서야 긴장의 끈을 놓았다.

"잠사검귀들이 포위망을 풀었네. 제삼각 손님도 돌아갔고. 하하! 신산(神算)이 따로 없군. 따로 없어."

소립파가 자리를 털고 일어섰다.

"비조선은?"

"준비됐네."

"신세 졌군."

"신세는 무슨. 이 세계에서 살아남으려면 마야에게 잘 보여야지. 여벌로 목숨을 서너 개쯤 갖고 있지 않은 한은 말이야."

"쓸데없는 소리."

"쓸데없는 소리는. 이 자리만 해도 자네를 죽일 수 있는 자는 다섯 명이 넘어. 하나, 죽일 수 있는 사람은 없네. 자네에게 검을 들이댄 자는 누구 손에 죽는지도 모르고 죽게 되니까. 그게 마야지, 달리 마야인가. 이제 그만 받아들여."

소립파는 들은 척도 하지 않았다.

"우리가 떠나고 나면 곤란해질 텐데."

"하하하! 곤란은 무슨…… 걱정 말게. 금적금노라는 소릴 들을 때는 죽을 고비를 한두 번 넘긴 게 아냐."

소립파는 금적금노를 끌어안았다. 금적금노도 소립파를 껴안고 등을 다독거렸다.

"그럼."

"잘 가게. 또 봐야지?"

소립파는 한 손을 들어올려 안녕을 고한 후 뒤도 안 돌아보고 걸어나갔다.

금적금노는 남은 사람들에게도 일일이 인사했다.

"안녕히들 가시지요. 여기서 배웅합니다."

마차 한 대가 낙선루를 빠져나갔다. 말도 한 필인데다가 마차도 한두 명이 간신히 탈 수 있는 작은 마차다.

일 다경 후, 또 한 대의 마차가 낙선루를 나섰다.

마차를 가로막는 사람은 없었다. 아침만 해도 북검문 무인들이 지나가는 마차를 일일이 점검했는데, 모두 어디로 사라졌는지 코빼기도 비치지 않았다.

일 다경쯤 지난 후, 또다시 마차 한 대가 빠져나갔다.

마차는 반 시진에 걸쳐서 모두 네 대가 움직였다.

마차가 움직인 방향은 각기 다르다. 어떤 마차는 동쪽으로 갔고, 어떤 마차는 서쪽으로 움직였다.

금연화와 절혼마녀, 그리고 일령은 어선들이 정박해 있는 나루터를 거닐었다.

어민들이 자판을 늘어놓고 손님이 기웃거리기를 기다린다. 자판에는 금방 잡은 물고기들이 살아서 펄떡거린다. 튀김을 파는 곳, 떡을 파는 곳······ 주위가 온통 먹을 것투성이다.

"삼 장 뒤에 한 명, 우측······ 사 장쯤 떨어진 곳에 한 명. 두 명이 따라붙었는데요."

일령이 소곤거렸다.

"모른 척해."

"그럼요."

세 여인은 튀김도 사 먹고, 만두도 사 먹으면서 깔깔거리며 즐거운 대화를 나눴다.

"왜 아직 소식이 없지? 호호호호!"

"글쎄, 곧 오겠지. 호호호!"

나루터에 도착하자마자 소식을 전해올 줄 알았는데 감감무소식이다. 더욱이 뒤쫓는 무리들을 발견하고 나니 마음이 바싹 타 들어간다.

세 여인은 나루터를 끝에서 끝까지 두 번이나 왕복했다.

배가 불러서 더 사 먹을 수 없다. 웃고 떠드는 것도 입이 아파서 못하겠다. 그때,

파아앗! 화악!

이십여 장쯤 떨어진 강에서 화광이 솟구쳤다. 붉은 폭죽은 일직선으로 솟구쳐 하늘 한복판에 아름다운 꽃무늬를 그려냈다.

그 순간이다. 지금까지 여유롭게 고기잡이를 하던 어선들

이 군선(軍船)이나 된 듯 신속하게 움직여 일렬로 죽 늘어섰다.

"가!"

금연화는 소리를 내지름과 동시에 신법을 펼쳐 강으로 뛰어들었다.

쉬익! 쉬이익!

절혼마녀와 일령이 그녀의 뒤를 바짝 따라붙었다.

첫 번째 어선을 밟고, 두 번째 어선을 넘어서 세 번째 어선으로 내려섰다.

촤아악!

소임을 끝낸 어선들은 언제 그랬냐 싶게 사방으로 흩어졌다.

그녀들은 순식간에 이십여 장을 건너뛰어 불꽃이 터진 날렵한 배에 내려섰다.

다리를 놓아준 어선들은 말끔히 사라졌다. 여기저기 흩어져 있는 어선들 사이로 숨어버렸다.

"안 오는 줄 알았어."

절혼마녀가 소림파를 보고 곱게 눈을 흘기며 말했다.

"노를 잡아."

소림파는 딱딱하게 잘라 말했다.

소림파가 가져온 비조선은 어느 비조선과 다를 바 없지만 약간 변형되었다. 다른 배들이 좌우로 두 단의 노가 있는 반면에 그들의 배에는 네 단의 노가 준비되어 있다.

고루쌍마가 제일 첫 단에 앉았다. 마도와 시마가 두 번째 단에, 수검과 일령이 세 번째에, 금연화와 절혼마녀가 마지막 네 번째 단에 앉아 노를 잡았다.

소립파는 맨 후미에, 뱃머리에는 혈유가 앉았다.

그는 중상을 입은 사람답지 않게 밝은 모습이었다.

"헤헤! 지금부터 이 몸이 선장이올시다. 잘 부탁……."

"시끄릿! 저기 저놈들 나타난 것 안 보여!"

고루쌍마가 소리를 빽 질렀다.

어느새 나타났는지 장강이 온통 배로 뒤덮였다. 새카맣다. 대충 어림잡아도 팔십여 척은 훨씬 넘어 보인다. 포위망은 벌써 형성되었다. 앞뒤좌우 어느 쪽으로도 탈출로는 보이지 않는다.

천비대는 서둘지 않고 천천히 거리를 좁혀왔다.

"자, 그럼 시작해 보자고. 하나! 둘! 하나! 둘!"

하나에 밀고, 둘에 당기고.

비조선은 배라고 할 수 없을 만큼 빠른 속도로 치달렸다.

소립파는 하늘에 기원이라도 하듯이 손바닥을 하늘로 향하도록 눕힌 후 양손을 살짝 벌렸다. 그리고 눈을 감았다.

무엇을 하는 것일까? 이 급한 상황에 얼굴을 스쳐 가는 바람이라도 즐기려는 것일까?

"행행중행행(行行重行行) 여군생별리(與君生別離)."

가네 가네. 님과 생이별.

이건 또 무슨 짓? 그의 입에서 느닷없이 고시(古詩)가 노랫가락이 되어 흘러나왔다.

순간 믿지 못할 일이 벌어졌다.

'지, 진기가!'

금연화, 절혼마녀, 일령은 몸에서 일어나는 변화에 깜짝 놀랐다.

진기가 격랑을 일으킨다. 고요히 흐르던 기운이 폭풍이 되어 몰아친다. 그녀 자신들도 믿지 못할 만큼 거대한 진력이 굽이친다.

진력은 양팔에 운집된다. 팔에서 쏟아져 나간 진기는 고스란히 노에 전달된다.

파아아앗……!

진기가 너무 강해서 노가 부러지지 않을까 싶다.

마도나 수검, 시마는 이런 일을 한두 번 겪어본 게 아닌 듯 전혀 놀라지 않았다. 그들은 전보다 훨씬 강해진 진기를 태연히 받아들여 노를 저었다.

쓰윽……! 쓰으으윽……!

비조선은 포위망 사이를 쏜살같이 헤쳐 나갔다.

비조선에 비하면 천비대의 배들은 느린 거북이다. 비조선은 거북이 사이를 헤쳐 나가는 토끼다.

"상거만여리(相去萬餘里) 각재천일애(各在天一涯)."

님 계신 곳 수만 리, 하늘 끝에 떨어져 사네.

소립파의 노랫가락 소리가 낭랑하게 장강 물결과 어울렸
다.

『마야』 2권에 계속…

2006년 7월 개봉 예정인 영화 다세포 소녀의
인터넷 원작 만화 전격 출간 결정!
300만 다세포 폐인을 열광시킨 상식을 뒤엎는 엉뚱한 만화 세계!!

다세포 소녀

'다세포 소녀'는 인터넷에서 300만 명의 '다세포 폐인'을 양산한 인기만화다.
'무쓸모 고등학교'를 배경으로 '뽀샤시한' 순정만화 주인공 같은 외모의 남녀 고교생들이 펼치는 엽기적이고 황당한 내용과 성(性)에 관한 발칙한 상상력을 보여주면서 네티즌들로부터 폭발적인 반응을 얻고 있다.
"제 또래들과 함께 나누고 싶은 성, 사회 문제 등을 짚어보고 싶었다"는 작가의 변에서 볼 수 있듯 만화 속 이야기의 절반가량은 주변에서 전해 들은 '실화'를 참고했다. 작품에서 보여지는 비꼬는 패러디와 냉소적인 유머에서 삶에 대한 진지한 성찰이 엿보이는 것은 그 때문이 아닐까!

외눈박이의 일기

오늘 영어 선생님이 성병으로 결근하셔서 담임 선생님이 대신 수업을 하셨다. 담임 선생님은 "뭐, 원조교제 하다 보면 그럴 수도 있으니 이해하라"고 말씀하시더니 여자 반장한테도 병원에 가보라고 하셨다. 반장은 눈물을 글썽이며 외쳤다. "너무해요! 선생님! 전 원조교제 같은 건 안 했어요!" 그러나 매독이라는 담임 선생님의 말을 듣곤 벌떡 일어나 후다닥 짐을 챙겼다. 그러더니 남자 부반장 면상에 욕과 함께 주먹을 날렸다. 부반장은 "습진인 줄 알았다"고 변명했다. 그걸 본 다른 아이들도 병원에 간다며 서둘러 교실 밖으로 나갔다. 결국 교실엔… "제… 제길! 나만 남았다. 그래, 나만 숫총각이다. 제기랄!" 담임 선생님은 자책하지 말라며 "세상은 용모로 살아가는 게 아니잖아" 라며 화를 돋우셨다. "뭐라구요? 지금 놀리시는 겁니까? 선생님! 그래! 나 외눈박이다! 그래서 한번도 못해봤다! 크아악!!"

장대한 역사의 영고성쇠 속에서 태어난 실천적 지혜의 핵심!

군주는 현명하지 않아도 현인에게 명령을 하고, 무지해도 지식인의 기둥이 될 수 있다.
신하는 일의 수고를 더하고, 군주는 일의 성공을 칭찬하면 된다.
그 일만으로도 군주는
지혜롭다는 평가를 받을 수 있다.

한권으로
끝나는
중국 고전 시리즈

한 권으로 끝내는
중국 고전 일일일언
■ 모리야 히로시 지음 / 계 일 옮김 / 값 12,000원

자신도 모르는 사이에 인생의 시계(視界)가 넓어지고,
인간관계의 폭이 넓어졌다면 본 서의 내용을 적어도 반
이상은 이해한 것이다. 삶을 윤택하게, 보다 지혜롭게
살고 싶어하는 모든 사람들에게 이 책을 권한다.

한 권으로 끝내는
노자의 인간학
■ 모리야 히로시 지음 / 장선연 옮김 / 값 12,000원

오늘날 사회적 혼란보다 더 큰 문제는 우리의 심신 모두
가 너무나 약해져 있다는 점이다.
당장 힘들다고 쉽게 약해져 버리는 모습을 많이 볼 수
있다. 이렇게 되면 이토록 삼엄한 현실 속에서 살아남기
힘들다. 그래서 「노자」다.

한권으로 끝내는
중국 재상 열전
■ 모리야 히로시 지음 / 김현영 옮김 / 값 12,000원

중국의 방대한 정치 비결이 축적된 역사책은
정치에 뜻을 둔 사람은 물론이고 조직 안에서
고군분투하는 여러분에게 시대에 따라 변하지 않는
정치의 요체를 알려줌으로써 '정치' 뿐 아니라
널리 조직을 운영하는 데 큰 도움을 줄 것이다.

잘나가고 싶은 사람은 읽어라!

**그에게 한눈에 반했다! 그것은 분위기 탓?
애인과 나란히 걸어갈 때 당신은 좌, 우 어느 쪽에 서는가?
이성은 왜 서로 끌리는 걸까? 그 심층 심리를 해명한다!**

30초의 심리학

■ **30초의 심리학**
아사노 하치로우 지음 / 계일 옮김 | 값 8,500원

처음 본 사람인데 와 닿는 느낌이
너무나도 강렬한 사람이 있다.
흔히 하는 말로 '필이 꽂힌 사람',
그래서 잊혀지지 않는 사람,
한눈에 반했다고 하는 것이 바로 그것이다.
이런 인간의 감정을 논하는 데
남녀의 구분이 있을 수 없다.
사랑하는 그, 혹은 그녀를
생각하는 것만으로도 가슴이 두근거린다.
이상할 것 없다. 당연히 그럴 수 있는 것이다.
그렇기에 인간을 감정의 동물이라 하지 않는가.
그러나 그렇게 좋아하는 그 사람이
어느 날 갑자기 싫어지는 경우는 왜일까?

Psychology